DE WAARHEID OVER BRAM

Sandra Berg

De waarheid over Bram

VCL serie

ISBN 978 90 5977 587 9
NUR 344

© 2011 VCL-serie, Kampen
Omslagillustratie en -ontwerp: Bas Mazur
www.vclserie.nl
ISSN 0923-134X

1

Louise stond in de kleine, gezellige keuken van haar senio-renwoning en schonk koffie in de sierlijke kopjes met roos-jes. Het was heerlijk om iemand in huis te hebben, al was het slechts om te behangen. Niet dat ze altijd iemand in huis wilde hebben, dat niet. Die periode lag ver achter haar. Heel erg ver achter haar.

Maar zo nu en dan bracht het een warme gezelligheid met zich mee, zoals op dit moment.

Ze hoorde Bram een vrolijk lied neuriën terwijl hij het behang van een royale laag lijm voorzag. Hij had plezier in zijn werk. Eigenlijk was er maar weinig waar Bram geen plezier in had, meende Louise. Ze glimlachte en schikte koekjes op een zilve-ren schaaltje.

Aan de lijn dacht ze al lang niet meer. Ze had het wel gedaan, bijna een heel leven lang. En dat had nooit iets veranderd aan het feit dat ze een klein, mollig propje was, zoals haar man haar in een eindeloos ver verleden liefdevol had genoemd.

Vorig jaar was hij overleden. Hij was toen al lang niet meer de man geweest op wie ze ooit verliefd was geworden. Maar hij was haar echtgenoot geweest en ze had haar tijd met hem uitge-zeten. Totdat hij op een regenachtige woensdag was gestorven en zij achterbleef met haar schuldgevoelens.

Klein, mollig propje. Ze glimlachte weer even bij die gedach-te. Iets wat ze nu eindelijk weer kon. En ze genoot van de koek-jes. En van al het andere lekkers dat de welvaart haar te bieden had. Ze was uiteindelijk zeventig. Waarom zou ze zich nog druk maken over haar lijn?

Ze zette de kopjes en het schaaltje met de koekjes op het dien-blad, pakte het op en liep naar de woonkamer.

Bram keek op van de behangtafel. Hij glimlachte dankbaar. Zijn wangen bolden op als zijn mond een lach vormde, waardoor hij een kaboutergezicht kreeg. Maar hij had geen baard en geen snor, zoals je dat van een ware kabouter mocht verwachten. Net zo min had hij een puntmuts om zijn kalende schedel te bedek-ken. Maar hij werd buiten zelden zonder zijn geruite pet gezien.

Bram deed ook niet aan de lijn. Hij was niet al te groot van stuk en had een ronde buik, waar hij graag zijn handen op liet rusten.

Maar het mooiste aan Bram waren zijn ogen. Zijn oprecht vriendelijke ogen, die zo veel troost boden als hij met je praatte. Want Bram Hogedijk was veel meer dan alleen de klusjesman, die zijn centjes in het kleine dorp Lomme verdiende.

'Tijd voor koffie,' zei Louise.

'Heerlijk,' reageerde Bram blij. 'Het ruikt heerlijk.' Hij inhaleerde diep de lucht, gemengd met de geur van verse koffie.

Hij legde zijn kwast neer en wilde naar Louise toe lopen, toen hij opeens in zijn beweging bleef steken. Zijn gezicht kreeg een verschrikte uitdrukking en zijn handen grepen naar zijn borst.

Op datzelfde moment zakte hij door zijn benen, de mond iets geopend in een geluidloze kreet.

Louise gilde en liet het dienblad uit haar handen vallen. Ze haastte zich naar Bram toe en zag dat hij het bewustzijn had verloren. Ademhaling was niet meer zichtbaar en zijn lippen kleurden blauw.

Louise begon spontaan te trillen. Ik moet iets doen, dacht ze. Ik moet iets doen.

Ze knielde naast hem neer en begon ritmisch op zijn hart te drukken, in een poging met massage zijn hart weer op gang te brengen. Maar ze wist nauwelijks hoe het moest.

'O God, Here God, help me,' riep ze. 'Neem hem nog niet bij U op.'

Bram reageerde echter niet op de hartmassage die ze probeerde te bieden. Louise krabbelde overeind en maakte dat ze bij het dressoir kwam, waar de telefoon stond. Met hevig trillende vingers toetste ze het alarmnummer in. Haar stem sloeg een paar keer over terwijl ze de vrouw aan de telefoon probeerde uit te leggen wat er aan de hand was, en het duurde allemaal langer dan ze verdroeg.

Toen de dame aan de andere kant van de lijn beloofde dat hulp onderweg was, gooide ze de telefoon aan de kant en knielde opnieuw naast Bram.

Ze zag dat ook zijn vingers blauw waren geworden en dat niets wees op enig teken van leven.

Louise wist niet wat te doen. Daarom vouwde ze haar handen

en bad: 'Here, Ik weet dat U neemt wat U toekomt. Maar alstublieft… neem Bram nog niet bij U op. Hij is nog niet zo oud. Hij is nog niet ziek. En hij heeft de wereld zoveel te bieden. Hij heeft mensen zoals ik nog zoveel te bieden.'

Maar terwijl Louise bad, wist ze dat het te laat was en dat de beslissing al lang was genomen.

Het leek zo oneerlijk. Maar was dat niet altijd zo?

Ze bleef doodstil naast Bram zitten.

'Lieve Bram. Ik had je nog zo graag willen bedanken,' zei ze. 'Je hebt zoveel voor mij gedaan, je hebt zoveel voor mij betekend. Je hebt geen idee.'

Tranen prikten in haar ogen. Ze rolden over haar wangen en drupten op de man die ze nog niet eens zo heel lang kende, maar om wie ze zoveel was gaan geven.

Bram Hogedijk. Dat was zijn volledige naam. Het drong tot haar door dat ze verder niet zoveel van hem wist. Alleen dat hij was wie hij was: een man die hulp bood. Een man die zoveel meer deed dan de klusjes waarvoor hij werd aangenomen. Niet omdat het van hem werd verwacht, maar omdat hij dat vanzelfsprekend vond.

Bram Hogedijk.

Louise hield haar handen gevouwen. 'Ik weet dat Uw beslissing is gevallen,' mompelde ze. 'Ik weet dat ik dat moet accepteren, al is het nog zo moeilijk. Ik neem aan dat U Uw reden daartoe heeft, al begrijp ik het nu nog niet. Maar ik wil U vragen om goed voor hem te zorgen. Geef hem een speciale plek, want hij verdient het. Bram was een goede man.'

Ze keek weer naar de man die zo stilletjes op haar fleurige vloerkleed lag. Ze keek naar de half behangen wand en naar de scherven op de grond, die in een plas koffie leken te verdrinken; naar de gebroken koekjes in diezelfde plas. Zo eenvoudig kon alles veranderen, alles kapotgaan.

Ze huilde.

Toen ambulance en politie voor de deur stopten, met loeiende sirenes en zwaailichten in gebruik, stond ze langzaam op en liep naar de voordeur. Ze voelde zich verdoofd.

Ze opende de deur en het felle licht van koplampen en zwaailichten drong haar kleine hal binnen. Ze keek naar de vreemde gezichten en de uniformen.

'Hij is dood,' zei ze.

Alles wat daarna gebeurde, ging langs haar heen. Ze herinnerde zich vaag dat iemand haar naar de bank in de woonkamer begeleidde en haar een mok thee gaf. Ze was zich ergens bewust van de mensen die ijverig in haar kleine woonkamer rondliepen, Brams lichaam onderzochten en vragen aan haar stelden. Automatisch gaf ze antwoord, noemde ze de naam en het adres van de overledene, en dat hij daar alleen woonde, voor zover ze wist. Ze knikte toen de arts bevestigde dat Bram overleden was. Ja, natuurlijk, dat had ze toch al gezegd? Ze knikte ook toen de arts haar vertelde dat een begrafenisondernemer onderweg was om Brams lichaam op te halen. Ja, natuurlijk, hij kon hier niet blijven, dat snapte ze wel. Waar hij naartoe gebracht werd, vroeg ze niet, ze knikte alleen maar en keek voor zich uit zonder iets te zien.

En opeens was het weer stil. Misschien niet helemaal stil, want de buurvrouw was op de een of andere manier haar woning binnengekomen en zat naast haar, haar hand troostend op Louises mollige rechterbeen. Maar de mannen in uniformen waren opeens verdwenen. Net als Bram.

Ze was zich niet bewust van de kleine menigte die zich bij haar voordeur had gevormd. Ze was zich niet bewust van de dorpelingen die zich daar hadden verzameld en met een mengeling van afschuw en nieuwsgierigheid, ja, misschien zelf een beetje sensatiezucht, keken naar de persoon die op een lijkbaar uit de woning werd gedragen en in een gereedstaande zwarte auto werd geschoven. Ze namen aan dat het Louise was, maar iemand verspreidde de waarheid onder hen. Het was niet de kleine weduwe onder dat laken. Het was Bram Hogedijk.

Mompelende stemmen vormden een opgewonden melodie.

Bram Hogedijk. Wie had dat gedacht? Hij was nog niet eens zo oud. Ergens in de vijftig, toch? Hoe kon Bram nu opeens dood zijn?

Want iedereen kende Bram. Althans… ze dachten dat ze Bram kenden.

Maar kenden ze hem werkelijk?

De volgende dag zat Louise in haar kleine woning tegenover Jos Bruis, de politieman die ze als knaapje ooit een keer een draai om zijn oren had gegeven omdat hij haar dochter aan haar vlechtjes had getrokken toen ze een meningsverschil hadden gekregen op het stoepje van haar voordeur. Josje, die vroeger appels pikte in de boomgaard van boer Heren en die rotjes aanstak in de brievenbus van de familie Loonmans, die met hun riante inkomens altijd van mening waren geweest dat ze meer waren dan de rest van het dorp. Josje, die belletje trok bij ongeveer iedereen in de straat en die een kampvuur maakte op de bouwplaats en daarmee bijna de bouwkeet in brand stak. Josje, die menigeen in het dorp bezig had gehouden met zijn kwajongensstreken en die toen volkomen onverwacht had besloten dat hij politieman wilde worden.

Jos Bruis had een speciale binding met Lomme, omdat hij er was geboren en opgegroeid. Hij was ook degene die de meeste zaken hier afhandelde omdat hij iedereen persoonlijk kende.

En nu zat Jos tegenover de kleine, mollige weduwe. Op de tafel stonden twee mokken koffie. Jos had die gezet. Hij had de koffie in die verschrikkelijke mokken gegoten die ze ooit van haar kleinkinderen had gekregen, maar Louise vergaf het hem. Misschien hoorden nette kopjes niet eens bij deze gelegenheid.

Jos zat tegenover haar vanwege Bram. Omdat hij wilde overleggen hoe het nu verder moest.

Want niemand kende Bram Hogedijk echt. Hij woonde illegaal in een caravan. Maar dat was allang bekend geweest en werd oogluikend toegestaan, omdat hij steeds had gezegd dat het slechts tijdelijk was, in afwachting van een woning. Iedereen had wel beter geweten, maar aangezien niemand last van hem had en de campingbeheerder beweerde dat hij gewoon een gast van hem was, accepteerde iedereen dat Bram op de camping bleef wonen. Maar over een eventuele familie was niets bekend. Bram was alleen maar Bram Hogedijk; een man alleen. Geen ouders, geen familie. Helemaal niets.

Bram had een begrafenisverzekering, had de politie ontdekt. Zij hadden met de sleutel die hij in zijn zak had gehad de caravan doorzocht en daarbij diverse papieren gevonden, zelfs iets wat op een testament leek. De zaak was nu verder in onderzoek, maar nu moest eerst de begrafenis geregeld worden.

En daarom zat Jos nu tegenover Louise. Tenslotte was Louise de laatste minuten bij hem geweest en wist ze misschien wat er moest gebeuren.

'Hij moet natuurlijk een behoorlijke begrafenis krijgen,' vond Louise. 'Bram was een gelovig man, dus er moet in elk geval een kerkdienst komen en een mooie toespraak bij het graf. Uiteraard hier in Lomme. Niemand weet tenslotte waar hij voorheen woonde en ik denk dat je kunt stellen dat hij bij Lomme hoorde. Dat hier zijn vrienden zaten.'

Jos knikte. Hij had eigenlijk niet anders verwacht. 'Maar er moet van alles geregeld worden,' bracht hij naar voren. 'Ik zou het wel kunnen doen, of misschien de verzekeringsmaatschappij of de begrafenisonderneming, maar…'

Louise schudde meteen haar hoofd. 'Dat zou niet juist zijn,' vond ze. 'Hij verdient een persoonlijke noot. Een warm afscheid. Ik regel het.'

Jos keek haar recht aan. 'Weet je zeker dat het niet te veel voor je is? De man is hier tenslotte gisteren overleden en ik kan mij voorstellen dat je daar nog door van streek bent.'

'Ik weet het zeker,' verzekerde Louise hem. 'Natuurlijk ben ik nog van slag door zijn overlijden. Het zou niet goed zijn als dat anders was. Maar ik ben in staat om de zaken te regelen. Ik ben zeventig, Jos. Ik heb al zo veel meegemaakt.'

Jos knikte en nam een slokje koffie. 'Lekker,' prees hij zijn zelf gezette brouwsel.

'Te sterk,' vond Louise. Maar ze glimlachte erbij. Het was een klein lachje, getekend door zorgen en pijn.

'Als je ergens hulp bij nodig hebt…'

'Dan trek ik je onmiddellijk aan je jas. Neem dat maar van mij aan,' verzekerde Louise hem. 'Maar ik denk dat het wel lukt. Vraag de begrafenisonderneming maar of ze contact met mij opnemen. Dan kunnen we samen het budget bekijken. Als het kan, komt er een waardig afscheid met veel bloemen en een mooie dienst. Dan regel ik een koffietafel voor erna, bij Gemma. Ik denk dat hij dat fijn zou vinden. Hij hield ervan als mensen elkaar opzochten, zelfs als het bij een begrafenis was. Omdat ze dan weer eens een keer met elkaar praatten, zei hij altijd.

Misschien moeten we zelfs iedereen aan het einde op een borreltje trakteren, als een laatste eer aan Bram. Bram hield wel van een borreltje.' Ze glimlachte weer. 'Uiteindelijk is het zijn dag,' voegde ze eraan toe.

Jos knikte en nam nog een slok koffie. 'Bram was me er eentje,' zei hij.

Louise knikte. 'Ja, dat was hij.'

Het was een paar tellen stil.

'Wie nodig je uit voor de begrafenis?' vroeg Jos toen. 'Wil je rouwkaarten versturen, en zo ja, heb je nog hulp nodig bij het schrijven?'

'Een rouwkaart lijkt me niet zo'n goed idee,' zei Louise. 'Ik zou ook niet weten aan wie we die zouden moeten versturen. Ik weet dat hij erg veel mensen hier in Lomme kende en ik weet dat hij voor veel mensen meer was dan alleen een klusjesman. Maar ik weet niet precies wie hem op die manier kende en wie afscheid van hem wil nemen, en ik wil niemand overslaan. Bram zou dat vreselijk vinden. Het lijkt mij beter om een algemene uitnodiging voor de begrafenis te schrijven.'

'Je zou een advertentie kunnen plaatsen in het streekblad,' zei Jos. 'Dat komt morgenmiddag uit, dus als je voor vier uur een advertentie doorgeeft, plaatsen ze die nog.'

Louise was het niet met hem eens. 'Er zijn altijd mensen die het streekblad pas in het weekend lezen, of die het direct bij het oudpapier gooien. Nee, een algemene uitnodiging lijkt mij het beste.'

'We zouden de uitnodigingen ergens kunnen ophangen,' dacht Jos hardop.

Maar Louise schudde weer haar hoofd. 'Dan wordt het alleen gelezen door de mensen die toevallig op die plekken komen waar de uitnodigingen hangen. Wat als Bram speciaal was voor iemand die de deur nauwelijks uit komt? Bram was iemand die zich uitgerekend het lot van zo iemand zou aantrekken.'

Jos knikte instemmend. 'Misschien heb je daar gelijk in.'

'Natuurlijk heb ik gelijk. Ik zal een aankondiging van de begrafenis schrijven en dan mag jij ervoor zorgen dat die wordt gekopieerd. Jullie jonge mensen weten precies bij wie je daarvoor moet zijn. Vanmiddag zal ik Koos van de post bellen en hem vragen of hij die aankondigingen morgen huis aan huis wil verspreiden. Koos heeft toch altijd tijd genoeg als hij met de post rondgaat. Hij staat met iedereen uren te kletsen; ik geloof dat er maar weinig mensen in het dorp wonen die niet op de hoogte zijn van zijn volledige jeugd en zijn huidige politieke meningen. Morgen mag hij dan eens gewoon ouderwets werken.'

'Goed idee,' vond Jos. 'Bel me maar als je de aankondiging klaar hebt, dan laat ik die vanmiddag nog kopiëren.'

Louise knikte en nam een zuinig slokje koffie.

Jos stond op. 'Ik moet weer aan het werk. Maar laat het mij weten als je nog ergens anders hulp bij nodig hebt.'

Louise knikte. Ze begeleidde Jos naar de deur en liet hem uit. Het werd voorjaar en de bomen in de laan waar ze woonde stonden in de knop. Over korte tijd zou de roze bloesem het straatbeeld beheersen. Ze had het altijd mooi gevonden, die fleurige aankondiging van het voorjaar. Ze wist niet of ze er dit keer op dezelfde wijze van zou genieten.

Ze sloot de deur zachtjes en liep weer terug naar de woonkamer.

Een triest gevoel overviel haar. Bram Hogedijk was niet meer. Nooit meer zou ze zijn vrolijke gezicht zien als ze een klusje voor hem had verzonnen, nooit meer zou ze zijn prettige stem horen, nooit meer in zijn vriendelijke ogen kijken. Ze slikte moeizaam. Soms was het moeilijk om de wens van de Here te accepteren.

Ze ging weer aan de tafel in de woonkamer zitten en staarde een paar tellen voor zich uit.

Ze moest een openbare aankondiging maken. Maar wat moest ze daar in vredesnaam in schrijven? Misschien moest ze het eenvoudig houden. Niet meer dan alleen een aankondiging. Al leek dat weer geen recht te doen aan de persoon die Bram was.

Ze wist het eigenlijk niet.

Ze nam een slok koffie en trok een vies gezicht. Hij was werkelijk te sterk. Mannen konden niet koffiezetten, vond ze.

Ze stond op en pakte een pen en papier uit de lade van haar dressoir.

Hierbij kondig ik aan dat de rouwdienst voor de onlangs overleden Bram Hogedijk op vrijdag 1 mei zal plaatsvinden.

Ze hoopte tenminste dat de predikant van het dorp, Stan Lijers, dan tijd had. Een tijdstip kon ze uiteraard nog niet vermelden. Pas als ze met Lijers had gesproken. Maar het deed er in feite niet toe.

Aansluitend zal de begrafenis plaatsvinden op het kerkhof Onder de Eiken achter de kerk. Iedereen is welkom. Ter afscheid zal bij De Halte een koffietafel gereedstaan.

Louise keek naar de tekst die ze had geschreven. Ze schudde haar hoofd, frommelde het papier op en gooide het aan de kant.

Op 27 april jl. is Bram Hogedijk van ons heengegaan, begon ze op het nieuwe vel. *Voor velen onder ons was Bram Hogedijk veel meer dan alleen Bram Hogedijk. Voor velen was hij vriend, toeverlaat en steun.* Ze las de regel nog een keer over en knikte goedkeurend. *Bram hoorde bij Lomme. Om die reden zal ook zijn afscheid hier in Lomme plaatsvinden. Iedereen die Bram een warm hart toedraagt, is van harte uitgenodigd om daarbij aanwezig te zijn. De uitvaartdienst zal plaatsvinden in de Leonarduskerk op vrijdag 1 mei om…*

De tijd kon ze nog niet invullen. Zelfs de datum stond niet met zekerheid vast, maar ze verwachtte dat Lijers wel iets kon regelen. Zo veel speciale diensten waren er niet in het dorp.

Aansluitend zullen we Bram begeleiden naar zijn laatste rustplaats op de begraafplaats Onder de Eiken. In restaurant De Halte zal daarna een koffietafel gereedstaan, zodat we met z'n allen het afscheid kunnen afsluiten, zoals Bram dat zou willen.

Louise bekeek haar tekst. Dat was al beter, vond ze. Ze twijfelde nog even. Moest ze iets persoonlijks vermelden, of was het beter om dat niet te doen?

In gedachten verzonken kauwde ze op de pen, zoals ze vroeger had gedaan tijdens haar kinderjaren in de schoolbank. Destijds was het een kroontjespen geweest waarop ze had gekauwd. De juffrouw die toen voor de klas had gestaan, had haar daarvoor menigmaal op de vingers getikt.

Bram, bijna ongemerkt wandelde je mijn leven destijds binnen, maar nu we afscheid moeten nemen, besef ik dat je niet alleen mijn leven, maar ook mijn hart binnenliep. Je was een ware vriend.

Louise keek naar die laatste persoonlijke noot. Ze twijfelde nog heel even, maar besloot uiteindelijk dat ze hem zou laten staan. Bram verdiende een persoonlijke noot, een persoonlijk afscheid.

Ze dronk de koffie op, trok nog een keer een vies gezicht, en pakte toen de telefoon om Lijers en Gemma te bellen. Er moest nog heel wat geregeld worden voor de begrafenis. Ze had geen tijd om aan tafel te blijven zitten, gebogen over een papier, en zichzelf toe te staan die akelige leegte te voelen die Bram had achtergelaten. Gelukkig niet.

Het was vrijdag 1 mei en de zon deed zijn best om de belofte van het voorjaar waar te maken.

Het was ongeveer achttien graden en bijna windstil. De zon verspreidde een aangename warmte, die door de dikke kerkmuren werd buitengesloten. Maar het licht drong door de glas-in-loodramen heen en tekende een kleurig patroon op de eikenhouten banken en de stenen vloer.

Louise was als een van de eersten in de kerk en zat vooraan. Ze zag hoe vele mensen de kerk binnenstroomden. Ze vermoedde dat een groot deel van de dorpsbewoners had besloten om de dienst bij te wonen. Het verbaasde haar niet bijzonder. Ze geloofde dat er maar weinig mensen waren die Bram Hogedijk niet hadden gekend. En Bram kennen was Bram mogen. Dat was tenminste haar eigen mening.

Ze was zich er niet van bewust dat die mening niet automatisch voor iedereen van toepassing was. Ze was zich er ook niet van bewust dat de spontane hulpvaardigheid van Bram niet door iedereen op prijs werd gesteld.

Achter in de kerk stond Gemma. Haar man Tom en hun tweeling Jill en Jenna liepen tussen de banken door naar voren. Gemma keek naar hun ruggen. Toms rug was recht en straalde een vastberadenheid uit die ze vroeger altijd had gekoesterd. Totdat die vastberadenheid was overgegaan in koppigheid. Tom had niets gezegd toen hij over de dood van Bram had gehoord. Hij had zich teruggetrokken in zijn eigen gedachten en had gezwegen, zoals hij dat altijd deed als hij ergens mee zat. De meisjes hadden gehuild.

Ze had hen niet getroost.

Nu stond ze hier alleen, achter in de kerk. Omdat ze meteen na de dienst weg moest, had ze gezegd. Uiteindelijk moest iemand ervoor zorgen dat alles gereedstond na de begrafenis.

Natuurlijk had ze personeel, maar ze kon zoiets niet alleen aan haar personeel overlaten. Personeel had leiding nodig, al dachten ze vaak dat ze het allemaal zelf wel konden.

Tom had gesuggereerd dat ze de begrafenis niet bij wilde wonen. Onzin, had ze gezegd. Dat was ook de reden waarom ze was meegegaan en nu achter in de kerk stond. Maar als ze eerlijk was, moest ze toegeven dat ze hier liever niet had gestaan, dat ze hier alleen maar stond omdat het van haar werd verwacht.

Ze had Bram nooit bijzonder gemogen. Ze had zijn bemoeienissen nooit bijzonder kunnen waarderen. Omdat hij zich mengde in zaken die hem niet aangingen, hield ze zichzelf voor. Maar de ware reden was minder duidelijk. Het was slechts een gevoel. Maar op slechts een gevoel kon je niet afgaan. Dat was onlogisch. Dus had ze haar eigen redenering bedacht.

Ze keek naar een oneindige stroom mensen die in de banken van de kerk plaatsnam. Ze hoopte dat niet iedereen naar de koffietafel kwam. Dan was het nog maar de vraag of ze voldoende in huis had. Ze had natuurlijk afspraken gemaakt met de bakker en de kleine supermarkt in het dorp, zodat het mogelijk was om op korte termijn voor extra broodjes en beleg te zorgen. Maar dat zou dan toch een heel geregel met zich meebrengen.

Wat onrustig bewoog ze zich nog wat verder naar achteren en ze keek naar Lijers, die op de preekstoel plaatsnam om het woord te voeren. Ze vroeg zich af of Lijers Bram Hogedijk persoonlijk kende. Bram was vanaf het begin van zijn komst elke zondag in de kerk geweest. Hij had altijd achteraan gezeten, op zijn vaste plekje in het uiterste hoekje. Maar Gemma wist niet of Lijers ooit werkelijk met hem had gepraat. Ze verwachtte van wel. Iedereen scheen Bram Hogedijk tenslotte te kennen.

Lijers begon met een inleidend praatje. Hij vertelde dat ze waren samengekomen om afscheid te nemen van Bram Hogedijk, die het dorp destijds als volkomen vreemdeling binnen was gekomen, maar als een ware vriend van velen onder hen door God was thuisgehaald.

Heel even dacht Gemma aan haar moeder, die een halfjaar geleden overleed. Ze schoof die gedachte meteen weer aan de kant en probeerde zich te concentreren op de preek.

Lijers pakte de Bijbel erbij en las uit Lucas 10 de gelijkenis van de barmhartige Samaritaan voor.

Gemma kende het verhaal, zoals ze vrijwel ieder verhaal uit de Bijbel kende. Ze was ermee opgegroeid. De gelijkenis van de barmhartige Samaritaan was een bijzonder verhaal. Maar ze weigerde te erkennen dat het van toepassing was op Bram Hogedijk, en onwillekeurig irriteerde het haar dat Lijers uitgerekend hiervoor had gekozen.

In zijn preek noemde Lijers de vraag van de wetgeleerde: 'Wie is mijn naaste?' Hij legde uit dat Jezus na zijn gelijkenis die vraag omgedraaid had en aan de wetgeleerde de vraag gesteld had: 'Wie is de naaste geworden van het slachtoffer?'

Lijers nam een kleine pauze en ging daarna verder: 'De naaste is in deze gelijkenis dus niet degene die geholpen moet worden, maar de persoon die iets doet om een ander te helpen. Het maakt niet uit wie hij is, het gaat erom wat hij doet. Bram Hogedijk is de naaste geworden van velen onder ons. Waar hij vandaan kwam en wie hij precies was, weten we niet. Maar we weten wat hij deed. We weten dat hij onze naaste was. En dat we vandaag afscheid van hem nemen als een ware vriend. Een naaste in de juiste betekenis van het woord.'

De mensen in de kerk knikten.

Gemma klemde haar tanden opeen. Het ging te ver om Bram op die wijze te beschrijven, bijna alsof hij een heilige was, vond ze.

Weer dacht ze aan haar moeder. Aan de laatste weken die haar moeder had doorgemaakt en aan datgene wat Bram voor haar had betekend. Maar daaraan wilde Gemma niet denken.

Ze schudde onwillekeurig haar hoofd en probeerde naar de rest van de preek te luisteren.

Vlak voordat de preek was afgelopen, trok ze zich stilletjes terug uit de kerk. Er was nog zoveel wat ze moest doen. Na de begrafenis zouden de dorpelingen massaal haar restaurant binnenlopen en verwachten dat de koffie voor hen gereedstond en dat ze hun hongerige magen konden vullen. En dan nog dat belachelijke idee van Louise Lantman om de koffietafel af te sluiten met een borrel als een laatste soort eerbetoon...

Alsof het lovenswaardig was dat iemand graag borrels lustte. Maar als Louise dat zo wilde, dan gebeurde het zo. Gemma had een restaurant en ze deed wat er van haar werd verwacht en waarvoor ze werd betaald.

Ze haastte zich naar De Halte, liep naar binnen en deelde meteen commando's uit aan het personeel. Ze waren al begonnen met het gereedmaken van de koffietafel, maar Gemma hield graag zelf de regie. Ze had het gevoel dat het de enige manier was om de zaken goed te regelen. Zíj wist wat nodig was, wat mensen wilden. Haar restaurant was niet voor niets een succes.

2

Toen de mensen na de begrafenis het restaurant van Gemma binnenliepen, waren ze rustig. Iedereen leek nog onder de indruk van de plechtigheid en men had weinig behoefte om te praten.

Tom liep meteen naar de keuken, waar Gemma de scepter zwaaide om ervoor te zorgen dat de gasten correct werden bediend.

De kinderen bleven in de zaal achter. Ze hadden allang geleerd dat ze hun moeder beter met rust konden laten als het druk was, en er waren andere kinderen uit het dorp in het etablissement aanwezig met wie ze zich konden vermaken. Al was 'zich vermaken' iets wat hun de afgelopen dagen nog onmogelijk had geleken omdat oom Bram, zoals ze hem stiekem noemden, dood was. Ze vonden het nog een beetje vreemd om gewoon te spelen, nu Bram zomaar was heengegaan. Maar het ging toch vanzelf.

Tom had zich inmiddels tot Gemma gewend. 'Het was een mooie begrafenis.'

'Fijn.' Het klonk wat koel.

'Vervelend dat je er niet bij was.'

'Ik was bij de dienst.'

'Je stond achteraan in de kerk en je vertrok voordat de kist naar buiten werd gebracht.'

'Ik had dingen te doen.'

'Je had het aan het personeel over kunnen laten.'

'Nee, dat had ik niet kunnen doen.'

Het was een paar tellen stil. 'Jawel,' zei Tom toen. 'Je had het wel kunnen doen, maar je wilde het niet. Ik begrijp het niet... Na alles wat hij voor je moeder heeft gedaan. En voor onze kinderen...'

'Hij mengde zich in moeders leven en moeder was te naïef om dat te begrijpen.'

'Je weet wel beter dan dat.'

'Hij bemoeide zich overal ongevraagd mee. Met mijn moeder en met mijn kinderen. En daar moet ik dankbaar voor zijn?' Ze keek Tom fel aan.

Tom schudde triest zijn hoofd.

'Ik heb werk te doen,' zei Gemma. Ze draaide zich om en schikte broodjes op een van de schalen.

Tom keek nog een paar tellen naar haar gebogen rug. Het trieste gevoel dat hem de laatste tijd zo vaak overviel, spookte om hem heen, klaar om hem volledig met ellende te overspoelen.

Tom draaide zich met een ruk om en liep terug de zaal in. Hij begreep Gemma niet. Hij begreep haar al lang niet meer.

In het restaurant kwamen stilaan de gesprekken op gang. Na een rustige binnenkomst noemden een paar mensen nog wat aarzelend de mooie dienst.

Als vanzelfsprekend ging het gesprek over op de man van wie ze tijdens die mooie dienst afscheid hadden genomen: Bram Hogedijk.

'Hij was er altijd als je hem nodig had,' zei Margret, een acht-enveertigjarige vrouw met een schoonheid die definitief leek op te lossen met het verstrijken van de jaren. 'Als je ergens mee zat, hoefde je hem maar te bellen. Een kapotte afvoer, een wasmachine die niet werkte... Altijd klaar om te helpen en altijd tijd voor een gezellig gesprek.'

Margret dacht aan die ene keer dat ze hem bij zich had geroepen omdat de wasmachine niet meer werkte. Ze had gehuild, die keer. Niet omdat de wasmachine kapot was gegaan, maar omdat het begeven van de wasmachine de laatste druppel was geweest in een reeks ingrijpende gebeurtenissen. Ze had destijds een buitenechtelijke relatie gehad met Lars van haar werk. Knappe, vlotte Lars. Lars had alles gehad wat haar eigen man, Leonard, niet had gehad. Leonard was dik geworden in de tijd die hij met Margret als haar echtgenoot had doorgebracht. Zijn haren waren dun geworden en hij had een bril gekregen. Hij was rustig geworden. Geen avontuur meer. Geen passie meer. Opeens was Lars er geweest en de wereld om haar heen had weer kleur gekregen. Maar ze had zich niet door hem laten verleiden. Totdat haar zoon Pim ziek werd. Ernstig ziek. Leukemie. Het had haar woedend gemaakt. Leonard had zich teruggetrokken in zichzelf en haar in de steek gelaten met haar woede en angst. Zij had steun bij Lars gezocht, totdat ze op een punt was gekomen dat ze Leonard wilde verlaten om haar leven met Lars door te brengen. Precies op een moment waarop Pims situatie kritiek werd, waardoor Leonard volledig wegviel in een depressie. Een moment waarop bovendien haar moeder onverwacht stierf. En uitgerekend toen waren Lars' motieven minder onbaatzuchtig gebleken dan ze had verwacht.

Haar wereld was ingestort. De toekomst van haar en haar gezin leek uitzichtloos – en net op dat moment was de wasmachine ermee opgehouden.

Bram was binnengekomen in zijn werkkleding en met zijn opgewekte praatje. En Margret was op een fauteuil neergezakt en was gaan huilen. Alsof er nooit meer een einde aan zou komen.

Bram had een mok thee voor haar gemaakt en een deken om haar schouders gelegd, zonder woorden.

Pas toen ze weer wat rustiger was geworden, had hij gevraagd of ze erover wilde praten. En dat had ze gedaan. Ze had verteld over Leonard, over Pim en over Lars.

Bram had geluisterd.

Toen ze haar verhaal had gedaan en wachtte op een veroordeling of berisping van zijn kant vanwege wat ze met haar leven had gedaan, was die niet gekomen.

'Het leven biedt soms uitdagingen die we liever zouden vermijden,' had hij slechts gezegd. 'Maar misschien kunnen we ervan leren.'

Zij had hem vragend aangestaard.

'Je had het over Lars. Over zijn mooie uiterlijk, zijn vlotte uitstraling en over de passie die hij bood…' zei hij.

Margret had geknikt. Een beetje beschaamd.

'Je had het over Leonard, over het feit dat hij was ingeslapen en over het feit dat hij in de diepte verdween, uitgerekend nu het zo slecht ging met Pim.'

Margret knikte.

'Mannen zijn soms gecompliceerd,' zei Bram. Hij had er een beetje verontschuldigend bij geglimlacht. 'Als het hun te veel wordt, zwijgen ze. Misschien omdat een man zo vaak wordt voorgehouden dat hij sterk moet zijn. Terwijl mannen dat niet altijd kunnen zijn. Terwijl mannen vanbinnen ook weg kunnen teren van verdriet. Al kunnen ze er niet over praten.'

Margret had even moeizaam geslikt.

'Jij had Leonard nodig en Leonard had jou nodig. Maar jullie kozen ieder een eigen weg in de verwerking van je verdriet. Dat is iets wat vaak gebeurt. Mensen hebben het vaak niet in de gaten. Het gebeurt gewoon. Maar jij, Margret, jij ziet het nu wel. Ik hoor aan je manier van praten dat je je zorgen maakt om Leonard. Dat je je schuldig voelt...'

'Als ik geen ander had gehad...'

'Ik denk niet dat Leonard weet dat je een ander had. Leonard probeert gewoon op zijn eigen onhandige manier zijn zorgen te verwerken en dat lukt hem niet zo goed. En dat doet jou pijn. Het is niet voor niets dat je uitgerekend nu je relatie met Lars in een ander daglicht ziet. Misschien is het wel zo dat je nu pas beseft wat je ware gevoelens zijn ten opzichte van Leonard.'

'Ik wil hem niet kwijt,' had Margret zacht gezegd. Het had haar zelf verbaasd. Maar het besef was op dat moment gekomen. Ze wilde Leonard niet kwijt. Want uiteindelijk draaide het allemaal niet om het uiterlijk en om de passie. Uiteindelijk was het alleen het gevoel diep vanbinnen dat telde. Een gevoel dat ze, uit onvrede met zichzelf en misschien met de wereld om haar heen, had weggestopt voor oppervlakkig geluk.

'Dat weet ik wel,' had Bram gezegd. 'Dat weet ik wel. En het is nog niet te laat. Laat Lars gaan en probeer je angsten en zorgen om Pim met Leonard te delen. Hij zal er niet gemakkelijk over praten, maar hij is degene die je het beste begrijpt. Omdat het ook zijn kind is.'

Margret had geknikt.

'Pim heeft jullie allebei nodig. En jullie hebben elkaar nodig,' had Bram gezegd.

Margret had weer geknikt. Ze had geweten dat Bram gelijk had.

Die avond had ze haar relatie met Lars definitief verbroken. Meteen daarna had ze met Leonard gepraat. Niet over haar buitenechtelijke relatie, maar over Pim. Over haar zorgen en haar angsten.

Leonard had nog niet veel gezegd. Maar ze had hem laten merken dat ze er voor hem was. Dat ze van hem hield. En ze had beseft dat ze dat niet had hoeven te spelen. Dat de liefde er werkelijk was, en er waarschijnlijk altijd al was geweest. Pim was erdoorheen gekomen en Leonard was langzaam maar zeker uit zijn diepe dal geklauterd.

Margret en Leonard hadden nog steeds geen passionele relatie. Leonard was nog steeds te dik en kalend. Maar ze hadden iets gehad wat zo veel belangrijker was, had Margret geleerd. En het was Bram geweest die haar daarop had gewezen.

'Bram was een goede man,' zei ze tegen niemand in het bijzonder.

'Dat was hij,' was Levine het met haar eens geweest. 'Hij heeft mij geholpen met het dak toen het lekte en ik geen reparatiebedrijf kon betalen. Hij klom in zijn eentje op het dak en repareerde het.'

Levine was zesendertig en getrouwd geweest met Simon. Het was geen gelukkig huwelijk geweest. Simon had een verslaving gehad. Simon had gegokt. Haar huwelijk was een tijd van armoede geweest. Een tijd waarin aan het einde van de maand geen geld meer was geweest voor de boodschappen en de rekeningen. Maar Levine was er altijd van overtuigd geweest dat ze Simon kon helpen. Tot op die ene dag waarop hij haar had opgebiecht dat er een andere vrouw in zijn leven was, met wie hij verder wilde. De dag waarop ze ook had ontdekt dat zijn schulden veel hoger waren opgelopen dan ze had kunnen vermoeden. De dag waarop ze had moeten beseffen dat ze alles moest verkopen, om op z'n minst een deel van de schuld in te lossen waar hij haar mee achterliet. Omdat al zijn geld was vergokt en opgemaakt aan zijn nieuwe liefje, die een twijfelachtige reputatie had.

Simon was de weg kwijtgeraakt, ondanks alles wat ze voor hem had gedaan, en wilde niet meer geholpen worden.

Levine was achtergebleven in een leeg huis, zonder geld. De verwarming moest omlaag, waardoor het kil werd in huis. Ze had geen moderne apparatuur of enige luxe. Haar gardrobe bestond uit afdankertjes van anderen en haar maaltijden waren karig in die tijd. Ze had vaak gekeken naar de leuk geklede vrouwen in de supermarkt, die kozen voor een heerlijk stukje vis en een stukje kaas bij een glaasje wijn. Vrouwen met mooi gekapt haar, pratend over hun laatste uitje of hun vakantie naar een warm land.

Het had Levine bitter gemaakt.

En toen was het dak gaan lekken. Levine had geen geld gehad voor een reparatie. Ze had geprobeerd om hulp te krijgen bij de gemeente en ze was boos geweest op iedereen. Omdat het zo oneerlijk was.

En opeens was Bram er geweest. Ongevraagd en onverwacht. Hij had haar aangeboden om haar te helpen, en op haar bitse opmerking dat ze hem niet van werk kon voorzien omdat ze er het geld niet voor had, had hij slechts zijn schouders opgetrokken en gezegd dat het geen haast had. Dat ze over een jaar, of over een paar jaar, desnoods over tien jaar mocht betalen.

Hij had niet eens gewacht op een reactie van haar kant, maar was aan het werk gegaan.

In eerste instantie had Levine nog gevochten met die bittere woede in haar en had alles wat de man op haar dak had gedaan haar kwaad gemaakt, hoe tegenstrijdig dat ook was.

Maar uiteindelijk was haar woede gezakt in de dagen dat hij trouw op haar dak aan het werk was geweest, en had ze hem uitgenodigd voor de koffie.

'Goedkope koffie,' had ze tegen hem gezegd. 'En ik kan helaas geen koekje aanbieden. Geen geld.'

Bram had haar met die vriendelijke lach van hem aangekeken. 'Ik proef geen prijs aan de koffie die ik krijg,' had hij gezegd. 'Ik proef alleen of hij met liefde is gezet.'

Ze had er even om gelachen, maar daarna meteen weer die bittere trek om haar mond gekregen. Bram was er voorzichtig over begonnen: dat het soms niet gemakkelijk was om met een minimuminkomen rond te komen, terwijl iedereen om je heen genoeg geld leek te hebben.

En zij was er meteen op in gegaan. Ze had geklaagd: dat ze haar haren waste met goedkope shampoo, waardoor het als droog stro aanvoelde, en dat ze met diezelfde shampoo de was deed omdat wasmiddel te duur was. Dat ze de verwarming laag moest zetten omdat de rekeningen anders onbetaalbaar werden, en dat er nooit geld was voor een lekker stuk vlees, mooie kleding of de kapper. Dat er voor haar nooit de mogelijkheid was voor een uitje, laat staan een vakantie.

Bram had haar laten klagen. Hij had geen geïrriteerde gezichtsuitdrukking gekregen zoals de andere mensen in het dorp. Hij was niet ongeduldig geworden en had niet geroepen dat ze toch gezond was en dat ze daar dankbaar voor moest zijn. Nee. Hij

23

had gewoon geluisterd en begrijpend geknikt.

'Het is moeilijk,' had hij uiteindelijk gezegd. 'En het lijkt zo oneerlijk.'

Precies. Dat had ze precies bedoeld.

'Maar soms kun je een situatie niet meteen veranderen en dan moeten we roeien met de riemen die we hebben. Dan moeten we gewoon naar buiten lopen en genieten van de zon die voor niets schijnt en van de regen die gratis water voor de planten levert. Dan moeten we misschien naar het bos gaan en luisteren naar de vogeltjes, die geen geld vragen voor hun gezang. Of op een regenachtige dag een uitje richting bibliotheek maken, omdat lezen een vlucht naar een wonderbaarlijke wereld mogelijk maakt, en omdat je er andere mensen kunt treffen terwijl je gebruikmaakt van de mogelijkheid om een gratis ochtendkrantje te lezen.

Soms kun je een uitdaging vinden in het bij elkaar zoeken van mooie gebruikte kleding en unieke combinaties daarvan maken en jezelf kleden op een manier die uniek is. En misschien zul je je haren zelf moeten bedwingen tot een mooi of misschien wel grappig model en kun je lachen om de mensen die veel geld betalen voor een kapsel waarvan er dertien in een dozijn gaan.

En soms kun je 's avonds in je bed gaan liggen met een warme kruik in je armen en genieten van de zachtheid van je matras en de warmte van kruik en dekens. Omdat dat niet voor iedereen vanzelfsprekend is. Omdat er mensen zijn die geen warm bed hebben. Omdat er mensen zijn die leven in een land waar geen eten en geen vrede is. Omdat er mensen zijn die zorgen hebben die wij ons niet eens kunnen voorstellen.

Misschien zijn we het die mensen wel verschuldigd om te genieten van de luxe van een warm bed en een dak boven ons hoofd. Van de luxe van vrede.'

Hij had haar aangekeken en Levine had zich op dat moment geschaamd. Omdat ze wist dat Bram gelijk had. Er waren zo veel mensen die het moeilijker hadden. Iedereen had dat altijd al genoemd, maar niet op deze wijze.

'Dat maakt het niet altijd gemakkelijker,' had Bram gewaarschuwd. 'Maar het maakt het anders.'

Levine had geknikt.

'Je kunt het zien als een last of als een uitdaging. In dat laatste geval kun je oplossingen zoeken, je creativiteit erop loslaten en het heft weer in handen nemen.'

Levine had opnieuw geknikt.

Ze had het goed tot zich laten doordringen. Nog steeds had ze geen geld, maar ze had inmiddels vele boeken gelezen met tips over bezuinigingen, en ze had een begeleidster in de arm genomen die haar hielp met het aflossen van de schulden en die gesprekken voerde met instanties over schuldsanering.

Levine had haar eigen groentetuintje, kippetjes die eitjes legden en die haar voorzagen van een lekker stukje vlees op z'n tijd. Ze was creatief geworden in het vervaardigen van shampoos en crèmes en ze had geleerd te genieten van de dingen die gratis waren. Ze had daarmee het respect gewonnen van menige dorpsbewoner en haar voorbeeld werd fanatiek gevolgd.

En als ze nu 's avonds in haar warme bed lag, met de kruik in haar armen gesloten alsof het om een minnaar ging, heerlijk warm tegen haar buik, dan was ze dankbaar voor wat ze had.

Dan dankte ze Bram.

'Bram had het hart op de goede plek,' zei ze. Ze knikte erbij.

'En hij was een wijs man,' meende Ronald. Hij nam een slok koffie en dacht aan de keer dat Bram hem met de auto had geholpen.

Jantien was voorbij gewandeld en Ronald had de toen vijftigjarige lerares nagekeken. Bram had het gemerkt en had gegrijnsd.

Ronald kon zich nog goed herinneren dat hij toen had gebloosd. Hij had zich daarvoor geschaamd; een achtenvijftigjarige man, blozend als een verliefde puber.

'Mooie vrouw,' had Bram opgemerkt.

Ronald had alleen haastig geknikt en zich weer over de motor van zijn auto gebogen.

Bram had hetzelfde gedaan, maar had ondertussen het onderwerp 'Jantien' weer aangehaald.

'Waarom spreek je haar niet aan?' had hij gevraagd.

'Wat moet ik tegen haar zeggen?' had Ronald teruggekaatst.

Hij had het werkelijk niet geweten. Natuurlijk had hij eerder korte gesprekjes met Jantien gevoerd, maar die waren slechts oppervlakkig geweest. Vooral omdat hij zelf niet echt veel had durven te zeggen. Uiteindelijk was hij op jonge leeftijd getrouwd en had hij het nooit meer nodig gehad om contact te zoeken met andere vrouwen, totdat zijn vrouw drie jaar geleden was gestorven.

In eerste instantie was er alleen het verdriet geweest. Maar uiteindelijk was het leven doorgegaan en had hij Jantien getroffen. Nou ja, hij was haar tegengekomen in de supermarkt en had een kort praatje met haar gemaakt. En sindsdien was hij dusdanig van de lerares onder de indruk geweest dat er geen zinnig woord meer uit was gekomen.

'Maakt het wat uit waar je over praat?' had Bram gevraagd.

'Ik wil geen domme indruk wekken.'

'Dan moet je niet nadenken over de dingen die je wilt zeggen, maar gewoon jezelf zijn.'

Jantien was weer langsgekomen. Blijkbaar was ze alleen even naar de brievenbus, bij Ronald op de hoek, gelopen.

Bram had haar vriendelijk begroet en was een praatje met haar begonnen. Ronald had er met een rood hoofd bij gestaan. Totdat Bram hem in het gesprek had betrokken. En opeens was het min of meer vanzelf gegaan en had Bram zich stilletjes en bijna ongemerkt uit het gesprek teruggetrokken.

Ronald keek even opzij, naar Jantien, die hem een liefdevolle glimlach schonk. Jantien, die door Brams toedoen zijn partner was geworden.

'Een heel wijze man, die Bram,' herhaalde hij.

Mandy hoorde het. Ze zei niets, maar ze vond dat Ronald gelijk had. Net als de anderen.

Ze had niets met volwassenen, maar Bram was speciaal voor haar geweest. Een uitzondering op de regel. Bram had vaak met haar een gesprekje gevoerd. Op de een of andere manier had ze zich bij hem nooit zo ongemakkelijk gevoeld als bij andere volwassenen, maar echt veelzeggende gesprekjes waren het niet geweest. In ieder geval niet totdat hij haar die keer oppikte, toen ze was weggelopen van huis na een fikse ruzie met haar ouders. Het was een laatste ruzie in een lange reeks van meningsverschillen geweest, die vrijwel allemaal betrekking hadden gehad op de keuze die ze destijds had gemaakt.

Ze had een relatie gehad met een kerel die bijna twintig jaar ouder was dan zijzelf en die getrouwd was. Haar ouders waren daar achter gekomen en waren woedend geweest. En zij was ermee doorgegaan, ervan overtuigd dat echte liefde nu eenmaal niet te verloochenen viel.

Tot die ene avond, waarop de ruzies haar te veel waren geworden, ze haar tas had gepakt en was vertrokken.

Ze had naar haar vriend toe willen gaan. Ze had wel geweten dat ze hem daarmee in de problemen zou brengen, maar ze had gevonden dat er geen andere keuze was.

Maar toen ze in zijn straat had gestaan en door het raam van zijn woning naar binnen had gekeken, had ze zijn gezin gezien: twee ouders en drie kinderen, die samen aan tafel zaten en plezier hadden.

Een vrouw die hem liefdevol aanraakte.

Ze had daar gestaan en naar hen gekeken, in het donker, in de regen.

En toen was Bram met zijn auto voorbijgereden. Hij was gestopt en had het portier voor haar geopend, zonder iets te zeggen. En zij was ingestapt, twijfelend nog.

Bram had haar even aangekeken en daarna door het raam de woning binnengekeken en het gezin gezien, waar Mandy naar had zitten staren.

'Een gelukkig gezin.'

Mandy had geen antwoord gegeven.

'In ieder geval zo op het oog.'

'Denk je dat hij van haar houdt?' had Mandy toen gevraagd.

Bram had een paar tellen gezwegen en peinzend naar het raam gekeken. 'Ik denk het wel,' had hij toen gezegd. 'Op zijn eigen manier en misschien op een wat egoïstische wijze, maar ja, ik denk het wel.'

Mandy had alleen maar geknikt.

'Waar wil je naartoe?' had hij toen gevraagd.

Mandy had haar schouders opgehaald. Ze had het niet geweten. Haar liefde voor de man leek niet wederzijds. In ieder geval niet op de wijze waarop zij hem had liefgehad. En haar ouders waren kwaad op haar.

'Weet je wat?' had Bram gezegd. 'We gaan samen naar dat

kleine wegrestaurant, net buiten het dorp. Ze maken er heerlijke chocolademelk.'

'Het is toch een restaurant?'

'Het is meer een rustplaats voor vrachtwagenchauffeurs, waar je iets kunt eten, maar waar je ook gewoon wat warms kunt drinken en een stuk gebak kunt bestellen. En wat is er nu lekkerder dan warme chocolademelk en een groot stuk appelgebak.'

Hij had even gegrijnsd en niet eens op antwoord gewacht. Hij was regelrecht naar het kleine wegrestaurant gereden, dat Mandy altijd alleen van de buitenkant had gezien. De warme gezelligheid binnen had haar getroffen.

Het had meer van een grote huiskamer weg gehad dan van een wegrestaurant, met zijn eiken tafels en stoelen en donkerrode persjes op de tafels, de zithoek bij de haard en het pluizige tapijt op de plankenvloer. In een gemoedelijke sfeer hadden een paar chauffeurs een maaltijd gegeten en koffie gedronken.

Bram had voor Mandy en zichzelf chocolademelk en appelgebak besteld, wat verrassend goed had gesmaakt.

Hoewel hij het niet over haar verhouding had gehad, was het haar duidelijk geweest dat hij ervan wist. Maar hij had het niet genoemd. Hij had gewoon een praatje met haar gemaakt over alledaagse dingen.

Pas toen ze plotseling, zonder inleiding, had verteld dat ze ruzie met haar ouders had gehad, was dat ter sprake gekomen.

'Bezorgdheid,' had Bram gezegd. 'Ouders willen altijd dat het goed gaat met hun kinderen, dat ze de goede keuzes maken. Als dat niet gebeurt, worden ze boos. Niet eens zozeer op hun kinderen als wel op zichzelf. En boze mensen zijn niet altijd redelijk. Zelfs niet als de bedoelingen goed zijn.'

'Ik denk dat ik ook niet redelijk was.'

'Omdat je ook boos was. Omdat je je onbegrepen voelde.'

Dat had hij precies goed gezegd. Ze had zich onbegrepen gevoeld.

'Ik kan niet meer terug. Ze zijn zo kwaad...'

'Ze zijn nu vooral bang.'

'Hoe weet je dat? Ben je bij hen geweest? Moest je mij zoeken?'

Onwillekeurig had ze die verdedigende toon weer aangenomen, die ze steeds tegenover haar ouders had gebruikt.

Maar Bram had slechts zijn hoofd geschud. 'Omdat ik weet hoe ouders zijn.'

'Mijn ouders?'

'Alle ouders. Ze kunnen boos worden als kinderen keuzes maken die in hun ogen verkeerd zijn. Ze kunnen dingen zeggen die ze niet menen. Maar alleen vanuit bezorgdheid. Omdat ze het beste willen. En als ze dan het kind dreigen te verliezen, komt de angst.'

'Ik weet het niet…'

'Ik kan je naar hen toe brengen. Ik kan wachten totdat ze je binnenlaten en nog even daarna. Je kunt altijd weer naar buiten lopen, naar mij toe, als het anders is dan ik verwacht.'

Mandy had gehuiverd. Ze wilde niet meer buiten rondzwerven. Ze wilde niet meer in de regen staan en door het raam naar binnen kijken. Ze wilde naar huis gaan.

Ze had op haar onderlip gebeten en geknikt.

En Bram had haar naar huis gebracht en gewacht, precies zoals hij had beloofd.

Mandy's ouders waren blij geweest toen ze de deur voor haar hadden geopend. Haar moeder had gehuild. En zij had omgekeken naar Bram en voorzichtig geglimlacht.

Bram had haar een kleine lach terug geschonken en was weggereden, de donkere, natte nacht in.

Ja, Bram was speciaal geweest.

En ze hoorde dat andere mensen om haar heen soortgelijke opmerkingen maakten. En ze zag dat die mensen steeds even zwegen, nadat ze hun lovende woorden hadden gesproken. Dat de mensen even zwegen en wegzonken in hun eigen gedachten, hun eigen herinneringen.

Mandy begreep dat Bram speciaal was geweest voor veel mensen en dat ieder daartoe zijn of haar eigen reden had. Redenen die niet werden verteld.

Mandy wendde zich tot het groepje mensen waar ze het dichtst bij had gestaan.

'Wie was Bram Hogedijk precies?' vroeg ze.

Ze keek naar de aarzelende gezichten.

Niemand gaf antwoord.

Later, tegen het eind van de koffietafel, toen het glas werd geheven ter nagedachtenis van Bram, stelde Louise dezelfde vraag aan alle aanwezigen in het restaurant. 'Wie was Bram Hogedijk?' vroeg ze. Ze keek rond. 'We weten dat hij een paar jaar geleden ons dorp binnenreed met zijn oude auto en dat hij op zoek was naar werk. We weten dat hij in een caravan op camping De Hoek woonde en dat hij altijd vriendelijk en behulpzaam was. Ja, dat hij misschien een van de prettigste mensen was die ons dorp rijk was. Maar wie was hij werkelijk?'

Mensen mompelden vaag. Maar niemand in het restaurant kon werkelijk antwoord geven op de vraag wie Bram Hogedijk eigenlijk was. Niemand in het restaurant wist waar Bram vandaan kwam, wat zijn achtergrond was en waarom hij destijds het dorp was binnengereden.

Ze kwamen tot de ontstellende conclusie dat Bram, die de diepste geheimen van menig dorpeling kende, voor ieder van hen in zekere zin nog altijd een vreemdeling was.

3

'Eigenlijk is het onbegrijpelijk,' begon Tom later tegen Gemma. Ze stonden in de keuken van het restaurant en ruimden de troep op. 'Bram wist alles over iedereen, terwijl eigenlijk niemand werkelijk iets over Bram wist.'

'Bram wist alles over iedereen omdat hij zich overal mee bemoeide,' vond Gemma. Met driftige bewegingen ruimde ze het beleg van de broodjes op.

'Weet je...' begon Tom. Hij zette de kopjes die hij wilde opruimen aan de kant en keek Gemma aan. 'Ik vind het ongelooflijk dat je die houding aan kunt nemen.'

Gemma weigerde zijn blik te beantwoorden. 'Ik zeg gewoon hoe het is.'

Maar Tom schudde zijn hoofd. 'Nee, dat is niet waar. Je weet net zo goed als ik dat je moeder enorm veel steun van Bram kreeg toen je vader was gestorven. Je moeder was eenzaam en verdrietig na zijn dood. Depressief eigenlijk. Ze begon zelfs te drinken. Dat weet je. Maar Bram ontfermde zich over haar. Hij luisterde terwijl ze eindeloos over je vader praatte en herinneringen ophaalde.'

'Alleen omdat hij niets beters te doen had en omdat hij gewoon alles wilde weten.'

'Is dat zo?'

'Natuurlijk. Pure bemoeizucht.'

'Nee. Nee, zo was het niet.' Tom schudde zijn hoofd. 'Hij deed het om haar te helpen. Om haar dat te geven wat ze nodig had: een luisterend oor, tijd om te praten, tijd om te verwerken. Want je weet goed hoe het gaat... In het begin luistert iedereen nog naar je verhalen, maar na verloop van tijd heeft niemand daar meer de tijd voor. Omdat het leven doorgaat. Maar weinig mensen beseffen dat voor iemand die achterblijft het leven niet altijd zo gemakkelijk doorgaat, en dat het rouwproces soms meer tijd in beslag neemt dan dat wat de mensen om je heen je geven. Ik denk dat Bram de enige was die begreep dat je moeder het nodig had om over je vader te praten, en ik denk dat hij het leven voor haar draaglijk maakte.'

'Onzin. Hij stond haar toe om in het verleden te blijven hangen

en dat heeft haar uiteindelijk het leven gekost.'
'Denk je dat werkelijk?' Hij schudde weer zijn hoofd. 'Je weet wel beter,' gromde hij.

Ja, Gemma wist wel beter. Maar ze was niet van plan om dat te zeggen. Ze vond het belachelijk dat Bram bijna als een heilige werd afgetekend. Als een barmhartige Samaritaan. Bram was gewoon een bemoeial geweest.

'En Jill en Jenna dan?' ging Tom verder.

Gemma raakte behoorlijk geïrriteerd. Waarom liet hij het onderwerp niet rusten? Ze had werk te doen.

'Hij had niets bij hen te zoeken.'

'Ze vonden bij hem altijd een luisterend oor als ze ergens mee zaten,' bracht Tom haar in herinnering.

'Hij praatte met ze mee. Gaf ze altijd gelijk. Natuurlijk gingen ze naar hem toe. Omdat wij bezig waren met opvoeden. Omdat ze bij ons minder gemakkelijk hun zin kregen. Of hun gelijk.'

'Nee, niet daarom. Maar omdat wij vaak weinig tijd hadden.'

'Onzin.'

'Nee, geen onzin. Alles draait om het restaurant. Als ik 's avonds thuiskom, wachten de werkzaamheden daar, omdat jij er nooit bent.'

'Het restaurant zorgt voor een inkomen. Het zorgt ervoor dat we in een mooi huis wonen en ons de dingen kunnen permitteren die we graag willen hebben. Het zorgt voor een heel wat beter inkomen dan de meubelmakerij van jou.'

'Ja, dat klopt. Maar het zorgt er ook voor dat we geen gezinsleven meer hebben. En als ik kan kiezen tussen een prettig gezinsleven en een groot huis, is die keuze voor mij niet moeilijk.'

'Heeft Bram je die onzin aangepraat?'

'Voor het maken van een keuze heb ik Bram niet nodig. Ik weet wat ik wil: ik wil een normaal gezin, 's avonds samen aan tafel, samen tijd doorbrengen en dingen doen die gezinnen zoal doen.'

'Het restaurant is belangrijk voor me en dat weet je.'

'Te belangrijk.'

'Wat wil je dan? Dat ik weer huisvrouw word zodat jij als man des huizes als enige het brood op tafel brengt, zodat je je niet meer aangetast hoeft te voelen in je superieure rol?' Gemma's stem was schel en doorspekt met spot. 'En dat we weer in armoede kunnen leven? Want zoveel verdien je niet met die meubels van je...'

Ze voelde wel dat ze te ver ging. Dat ze Tom onnodig kleineerde. Maar ze had het niet meer in de hand. Het ontschoot haar gewoon. Misschien vanwege de frustratie die ze vanbinnen voelde.

'Ik wil alleen een normaal gezinsleven. Geen superieure rol als man des huizes, maar een normaal gezinsleven met tijd voor elkaar. Maar blijkbaar is dat niet mogelijk en dat heeft niets met het restaurant te maken, maar des te meer met jou. Het restaurant loopt goed genoeg om een zaakwaarnemer aan te nemen. Iemand die een deel van jouw taken overneemt en het voor jou mogelijk maakt om normale werktijden aan te houden en tijd met ons door te brengen.'

'Ik wil de regie zelf in handen houden en dat weet je. Mijn restaurant is niet voor niets een succes. Ik weet wat mensen willen, wat nodig is. Bovendien kost een zaakwaarnemer geld.'

'Het leven draait niet alleen om geld. Je zou ook met een zaakwaarnemer in dienst genoeg aan het restaurant overhouden om goed te kunnen leven en dat weet je. En wat die regie van je betreft... Je kunt het beleid ook bepalen zonder dat je alles zelf doet. Je kunt verantwoordelijkheid bij werknemers neerleggen. Maar alleen als je daartoe werkelijk bereid bent. En dat ben je niet.'

'Nee, dat ben ik niet. Dat heb je goed gezien. Ik wil het zelf doen.'

'Ten koste van je gezin?'

'Onzin.'

'Ik zag de brief die je begin deze week hebt gekregen. Over de overname van het restaurant in Lisse. Je hebt er niets over gezegd.'

Gemma schrok. Het was absoluut niet haar bedoeling geweest dat hij die brief zag. 'Controleer je mijn post?'

'Nee. Hij lag tussen de handschoenen in het laatje van de kast in de hal. Ik zag hem toen ik daar mijn werkhandschoenen zocht.

Ik wist niet meer waar ik ze had gelaten en aangezien ik de laatste tijd nogal eens in gedachten verzonken ben, hield ik het niet voor onmogelijk dat ik ze daar had neergelegd. Ik vond het vreemd dat in dat laatje tussen de handschoenen een brief lag en las hem, zonder er verder bij na te denken. Maar ik neem aan dat het niet de bedoeling was dat ik die las. Anders had hij daar niet gelegen. Waarom mocht ik hem niet zien?'

'Omdat ik er eerst over wilde nadenken.'

'Of omdat je er niet over wilde praten?'

'Ik neem mijn beslissingen zelf.'

'En valt daaronder ook de beslissing om er nog een restaurant bij te nemen?'

'Ik kan er iets van maken. Ik weet dat ik dat kan. En dat wil ik ook.'

'Ten koste van alles?'

'Ik wil er nu niet over praten, Tom. Ik kan er met jou niet over praten. Je begrijpt het toch niet.'

'Nee, daarin heb je gelijk. Ik begrijp het inderdaad niet.'

Het was een paar tellen stil en Tom zette wat kopjes weg. Daarna wendde hij zich weer tot Gemma. 'Ik kan je niet tegenhouden als je ieder uur in je leven in dit restaurant wilt steken en wellicht nog het restaurant in Lisse wilt overnemen. Ik kan je niet tegenhouden als je de rest van je leven binnen de muren van restaurants wilt doorbrengen in plaats van met je gezin. Maar ik kan wel mijn eigen beslissingen nemen. Ik kan besluiten om met de meisjes een eigen leven op te bouwen. Zonder jou.'

Gemma draaide zich woedend naar Tom om. 'Is dat een dreigement?'

Tom schudde vermoeid zijn hoofd. 'Nee, geen dreigement. Gewoon een overweging die ik maak. Ik houd van je, Gemma, nog steeds. Maar je bent allang niet meer de vrouw die ik destijds trouwde. Je bent veranderd in een zakenvrouw, voor wie alleen nog het bedrijf belangrijk is en die zichzelf daarbij zo hard voorbijrent, dat er voor de naasten alleen nog bitterheid overblijft. En daarmee kan ik niet leven.'

Hij zette de kopjes die hij nog in zijn handen had weg, draaide zich om en liep de keuken uit.

Gemma staarde hem na. Ze was woedend, maar ze was ook

van streek. Ze voelde een akelige verwardheid die ze niet kon thuisbrengen.

Ze klemde haar kaken opeen en ging weer aan het werk. Tom moest zich niet aanstellen.

Het was rond middernacht en Gemma woelde onrustig in bed. Ze luisterde naar de ademhaling van Tom. Die was regelmatig, maar had niet de gebruikelijke rust van de ademhaling als hij sliep. Ze wist vrijwel zeker dat Tom ook nog wakker was, maar dat hij eenvoudigweg niet de behoefte voelde om met haar te praten. Dat is dan wederzijds, bedacht ze kwaad. Ze wilde net zo min met hem praten.

Ze dacht aan het gesprek dat ze hadden gevoerd in de keuken. Het laatste gesprek van die dag, want daarna hadden ze elkaar ontweken.

Hij was kwaad geweest over de mogelijke overname van het restaurant in Lisse. Ze had dat ook verwacht, want hij had al vaker geklaagd over het feit dat ze nooit tijd had voor haar gezin. Hij begreep er gewoon niets van. Ze kon niet anders, maar op de een of andere manier wilde dat maar niet tot hem doordringen. Of misschien was hij gewoon te koppig om het in te zien. Mogelijk verdroeg hij zelfs niet dat zij als vrouw meer verdiende dan hij. Eigenlijk wist ze wel beter dan dat, maar ze vond het gemakkelijker om zich daaraan vast te houden.

Dat ze hem niets over die overname had verteld, was niet toevallig geweest. Ze was het niet vergeten en ze had er niet eerst over willen nadenken, want eigenlijk had ze het besluit om het te doen meteen al genomen toen het haar werd gevraagd. Het had zo voor de hand gelegen. Ze wist dat ze er goed in was en ze was gevleid door het feit dat het uitgerekend haar was gevraagd. Maar ze had het niet tegen Tom willen zeggen. Papieren waren tenslotte nog niet getekend en ze had verwacht dat hij ertegen in zou gaan. Ze wilde niet dat hij ertegen inging. Ze wilde geen hindernissen nemen om datgene te doen waarvan ze vond dat ze het moest doen.

Dat was de enige reden waarom ze er niet met hem over had gepraat.

Dat was trouwens niet het enige waar ze met Tom niet over

praatte. De laatste tijd was er zoveel dat ze niet meer ter sprake bracht. Op ieder gebied. En ze had het vermoeden dat hetzelfde voor Tom gold. Misschien omdat ze op geen enkel gebied meer echt met elkaar praatten. Ze leefden in hetzelfde huis, maar er was geen sprake meer van werkelijk samenzijn.

Ze was altijd weg, had hij haar verweten. Hij had gelijk. Maar hij moest ook begrijpen dat ze niet anders kon. Vanwege het restaurant. En misschien ook een beetje vanwege het karakter dat hun verhouding had gekregen. Vanwege de soms grimmige zwijgzaamheid tussen hen beiden.

Heel even slechts kwam het in haar op dat de overname van een tweede restaurant wellicht een vlucht was voor haarzelf en voor het leven dat ze leidde. Maar die gedachte duwde ze snel weer van zich af. Onzin. Ze deed het omdat ze er goed in was. Omdat ze het graag deed.

Ze draaide zich op haar zij en dacht aan Jill en Jenna, haar tweeling. Twee pittige meisjes met blonde staartjes en dezelfde energie als zij. Nou ja, Jill in ieder geval. Wat het uiterlijk betrof leken de meisjes sprekend op elkaar, maar in karakter leek vooral Jill op haar. Jill was prestatiegericht, haalde mooie cijfers en wist wat ze wilde. Jenna was meer als Tom. Ze scheen af en toe te denken dat het leven één groot speelveld was en nam het Gemma vaak kwalijk als deze haar duidelijk probeerde te maken dat ze zich daarmee een verkeerd beeld vormde van het leven.

Met Jenna waren er soms conflicten, moest Gemma toegeven. Ze was geneigd om de schuld daarvan bij Jenna te leggen, maar dan moest ze toegeven dat ook Jill de laatste tijd meer afstand nam. En dat deed pijn, al liet ze dat niet merken.

Ze wist niet hoe ze dat moest veranderen. En of ze het nog kon veranderen.

Tom had gesuggereerd dat hij bij haar weg kon gaan met de meiden. Hij zou toch werkelijk niet verwachten dat ze dat zou toelaten? Het maakte haar woedend als ze eraan dacht.

Niemand nam een moeder haar kinderen af. Niemand.

Het maakte haar echter ook bang. Omdat de kinderen zelf voor Tom zouden kunnen kiezen. Dat wist ze. Want Tom was degene die toch nog zorgde voor een stuk gezelligheid en regelmaat, ook als Gemma er niet was.

Maar Gemma was vooral bang omdat ze, diep in haar hart, niemand kwijt wilde.

Ze draaide zich op haar andere zij.

Onwillekeurig dacht ze aan de dag waarop ze met Tom trouwde. Aan de prachtige dienst in de kerk en aan de verbintenis die ze destijds met Tom had gevoeld. Aan het jawoord dat ze elkaar voor Gods aangezicht hadden gegeven. Aan de zekerheid waarmee ze had aangenomen dat dat voor eeuwig zou zijn. Eindeloos ver weg lag die dag. Eindeloos ver weg lagen de beloftes. Tom had gezegd dat hij nog van haar hield. Maar waarom begreep hij dan niet wat ze moest doen?

Waarom begreep hij helemaal niets?

Ze klemde gespannen haar kaken opeen.

Tom had geen idee van de werkelijke wereld, net zo min als Jenna. Tom was een kind in een grotemensenwereld. Hij had geen idee van de noodzaak voor haar om te werken en veiligheid op te bouwen. Om de kansen te grijpen die je aangeboden kreeg en ervan te maken wat je ervan kon maken, ongeacht de prijs. Omdat het nu eenmaal zo hoorde. Natuurlijk, Tom werkte ook. Maar dat was anders. Voor Tom was werk gewoon een middel om de kost te verdienen. Iets waaraan hij beslist geen hekel had, maar dat voor hem niet meer was dan alleen een noodzakelijke plicht, zoals de school voor kinderen. Hij zag niet in hoe belangrijk een financiële buffer was voor de toekomst. Voor als er ooit slechtere tijden kwamen. Hij dacht er te licht over.

Heel even dacht ze aan haar moeder. Het gaf haar een ellendig gevoel. Een vaag schuldgevoel drong zich aan haar op, dat ze niet kon en wilde plaatsen. Ze werd er misselijk van.

Met een felle beweging stond ze op en ze liep naar de badkamer. Ze twijfelde slechts even en nam ten slotte een slaaptabletje. Zonder slaap kon ze niet functioneren. Zonder slaap piekerde ze alleen maar en dat wilde ze niet. Van piekeren werd niemand beter.

Piekeren was slechts tijdsverspilling.

4

Gemma was in de keuken van het restaurant aan het werk toen Lisette, een van haar werknemers, haar aandacht trok en vertelde dat er in het restaurant een heer was die haar wilde spreken.

Gemma reageerde verbaasd. Ze had geen afspraak staan en vertegenwoordigers kwamen niet op zaterdag. Bovendien wisten de meeste mensen wel dat ze niet gediend was van dergelijke bezoekjes.

'Wie is het?' vroeg ze, met opgetrokken wenkbrauwen.

'Hij stelde zich voor als notaris Van der Velde,' vertelde Lisette.

'Een notaris? Wat moet hij?'

'Geen idee. Hij zei alleen dat hij u graag wilde spreken.'

'Vreemd.' Gemma legde de doek die ze in haar hand had op het aanrecht en liep naar het restaurant. Ondertussen probeerde ze zich een idee te vormen van de reden van de komst van een notaris. Heel even dacht ze dat het nog met de dood van haar moeder te maken kon hebben, maar dat was onwaarschijnlijk. Alles omtrent de dood van haar moeder en haar karige nalatenschap was geregeld. De enige andere reden die Gemma kon bedenken voor de komst van de man, was het regelen van een koffietafel of een diner, voor zakelijke doeleinden. Dat leek nog het meest waarschijnlijk.

Ze schikte snel haar haren, streek haar kleding recht en liep met opgeheven hoofd het restaurant binnen.

De notaris zat aan een tweepersoonstafeltje bij het raam. Hij was rond de zestig, meende Gemma, en zag eruit als een echte heer. Hij droeg een keurig donker kostuum met stropdas en zijn grijze haren waren netjes naar achteren gekamd. Zijn gezicht had iets voornaams, misschien wel uit hoofde van zijn beroep.

Hij zag Gemma binnenkomen, keek naar haar en glimlachte.

Toen ze zijn tafeltje bereikte, stond hij hoffelijk op en gaf haar een hand, waarbij hij zich voorstelde als notaris Van der Velde.

Gemma stelde zich ook voor, hoewel ze ervan overtuigd was dat de man wist wie ze was. Hij had tenslotte niet voor niets naar haar gevraagd.

Het was haar overigens een vraag hoe hij aan haar naam kwam. Ze kende de man niet en wist vrijwel zeker dat hij niet in Lomme woonde. Maar wellicht had hij haar naam gehoord toen iemand haar had aanbevolen.

'Prettig kennis te maken,' zei Gemma formeel. 'Wilt u misschien een kop koffie?' Ze had zichzelf er op dat moment van overtuigd dat de man een reservering wilde maken en het aanbieden van koffie was dan wel het minste dat ze kon doen.

De notaris knikte dankbaar, Gemma riep Lisette bij zich en verzocht haar om twee koppen koffie te brengen.

Het gesprek begon neutraal. Ze praatte met de man over het weer en hij liet zich ontvallen dat hij Lomme een charmant dorpje vond. Iets wat alleen bevestigde dat hij er niet woonde.

Pas toen Lisette de koffie had gebracht, kwam de notaris ter zake. 'U hebt ongetwijfeld de overleden Bram Hogedijk gekend?' vroeg hij.

Gemma knikte verbaasd. Dat Bram Hogedijk ter sprake kwam, was wel het laatste wat ze nu had verwacht.

'Mijn komst heeft daarmee regelrecht verband,' zei de notaris. Hij deed met zorgvuldige gebaren suiker en melk in zijn koffie.

Gemma staarde hem verbaasd aan.

'De politie heeft mij op de hoogte gebracht van zijn overlijden. In de caravan van de heer Hogedijk zijn papieren gevonden waaruit bleek dat de heer Hogedijk mij de opdracht heeft gegeven om zijn nalatenschap te regelen. Dat klopt ook, de heer Hogedijk heeft vorig jaar bij mij een testament opgemaakt.'

De notaris roerde zwierig in zijn koffie.

Gemma bleef haar ogen op hem gericht houden. Ze begreep absoluut niet waarom de man dat uitgerekend haar vertelde.

Eindelijk stopte de notaris met roeren en keek haar recht aan. 'De heer Bram Hogedijk heeft onder anderen u als erfgename opgegeven.'

Gemma's verbijstering werd alleen maar groter. 'Mij?'

Ze zag Bram weer voor zich. Brams gezicht, vriendelijk als altijd, zelfs als ze duidelijk liet merken dat ze hem niet mocht. Zelfs als ze hem betichtte van bemoeizucht.

Zelfs als hij zich dan verontschuldigde.

De notaris knikte. 'Gemma Klasse-Braams. Het is voor mij

absoluut niet gebruikelijk om een erfgename persoonlijk te bezoeken, maar het was een van Brams wensen en die wil ik graag vervullen. Zeker in een dergelijk charmant dorp. De afwikkeling van de erfenis vergt normaal gesproken heel wat tijd, zo'n zes tot twaalf maanden, maar het was zijn wens dat ik u zo spoedig mogelijk na zijn overlijden persoonlijk in De Halte bezocht en u vertelde wat hij u nagelaten heeft. Omdat ik dit weekend hier voor familiebezoek in de buurt moest zijn, besloot ik vandaag bij u langs te gaan.'

'Maar waarom ik?' Gemma kon nauwelijks meer uitbrengen dan die simpele bewoording van de vele vragen die in haar opkwamen.

De notaris haalde echter zijn schouders op. 'Dat heeft hij niet verteld en het gaat mij ook niet aan. Voor mij is alleen zijn besluit van belang en wat ik moet doen: zorgen dat u de benodigde papieren ontvangt waarmee datgene wat hij voor u bestemd heeft aan u wordt overgedragen.'

Gemma begreep er niets van. Ze had Bram niet gemogen en Bram had dat geweten. Waarom had hij haar uitgekozen, terwijl er zo veel dorpelingen waren die gek waren geweest op de vreemde man?

Schuld. Het kwam opeens in haar op. Bram Hogedijk had wellicht alleen maar schulden en daarmee wilde hij niemand opzadelen die hij mocht.

Gemma kneep haar ogen een beetje samen, terwijl ze naar de notaris keek.

'Die nalatenschap...' begon ze. 'Bestaat die uit schulden?'

De notaris glimlachte. Hij schudde zijn hoofd. 'Nee, Bram Hogedijk had geen schulden.'

'Dan begrijp ik het niet,' zei Gemma. 'Ik kende hem nauwelijks.'

'Ik weet niet wat zijn beweegreden was, en zoals gezegd is dat ook niet mijn taak. Ik dien er alleen voor te zorgen dat u krijgt wat u toekomt.'

Hij legde de papieren op tafel en keek haar aan. 'Stelt u zich er niet te veel van voor. Wat hij u nagelaten heeft, heeft nauwelijks financiële waarde. Wellicht is er sprake van een gevoelswaarde, maar het is aan u om dat te bepalen.'

Hij nam een klein slokje koffie en knikte goedkeurend.
'Heerlijke koffie.'
Een beetje verward knikte Gemma instemmend.
De notaris wees op een akte, die hij op de tafel had gelegd.
'Een akte van eigendom,' zei hij. 'Alles wat ik van u nodig heb, is een handtekening, waarmee u aangeeft dat u de papieren in ontvangst heeft genomen.'
'En als ik de nalatenschap niet wil aannemen?' vroeg Gemma.
'U kunt het weigeren. Maar ik weet niet of u dat moet doen. Het gaat hier om een laatste wens van een man die zijn laatste jaren in dit dorp heeft doorgebracht en ervan is gaan houden. Hij heeft ongetwijfeld een bedoeling gehad met deze nalatenschap en het lijkt mij dan ook alleen maar getuigen van respect als u die aanneemt. Er is geen sprake van schuld of van verplichtingen die met de nalatenschap gepaard gaan. U hebt in dat opzicht niets te verliezen.'

Gemma dacht er even over na. Ze betwijfelde of ze zich verplicht moest voelen om de laatste wens van Bram in vervulling te laten gaan, maar ze besloot uiteindelijk dat ze haar gevoelens niet op dergelijke wijze hoefde bloot te geven.

Ze knikte alleen en ondertekende het document dat hij haar toeschoof.

Ze opende de akte niet, maar dronk haar koffie terwijl ze, enigszins in gedachten verzonken, meeging in het gesprek van de notaris over de komst van de lente en over alle planten die dan in bloei zouden komen.

Achteraf wist ze niet meer wat hij precies had gezegd, maar ze geloofde ook niet dat het werkelijk van belang was.

Pas toen de man haar had bedankt voor het gastvrij onthaal, was opgestaan en het restaurant had verlaten, pakte Gemma de eigendomsakte op en opende die.

De tekst was eenvoudig en het kwam erop neer dat Bram haar de oude Suzuki Samurai, de caravan en alle persoonlijke bezittingen die daarin te vinden waren, aan haar had nagelaten.

Gemma realiseerde zich dat die erfenis inderdaad weinig voorstelde. Tenzij er in die caravan een sok met geld was verstopt. Maar dat leek haar onwaarschijnlijk. Bram was niet iemand geweest die veel geld verdiende.

Maar ze zag geen andere optie dan naar De Hoek te gaan om haar nieuwe bezittingen te bekijken. Ze had geen idee hoe de caravan van Bram eruitzag en over welke bezittingen hij het had in zijn akte. Maar haar voorstelling daarvan was dusdanig van aard dat teleurstelling bijna uitgesloten was.

Gemma moest echter toegeven dat haar erfenis nog minder om het lijf had dan ze had verwacht toen ze de caravan op camping De Hoek in het oog kreeg.

En ze had werkelijk niet veel verwacht.

Dat de Suzuki van Bram geen geld meer waard was, wist ze. Ze had hem vaak genoeg in het oude ding zien rondhobbelen en zich daarover geen illusies gemaakt. Ze was ervan overtuigd geweest dat ze zich ook over de overige bezittingen geen illusies had gemaakt, maar toen ze bij de caravan stond, besefte ze dat ze toch iets meer had verwacht dan dat.

Hij heeft het gedaan om mij te pesten, dacht ze even.

Het was zo onlogisch dat Bram uitgerekend haar iets van waarde had nagelaten. Omdat zij, in tegenstelling tot de andere dorpelingen, hem niet bijzonder had gemogen en omdat zij het ook niet nodig had. Ze genoot zelf een behoorlijk inkomen en had een goed gevulde spaarrekening.

Maar dat Bram iets deed om een ander, zelfs haar, te pesten, was eigenlijk net zo onwaarschijnlijk.

Maar wat wist ze uiteindelijk werkelijk van hem af?

Ze bekeek de grauwe caravan van gemiddelde afmetingen met een diepe zucht. Op het dak, de voorkant en de benedenlijn had zich een dunne laag mos vastgekleefd. De caravan was ongetwijfeld hoogbejaard en ze vroeg zich af hoe de man zich in de winter in vredesnaam warm had gehouden. Het leek haar onwaarschijnlijk dat je in een dergelijke gammel uitziende caravan warmte kon vasthouden. Het zou haar zelfs niet verbazen als het ding zo lek was als een zeef.

Ze zuchtte nog maar eens diep, opende de deur met de sleutel die bij de eigendomspapieren had gezeten en wierp voorzichtig een blik naar binnen, bang om muizen of ander ongedierte aan te treffen.

Dat gebeurde echter niet. De caravan zag er vanbinnen opvallend schoon en opgeruimd uit.

Ondanks dat Bram er al een bijna een week geen gebruik van had gemaakt, rook het niet muf. Integendeel. Er hing een vage bloemengeur die Gemma in eerste instantie niet kon thuisbrengen. Pas toen ze het bloemenpotje met de miniroosjes op het tafeltje in de kleine zithoek zag staan en de lavendel op het kleine aanrechtblad, begreep ze dat die verantwoordelijk waren voor de geur.

De zithoek aan de voorkant bestond slechts uit twee rechte bankjes met een vaalrode bekleding, oud maar schoon, en een klaptafeltje. Ongetwijfeld vormde dezelfde zithoek met een eenvoudige handeling een slaaphoek als de nacht viel. Maar niet voor Bram, want aan de achterkant stond zijn keurig opgemaakte bed. Tussen keuken en bed was een kast met een open ruimte in het midden. Daarin stond een kleine televisie. Het was een oud ding en het had Gemma niet verbaasd als het een zwart-wittelevisie was.

Naast het bed was een kleine douche met wc, en de keuken was niet meer dan een klein aanrechtblok en een koelkast, slechts gescheiden van de zithoek door een lage kast.

Gemma kon zich niet voorstellen dat iemand hier had gewoond. Je had hier nauwelijks de ruimte om je behoorlijk om te draaien.

De man had werkelijk geen bezittingen gehad. Eigenlijk was dat nauwelijks verbazingwekkend. Gemma herinnerde zich dat Bram altijd tijd genoeg had gehad om overal een praatje te maken en overal zijn neus in te steken. Dan hield je natuurlijk nauwelijks tijd over om te werken en iets op te bouwen. Ze kon daar maar weinig respect voor opbrengen.

Gemma vroeg zich af wat ze in vredesnaam met een dergelijke waardeloze nalatenschap moest doen. De caravan zou nauwelijks iets opbrengen en de auto was rijp voor de sloop. En of er iets van waarde in de caravan lag, betwijfelde ze. Iemand die zo leefde, bezat geen geld of waardevolle spullen.

Toch besloot ze om een kijkje in de kasten te nemen. Het kon geen kwaad om zekerheid te hebben en uiteindelijk was de caravan met alle bezittingen nu van haar.

Toch voelde het vreemd toen ze de eerste kast opende. Bijna

alsof ze iets onbehoorlijks deed. Alsof ze binnendrong in iemands privéleven. Eigenlijk was dat ook zo, maar ze hield zich voor dat ze dat op zijn verzoek deed. En ergens, diep vanbinnen, was er dat klein stukje nieuwsgierigheid naar de persoon Bram Hogedijk. Naar de man van wie niemand leek te weten wie hij werkelijk was.

De eerste kastjes die ze opende, waren de kastjes bij het aanrecht. Ze was er vrijwel zeker van dat ze daar geen persoonlijke zaken zou aantreffen, dus daar beginnen vond ze een prettig idee. Alsof ze even moest wennen aan haar eigen aanwezigheid in de caravan en aan het feit dat ze zomaar het leven binnendrong van een man, met wie ze niets had gehad.

Ze trof glazen, kopjes en borden aan in de kast, zoals ze mocht verwachten. Een aardig servies overigens, dat moest ze toegeven. Vrij nieuw nog en voorzien van tere roosjes. De glazen hadden een wat statige uitstraling en de borrelglaasjes stonden, zoals je kon verwachten, vooraan.

Levensmiddelen had hij ook op voorraad, maar ze waren eenvoudig van aard en beperkt tot dat wat echt noodzakelijk was, zoals meel en suiker, koffie en thee, maïzena, bouillon, een half pakje macaroni, tomatenpuree en kruiden. Er lag ook een plastic zak met nog een paar sneetjes brood. Ze waren nog niet beschimmeld, maar Gemma pakte het er maar uit om het weg te gooien. Ze trof beleg aan voor het brood. Pindakaas en jam in de kast, kaas en ham in de koelkast. Een paar eitjes, een half pak melk, driekwart kuipje boter en een pak yoghurt. Gemma zette de bederfelijke waren op het aanrecht, bij het brood. Ook dat kon ze beter weggooien. Haar aanvankelijke reserve om in de kasten te kijken verdween, omdat ze het gevoel had iets nuttigs te doen. Ze sorteerde spullen uit, gooide dingen weg die konden bederven met alle gevolgen van dien.

Beneden in het aanrechtkastje trof ze een afwasteiltje, afwasmiddel, wat doekjes, handdoekjes en een borsteltje aan. Alles keurig bij elkaar gezet. Bram was in ieder geval een opgeruimd persoon geweest. Ze had dat niet van Bram geweten, maar het verbaasde haar ook niet. Ze had mensen in het dorp vaak genoeg horen vertellen dat Bram altijd zo netjes opruimde na zijn karweitjes.

Gemma keek in de kast bij de televisie en trof een aantal boeken aan. Veelal boeken over historische feiten en natuurlijk een bijbel. Bram was elke zondag in de kerk geweest, dus ook dat was geen echte verrassing.

Iets verderop in de kast trof ze een doos met een deksel aan. Er stond niets op geschreven. Het was een eenvoudige, neutrale witte doos.

Gemma opende hem een klein stukje en keek naar de inhoud. Brieven en foto's.

Haar keel voelde op slag een beetje droog aan. Dit kon haar vertellen wie Bram werkelijk was. Maar ze opende de doos niet helemaal. Het voelde gewoon nog niet goed. Bijna alsof je iemand voor de eerste keer in je leven trof en meteen vroeg welk salaris hij verdiende.

Ze zette de doos op het tafeltje in de kleine zithoek en liep naar de kast tegen de achterwand van de caravan. Kleding, beddengoed, handdoeken en mappen van bank en verzekeringsmaatschappijen wachtten hier op haar. Geen brandkastjes en geen sokken met geld. Alleen de gebruikelijke dingen van een oudere man. Ze keek niet waar hij voor was verzekerd en ze keek niet naar de afschriften van de bank. De reden was dezelfde als die waarvoor ze niet in de doos had gekeken. Het voelde nog niet goed.

Ze onderzocht zijn minder persoonlijke zaken, verbaasde zich over het feit dat hij over twee ongedragen pakken beschikte en over de manier waarop de man alles keurig had gerangschikt.

Maar uiteindelijk had ze alles gezien, behalve de inhoud van de verzekerings- en bankmap en natuurlijk de inhoud van de doos.

Ze ging aan het tafeltje zitten, op een van de bankjes waar Bram ongetwijfeld ook vaak op had gezeten. Ze keek naar buiten, waar onkruid de lege plekken van de camping bedekte. Het verbaasde haar niet dat er bijna nooit meer gasten waren. De kleine camping had nauwelijks iets te bieden en de oude eigenaar, Rien Lauwers, slaagde er niet meer in om alles bij te houden. Maar hij was te eigenwijs om hulp aan te nemen. Gemma nam aan dat hij het wel goed vond zo. Rien had in zijn vroegere dagen veel geld gespaard en had het inkomen nu waarschijnlijk niet meer nodig.

Overigens werd een deel van het onkruid gevormd door enkele alledaagse bloemetjes, die in de meeste tuinen werden geweerd, maar die met hun vrolijke kleuren toch wel iets hadden. Tussen het onkruid zochten musjes naar zaadjes of andere hapjes, zag ze. Het gras en de struiken hadden frisgroene bladeren, zoals je dat alleen in het voorjaar zag. Nog even en dan zou alles in bloei staan en zou zelfs het onkruid meer kleur vertonen. In ieder geval totdat het de standplaatsen volledig overwoekerde.

Gemma keek weer naar de mappen en de doos. Ze begon uiteindelijk met de verzekeringsmap. Het verborg weinig interessants. Een verzekering voor de auto en voor de caravan. En natuurlijk een WA-verzekering en een kopie van de begrafenisverzekering. Meer dan dat trof ze niet aan. Bram had dus geen geheime bezittingen gehad. Geen prachtig huis dat hij als excentrieke miljonair angstvallig verborgen had gehouden omdat hij tussen de gewone mensen wilde wonen.

Gemma's mond vormde heel even een klein lachje bij die gedachte. Bram als excentrieke miljonair... het idee alleen al.

Ze opende de map van de bank en trof keurig gerangschikte afschriften aan. Het verbaasde haar dat Bram een spaarrekening had.

Bijna vijfduizend euro had de man gespaard. Geen kapitaal waar je rijk van werd, maar meer dan ze had verwacht. Niet dat ze daar zelf op zat te wachten. Haar eigen spaarrekening was veel beter gevuld. Maar het was iets wat ze niet echt had verwacht.

Brams rekening liet een tegoed zien van tweeduizend driehonderdzevenenvijftig euro en dertig cent. Ook al geen enorm kapitaal, maar hij kon blijkbaar goed rondkomen van zijn karige loon. Wellicht omdat hij geen maandelijkse rekeningen binnenkreeg zoals ieder ander respectabel mens dat gewoon in een huis woonde en met twee voeten in de maatschappij stond.

Bij elkaar stond er dus zo'n kleine zevenenhalfduizend euro op Brams bankrekeningen. Het was echter de vraag of dat tegoed viel onder de 'persoonlijke bezittingen' die Bram haar nagelaten had. En als dat wel zo was, zou ze daar natuurlijk wel successierechten over moeten betalen, maar dat zou de notaris haar wel verder kunnen uitleggen. Ook zou de WA-verzekering opgezegd moeten worden, de autoverzekering en motorrijtuigenbelasting moesten overgeschreven worden op haar naam, en misschien waren er nog wel onbetaalde rekeningen. Die notaris zou zelf toch ook nog wel een rekening sturen? Die bankrekeningen zouden trouwens wel geblokkeerd zijn zodra de banken op de hoogte gesteld waren van Brams overlijden, dat herinnerde ze zich nog van de tijd rondom haar moeders overlijden. Nou ja, die bankzaken zou ze dan wel een keer samen met de notaris uitzoeken. Dat had geen haast, ze zat niet om het geld verlegen.

Gemma schoof de mappen aan de kant en keek een paar tellen naar de doos.

Ik moet gaan werken, dacht ze. Zaterdag was altijd een drukke dag in het restaurant en ze had het gevoel dat alles in het honderd liep als ze er niet was. Ook al wist het personeel precies wat het moest doen, het was maar de vraag of ze het ook werkelijk naar behoren deden als zij er niet was.

Gemma voelde de neiging om op te staan en te vertrekken, de doos achter te laten op de tafel.

Maar ze deed het niet.

Ze haalde het deksel van de doos en keek naar de inhoud, die bestond uit foto's en brieven.

Ze twijfelde nog even voordat ze zover was dat ze werkelijk de foto's bekeek, maar uiteindelijk ging het bijna vanzelf.

De eerste paar foto's toonden alleen Bram. Soms alleen en soms met dorpsgenoten. Ze zag Bram op de steiger van het Bossermeer staan, met zijn hengel in de hand en een brede lach op zijn gezicht. Ze zag hem met de hond van Lammers spelen en ze zag hem op een schommel zitten met de kinderen van Ellie Tuin. Ze zag nog meer soortgelijke foto's.

Ze zag ook een foto van Bram met Flip Doornbos. Flip leefde niet meer. Maar op de foto lachte hij nog volop, terwijl hij naast Bram stond en samen met Bram een grote forel toonde, die ze blijkbaar hadden gevangen. Gemma had nooit geweten dat die twee bevriend waren geweest. Maar ze had net zo min geweten dat Bram voor veel andere dorpsgenoten meer was dan alleen een klusjesman. Zoals hij ook voor haar moeder meer was geweest. Ze had natuurlijk wel beseft dat ze hem graag mochten en ze had ook wel begrepen dat hij mensen had geholpen, maar ze had nooit het idee gehad dat er sprake was geweest van echte vriendschap. En misschien was dat ook niet zo. Misschien waren de foto's gewoon op jolige momenten genomen. Sommige mensen liepen altijd met een fototoestel rond.

Ze kreeg een foto in handen waarop Bram veel jonger was. Hij droeg een kostuum zoals de kostuums die ze in de kast had zien liggen, en had zowaar een voorname uitstraling. Hij schudde iemands hand en keek in de camera. Een geposeerde foto, wist Gemma. En de man bij hem kende ze ergens van, maar ze wist niet waarvan. Het was in ieder geval niet iemand van het dorp. Ze zag ook foto's waarop Bram versleten kleding droeg en waarop hij met andere mannen rond een soort kampvuur zat. Ze kon niet zien waar de foto's waren gemaakt, maar ze wist zeker dat het ergens in een stad was. Ze zag ook de vage contouren van een brug, waar de mannen onder leken te zitten. De andere mannen zagen er onverzorgd uit, bijna vies. Zwervers, drong het tot Gemma door. Was Bram een zwerver geweest?

Maar dan kwamen er weer andere foto's, van een jongere Bram, keurig in kostuum, veelal met belangrijk ogende mannen. Gemma begreep er niets meer van.

Ze had verwacht meer inzicht te krijgen in zijn leven, maar het leek erop dat er alleen maar meer verwarring ontstond.

Er waren ook foto's van een heel jonge Bram met twee oudere mensen en een jongetje dat duidelijk een stuk jonger was dan Bram. De ouders en een broer, een nakomertje, gokte Gemma. Zelfs dat voelde vreemd, hoewel het niet meer dan logisch was dat ook Bram ooit lid was geweest van een gezin. Ze zocht verder totdat ze op een bepaald moment een foto in handen had die ze lange tijd bekeek. Een jonge Bram, keurig in maatpak, met naast hem een prachtige vrouw met blond, opgestoken haar. Ze droeg een stijlvolle japon en glimlachte wat onzeker naar de camera.

Voor het stel stonden twee kinderen: een jongen en een meisje. Het jongetje droeg ook een pak, met een fel afstekend rood strikje. Het meisje had een lavendelkleurig jurkje aan en ontweek verlegen de camera.

Was Bram getrouwd geweest? Had hij een gezin gehad?

Geïntrigeerd zocht Gemma verder tussen de foto's. Ze vond nog veel meer foto's van Bram met de onbekende vrouw en de kinderen. Het waren niet bijzonder veel foto's, maar met intervallen van jaren lieten ze Bram als jonge kerel zien, met een mooie vrouw aan zijn zijde en een eerstgeborene die ze trots aan de camera lieten zien, tot Bram en zijn vrouw op een statige, geposeerde foto, met twee kinderen die de puberteit alweer bijna achter zich lieten. Op die foto zag ze een gespannen lachje bij de vrouw, dit keer met heel kort blond haar, en de dwarse puberblik in de ogen van de jongen. Het meisje ontweek nog steeds de camera. Het waren knappe kinderen. Vooral de jongen. De jongen leek zich daarvan bewust, het meisje had mogelijk geen idee.

Voor Gemma was er geen twijfel meer mogelijk. Bram Hogedijk had ooit een gezin gehad. Hij had een vrouw gehad en twee kinderen.

Gemma vroeg zich af waar die vrouw en kinderen waren gebleven. Ze vroeg zich af of er iets vreselijks met hen was gebeurd, waardoor Bram een tijd het spoor was kwijtgeraakt en op straat had geleefd, totdat hij naar Lomme was gekomen.

Gemma wierp een blik op de brieven en besefte dat ze daarin wellicht het antwoord kon vinden.

Het was al laat en ze moest eigenlijk naar het restaurant. Maar ze kon het niet opbrengen. Nu ze dat kleine stukje van Brams leven had gezien, wist ze dat ze zijn hele verhaal wilde kennen. Omdat het anders in haar hoofd zou blijven rondspoken.

Het waren slechts drie brieven. Een brief was geadresseerd aan ene Martin en de ander aan een Vivian. Achternamen werden niet genoemd. Gemma had sterk het vermoeden dat het de namen van de kinderen waren. Ze pakte de derde brief in haar hand en staarde verbaasd naar de envelop.

In sierlijke letters stond daarop haar eigen naam. Het verbijsterde haar.

Ze draaide de envelop een paar keer rond in haar hand. Er stond niets anders op. Slechts haar naam. Toch nog wat aarzelend maakte ze de envelop open en ontvouwde de brief.

Ze herkende het handschrift van Bram.

Beste Gemma,

Als je dit leest, ben ik dood. Je hebt dan inmiddels vernomen dat alles wat ik in Lomme bezat, mijn auto, de caravan en alles daaromheen, nu voor jou is.

Financieel stelt het niets voor. Dat weet ik. Mijn erfenis voor jou heeft een andere betekenis, maar dat kan ik nu niet uitleggen. Je zou het niet begrijpen.

Maar met mijn erfenis komt ook een vraag. Een verzoek tot vervulling van mijn laatste wens.

Je bent natuurlijk niet verplicht om die laatste wens in vervulling te laten gaan, maar ik weet dat je een plichtsgetrouw en eerlijk mens bent en ik vertrouw er toch op dat je mijn wens in ere zult houden.

Misschien heb je de foto's in de doos al bekeken en al kennisgemaakt met een deel van mijn leven voordat ik het dorp binnenwandelde. Dan heb je gezien dat er ooit een gezin was, met een echtgenote en twee kinderen, van wie ik zielsveel hield.

Mijn vrouw is destijds helaas gestorven en met mijn kinderen heb sinds die tijd geen contact meer. Ik ben niet kwaad op hen om die reden. Integendeel. Nu ik de leeftijd heb bereikt waarop je niet meer zoveel moet, begrijp ik des te beter wat er destijds fout ging.

Ik heb een schuld in te lossen, maar het is mij niet gelukt om dat persoonlijk te doen.

Maar wellicht vinden mijn kinderen in hun hart toch nog een mogelijkheid tot vergeving, als ik hun daar nederig om vraag. Ik hoop het, want het is belangrijk voor mij. Zelfs als ik er niet meer ben.

Maar het is een vraag die ik zelf niet meer kan stellen. Daarom, beste Gemma, wil ik jou vragen om dat voor mij te doen.

Ik wil jou vragen om mijn kinderen te bezoeken, ieder hun eigen brief te overhandigen en erop toe te zien dat ze hem lezen. De beslissing die ze nemen, is hun eigen beslissing, en die zal ik te allen tijde respecteren. Zolang ik maar de kans krijg om een laatste keer gehoord te worden.

Ik weet dat ik veel van je vraag en ik weet dat je kunt weige-

ren. Maar eerlijk gezegd geloof ik niet dat je dat doet. Want met het vervullen van mijn laatste wens, kom je ook bij mijn daadwerkelijke erfenis aan jou. En misschien is het daarvoor nog niet te laat.

Rest mij nog om je alle goeds te wensen voor nu en de toekomst.

Bram.

Gemma las de brief drie keer door.

Is hij nu helemaal gek geworden, gromde een stem in haar hoofd.

Niet alleen had hij haar slechts oude rommel nagelaten, maar nu wilde hij ook nog dat ze iets voor hem deed. Dat ze zijn laatste wens vervulde. Uitgerekend zij, die hem nooit bijzonder had gemogen. Waarom zou ze dat in vredesnaam voor hem doen? Ze wist niet eens waar hij destijds had gewoond, of waar ze moest gaan zoeken.

Tegelijkertijd voelde het niet goed om zijn wens te negeren. Praktisch bekeken had ze daar alle recht toe, in haar eigen ogen. Maar gevoelsmatig zat het niet lekker.

Maar met alleen het volgen van gevoelens kwam je niet ver, besloot Gemma.

Toch stopte ze de brief in haar zak.

Ze deed de andere brieven en foto's terug in de doos, sloot de doos, zette hem terug in de kast, wikkelde de bederfelijke voedingsmiddelen van Bram in een oud werkshirt en verliet daarmee de caravan. In een vuilnisbak bij de ingang van de camping deponeerde ze de voedingsmiddelen met het shirt van Bram en ze verliet het terrein zonder om te kijken.

Ze wist nog niet wat ze met de spullen van Bram moest doen, maar ze had voldoende tijd om erover na te denken. En hoewel ze het niet wilde, bleef ook de brief in haar hoofd aanwezig.

5

Het was zaterdagavond en het restaurant was al een poos gesloten. Het personeel was naar huis en Gemma ruimde nog wat spullen op. Morgen was een rustdag.

Er waren veel mensen die beweerden dat een restaurant geen overlevingskans had als het op zondag was gesloten, maar Gemma wist wel beter. Ze had het nooit anders gedaan en ze had nooit iets anders dan respect en begrip daarvoor in het dorp ontvangen. Van oudsher had ze geleerd dat er op zondag niet werd gewerkt. Ze zou het niet eens meer kunnen zonder zich daar ongemakkelijk bij te voelen. Haar keuze was dus bewust geweest en ze zou het nooit meer anders willen doen. Het restaurant trok immers ruim voldoende klanten door de week en op zaterdag. Bedrijven en werknemers in de buurt maakten gebruik van haar lunchconcept, wat het mogelijk maakte om voor een gering bedrag een aangename lunch te genieten. De koffie-uurtjes rond elf en rond drie waren ook druk bezocht. Ze had een speelhoek vrijgemaakt in het restaurant voor de kleintjes, zodat moeders op hun gemak op deze tijden in contact konden komen met andere moeders, genietend van een betaalbaar kopje koffie en gebak en van het even weg zijn uit huis.

Voor de diners maakte ze gebruik van een beperkte keuze, wat het ook weer mogelijk maakte om voor een prettige prijs uit eten te gaan met het gezin, en ook daarvan werd gretig gebruikgemaakt. En dan waren er natuurlijk nog de zakendiners, bijeenkomsten, koffietafels, bruiloften en andere gelegenheden om samen te komen, te eten en te drinken.

Ze had de zondag niet nodig om de kost te verdienen. Ook zonder die zondag verdiende ze heel wat meer dan slechts 'de kost'.

En daar was ze blij om.

Want ze was moe. Ze was altijd moe op zaterdagavond, maar vandaag voelde haar lichaam extra zwaar aan. Ze had bovendien een vervelende hoofdpijn, die uit het niets was opgedoken en blijkbaar voorlopig niet van plan was haar te verlaten.

Tom was bij de kinderen. Gemma keek op de klok en besefte dat de meisjes waarschijnlijk al in bed lagen. Tom had hen ongetwijfeld al in bad gedaan, nog even iets met hen gedronken en hen naar bed gebracht. Als de meisjes gingen slapen in hun vriendelijke kamer, in roze tinten en volgepakt met poppen en ander meisjesspul, las Tom altijd nog een stukje uit de jeugdbijbel voor. Hij slaagde er iedere keer weer in om de verhalen met spanning te brengen zodat de kinderen ademloos naar hem luisterden. En daarna deed hij samen met hen hun avondgebedje. Gemma had vaak in de deuropening gestaan en dan naar hen geluisterd. Maar de laatste keer dat ze dat had gedaan, was al lang geleden.

Ze besefte dat ze de meisjes nauwelijks had gezien en ze zou willen dat het een uitzondering was. Maar ze wist wel beter. Tom was degene die de meisjes opving na school, met hen at en de avond met hen doorbracht. Tom zorgde ervoor dat ze gewassen en met gepoetste tanden op tijd in bed kwamen en dat ze dat laatste stukje veiligheid voor die dag nog meekregen in de vorm van een vast avondritueel. Natuurlijk probeerde Gemma haar aandeel daarin ook in te vullen, maar op de een of andere manier kwam het er niet zo vaak van.

Ze voelde zich ellendig daarover, maar probeerde zichzelf hardnekkig voor te houden dat ze geen andere keuze had. Ze had niet de vrijheid die Tom zich kon permitteren als zelfstandig meubelmaker. Als restauranthoudster moest ze er gewoon altijd zijn en ervoor zorgen dat alles op rolletjes liep. Een dergelijke verantwoordelijkheid kon ze niet zomaar aan iemand anders overlaten.

Ja, ze kon voor zichzelf prima beredeneren waarom ze haar kinderen niet de aandacht gaf die ze hun zou moeten geven, maar het knagende gevoel in haar hart verdween daarmee niet.

Net zo min als het was verdwenen in de tijd dat haar moeder het zo moeilijk had en zij noch de tijd, noch het geduld had kunnen opbrengen om haar te ondersteunen.

Natuurlijk, toen haar vader pas was gestorven, hadden ze samen gerouwd. Ze had met haar moeder gehuild en ze had het regelen van de begrafenis en de koffietafel op zich genomen, zodat haar moeder de tijd kon nemen die ze nodig had.

Maar na de begrafenis waren de gebruikelijke verplichtingen weer gekomen. Na de begrafenis had Gemma het leven van alledag weer opgepakt en was de tijd die ze voor haar moeder had kunnen opbrengen beperkt geworden. Misschien niet alleen vanwege de drukte. Misschien ook vanwege het feit dat Gemma het depressieve gedrag van haar moeder niet verdroeg. Misschien ook omdat Gemma het beu werd om steeds de verhalen over haar vader aan te horen.

Ze wist niet waarom dat zo was geweest, want ze had werkelijk van haar vader gehouden. Maar op de een of andere manier had het niet-aflatende verdriet van haar moeder en haar behoefte om over haar overleden echtgenoot te praten, Gemma steeds meer geïrriteerd.

'Het leven gaat door,' had ze meer dan eens gezegd.

Maar haar moeder had haar slechts aangekeken met die trieste, vermoeide blik van haar, en dat had Gemma alleen nog maar onrustiger gemaakt.

En toen was Bram gekomen. Bram had zich over haar moeder ontfermd. Bram had geen last gehad van irritatie of ongeduld. Uren had hij bij haar gezeten en geluisterd naar de verhalen over Gemma's vader, de echtgenoot van haar moeder Emma.

Gemma had het hem kwalijk genomen, ervan overtuigd dat haar moeder alleen verder in haar zwarte gat zou wegzakken als iemand als Bram het toeliet dat ze in het verleden bleef hangen.

En ze had graag beweerd dat haar stelling waarheid was gebleken.

Maar in werkelijkheid was het anders geweest. In werkelijkheid had haar moeder een andere blik in haar ogen gekregen. Een blik van berusting en tevredenheid. Ze had niet zo heel lang meer geleefd na de dood van haar man. Het had niemand echt verrast. De band tussen de ouders van Gemma was altijd zeer hecht geweest, en Emma was geen uitzondering op de regel waarin mensen met een innige liefde voor een gestorven partner zich overgaven aan God met de stille vraag ook hen op te halen.

Gemma had Bram de schuld gegeven van Emma's verlies van vechtlust, waardoor ze na een kort ziekbed haar man volgde in het graf. Maar ze wist eigenlijk wel beter. Ze wist dat Emma die tevredenheid had gevonden op het eind. Dat ze na de vele gesprekken met Bram haar gevecht tegen de bitterheid had gewonnen en dat ze had geaccepteerd wat er was gebeurd. Emma had de laatste maanden van haar leven niet meer in de duisternis doorgebracht, maar had genoten van een laatste aanblik van de jaargetijden en van de heerlijke zaken die Bram vaak voor haar meebracht. Gemma wist dat Emma toen al had geweten dat ze haar echtgenoot spoedig zou volgen.

Maar Gemma had het Bram evengoed kwalijk genomen. Omdat het gemakkelijker was om de schuld ergens neer te leggen. En omdat ze op die manier zichzelf kon verschonen van schuldgevoelens omdat zij, als enige dochter zijnde, niet degene was geweest die haar moeder die laatste maanden had gesteund. Al was het nooit werkelijk gelukt om die schuldgevoelens kwijt te raken.

Schuldgevoelens omdat ze nooit de tijd had genomen voor haar moeder. Nooit het geduld had kunnen opbrengen om tijd met haar door te brengen. Net zo min als ze de tijd nam voor haar kinderen of het geduld kon opbrengen om naar hun verhalen te luisteren. Omdat ze het altijd zo druk had met haar bedrijf.

En omdat Tom er nu eenmaal was en hij die verantwoordelijkheid als vanzelfsprekend had overgenomen.

De kinderen waren net zo goed Toms verantwoordelijkheid, had ze zichzelf vaak genoeg voorgehouden. Temeer daar zij een groot deel van het inkomen binnenhaalde.

Maar het had haar geïrriteerd dat ook Bram zich met de kinderen bemoeide. Dat de meisjes vaak met Bram praatten als ze ergens mee zaten en dat ze met Bram leuke dingen deden, als Tom in het restaurant hielp. Dat de meiden met Bram waren gaan picknicken en naar de speeltuin waren geweest, en dat ze uitgerekend Bram hun diepste geheimen hadden verteld.

Het had haar geïrriteerd dat Tom dat allemaal prima had gevonden, zelfs had toegejuicht. Terwijl Bram toch eigenlijk een vreemdeling voor hen was. Misschien niet helemaal, maar Gemma was het altijd zo blijven voelen en Tom had daar nooit begrip voor getoond.

Gemma dacht onwillekeurig weer aan het gesprek dat ze een dag eerder met Tom had gevoerd. Tom had daarbij min of meer duidelijk gemaakt dat hij zo niet verder wilde. Dat hij vond dat Gemma te weinig tijd aan haar gezin besteedde en dat hij het niet meer zag zitten. Hij had zelfs duidelijk gemaakt dat hij met de meiden zou vertrekken als er niets veranderde, en zij had zichzelf voorgehouden dat dat niet mogelijk was, omdat zij immers de moeder was.

Maar ze vroeg zich af of een rechtbank het ook zo zou zien. En of haar eigen meisjes het zo zouden zien. Het was trouwens niet de eerste keer geweest dat een gesprek tussen haar en Tom een dergelijke wending had genomen.

De gedachte daaraan deed meer pijn dan ze wilde toegeven. Want ze hield van de meisjes. Meer dan ze kon laten zien. Ze wilde hen niet kwijt.

En eigenlijk wilde ze Tom ook niet kwijt.

Maar een weg terug leek afgesloten. Ze zat vast in een vicieuze cirkel, door haar eigen onrust, haar eigen drang om te laten zien wat ze waard was. En ze wist niet meer hoe ze dat kon veranderen. Ze wist niet eens zeker óf ze het wel wilde veranderen.

Ze ruimde nog wat spullen op en negeerde het bonken in haar hoofd.

Ze voelde zich moe, leeg en misselijk.

Morgen was het zondag en ze wist nu al dat ze dan doodmoe zou zijn. Misschien zelfs migraine zou hebben, zoals de laatste tijd zo vaak op zondag. Ze zou evengoed op tijd opstaan, met Tom en de meisjes ontbijten en samen naar kerk gaan. Maar de vermoeidheid zou haar ervan weerhouden om ervan te genieten.

Dat was de laatste weken steeds het geval. Dan sleepte ze zich door de dag, lag een groot deel van de tijd op de bank terwijl Tom en de meisjes een wandeling maakten of spelletjes speelden. Ze wist nu al dat ze op een dergelijke dag weinig verdroeg en veel mopperde op iedereen zonder het echt te willen. Omdat ze niet goed was in rust nemen, hield ze zichzelf altijd voor. Omdat ze op haar best was als ze werkte, beweerde ze altijd tegenover iedereen. Soms vroeg ze zich af of er nog een andere reden kon zijn. Maar die vraag duwde ze naar de achtergrond, want ze wilde niet op zoek gaan naar een antwoord.

Gemma poetste het aanrecht nog een keer en sloot uiteindelijk haar restaurant af, om daarna naar huis te gaan.

Haar woning lag schuin tegenover het restaurant, zodat ze altijd zicht had op het bedrijf dat ze zelf groot had gemaakt. In het begin hadden ze boven het restaurant gewoond, in een klein, maar gezellig appartement. Maar dat appartement was nu verhuurd aan een van de personeelsleden, en Gemma had de riante woning schuin ertegenover gekocht. Omdat ze het kon betalen. En omdat ze vond dat ze dat verdiende. Al bracht ze er slechts weinig tijd door.

Zoals ze al had verwacht, waren de meisjes al naar bed toen ze binnenkwam. Tom zat in een halfdonkere woonkamer en luisterde naar klassieke muziek. Tom hield van die muziek, vroeger al, toen het merendeel van de jeugd onder de indruk was van moderne muziek en hij daarmee een uitzondering had gevormd. Hij had als jonge knaap piano gespeeld, maar was daar niet mee doorgegaan. Meubels maken was zijn passie geworden. En dat was het nog steeds. Al was dat alleen binnen strikte werktijden en was het voor hem nooit meer geworden dan slechts werk.

Tom keek op toen ze binnenkwam. 'Je bent laat. De meisjes zijn al naar bed.'

'Het was druk.'

'Dat is het altijd.'

'Tom, alsjeblieft. Geen gezeur. Ik heb nu al genoeg aan mijn hoofd.'

Ze zag dat Tom geïrriteerd zijn kaken op elkaar klemde, zoals hij vaak deed als hij kwaad was, maar hij zei niets meer.

Gemma pakte een wijnglas uit de kast en schonk zichzelf wat rode wijn in, uit de fles die Tom op tafel had staan.

Ze ging in een gemakkelijke stoel zitten en voelde hoe de verkramping in haar benen zich nu pas liet gelden.

'Je was vanmiddag weg,' merkte Tom op. Zijn stem was alweer wat rustiger. Berustend misschien. 'Er was een klant voor je, maar ik wist niet waar je was.'

'Ik was naar de camping.' Ze voelde Toms verbaasde blik, maar keek niet naar hem. 'Ik kreeg vanmorgen bezoek van een notaris. Hij handelde in naam van Bram Hogedijk.'

Ze wist dat de verbazing van Tom nu alleen nog maar toenam.

'Blijkbaar heeft Bram besloten om enkele bezittingen aan mij na te laten, waaronder zijn caravan en zijn auto.'

'Aan jou?'

'Verbazend, nietwaar? Ik ben misschien de enige persoon in het dorp met wie hij niet echt bevriend was. De enige die bedenkingen had bij zijn handelwijze.'

'Blijkbaar was dat niet wederzijds.'

'Ik betwijfel het.'

'Waarom heb je niets tegen mij gezegd?'

'Ik wilde er eerst een kijkje nemen. Ik was, voorzichtig gezegd, nogal verbijsterd door Brams besluit en misschien zelfs een beetje achterdochtig. Dat zal je nauwelijks verbazen.'

'Bram lijkt me niet iemand die iets met verkeerde bedoelingen deed.'

'Misschien niet met verkeerde bedoelingen, maar dat wil niet zeggen dat een beslissing van zijn kant geen staartje heeft.' Dit keer keek ze Tom wel aan.

'Hoe bedoel je?' vroeg Tom.

'Naast het feit dat die bezittingen totaal geen waarde hebben?'

'Voor jou misschien niet...'

'Voor niemand. Maar goed, daar gaat het nu niet om. Ik had dat ook niet verwacht. Maar hij had wel een bijbedoeling met zijn beslissing.'

'Welke bijbedoeling?'

'Dat kon ook niet anders, aangezien ik bepaald niet de meest voor de hand liggende persoon ben om iets van hem te erven.'

'Welke bijbedoeling?' vroeg Tom opnieuw.

'Hij wil dat ik iets voor hem doe.'

Ze zag de vragende uitdrukking op Toms gezicht.

'Hij heeft het allemaal goed opgezet: een erfenis, waardoor ik mij gevleid voel en waardoor ik mij verplicht voel om aan zijn verzoek te voldoen.'

'Om welk verzoek gaat het dan?' drong Tom nu wat ongeduldig aan.

'In zijn caravan lag een doos met foto's en drie brieven. De foto's toonden hem met mensen uit het dorp, maar ook waren er foto's uit een vroeger leven, met andere mensen. Onder andere met zijn eigen gezin.'

'Had Bram een eigen gezin?'

Gemma knikte. 'Een knappe vrouw en twee kinderen.'

'Dat wist ik niet.'

'Nee, dat wist niemand, denk ik.'

'En de brieven?'

'Twee ervan waren gericht aan zijn kinderen, de derde aan mij.'

'Aan jou?'

'Zoals ik al zei: hij heeft het allemaal goed uitgedacht.'

'Wat stond erin?'

Gemma haalde de brief uit haar zak en gaf hem aan Tom. Tom las hem door, twee keer, en keek toen naar Gemma. 'Hij wil dat je zijn kinderen opzoekt en hun die brieven overhandigt, zodat hij nog een keer met hen kan praten, wellicht zaken kan uitleggen en om vergeving kan vragen.'

'Precies. Hij wil dat ik iets doe wat hij zelf had moeten doen.'

'Misschien heeft hij dat geprobeerd. Uit zijn brief moet ik bijna die conclusie trekken. Maar je kunt niet uitsluiten dat ze hem niet meer hebben toegelaten in hun leven. Dat ze de deur niet meer voor hem hebben geopend en geen brieven meer van hem hebben willen lezen.'

'Dan zullen ze daarvoor wel een goede reden hebben gehad.'

'Misschien wel. Maar ik denk niet dat het aan ons is om daarover te oordelen.'

'Waarom niet? Uiteindelijk verwacht hij van mij dat ik zijn fouten goedmaak.'

'Ik denk niet dat je het zo moet zien.'

'Het komt daar wel op neer.'

'Hij wil alleen een laatste kans om zijn kinderen om vergeving te vragen. Een heel begrijpelijke wens, denk ik.'

Gemma gaf geen antwoord. Ze nam een slokje wijn. Ze voelde nog steeds die onrust en haar hoofd werkte niet echt mee.

'En hij heeft er nog een bedoeling mee,' zei Tom langzaam. Hij keek Gemma aan.

Gemma speelde met haar wijnglas, maar ze voelde zijn blik.

'Ik weet niet wat het is, maar uit de brief blijkt duidelijk dat hij jou die opdracht geeft met een reden. Hij heeft het over een daadwerkelijke erfenis…'

'Ja, een pot met goud als ik de kinderen vind,' zei Gemma spottend.

Tom ging daar niet op in. 'Hij heeft een reden gehad om het uitgerekend aan jou te vragen,' herhaalde hij alleen. 'Een andere reden dan alleen je plichtsbesef.'

'Ik betwijfel het.'

Het was een paar tellen stil, toen wendde Tom zich weer tot Gemma. 'Wanneer ga je?'

Gemma keek hem verbaasd aan. 'Waarheen?'

'Die kinderen zoeken, natuurlijk.'

Gemma staarde Tom een paar tellen aan. 'Ik doe het natuurlijk niet,' zei ze.

'Je doet het niet?'

Ze hoorde het ongeloof in zijn stem en begreep niet waarom hij anders had verwacht. 'Natuurlijk niet. Ik heb geen tijd voor die onzin. Ik heb een restaurant dat gerund moet worden en ik heb de komende week besprekingen over de overname van het restaurant in Lisse. Ik kan niet zomaar verdwijnen met onbekende bestemming voor onbepaalde tijd om een stel kinderen een stel brieven te overhandigen die ze niet eens willen hebben. Hij doet een beroep op mijn plichtsbesef, maar hij had moeten begrijpen dat uitgerekend dat plichtsbesef het voor mij onmogelijk maakt om zomaar te vertrekken.'

'Dat kun je niet maken,' bracht Tom er meteen tegen in. 'Het was de laatste wens van een man die veel heeft gedaan voor de mensen in dit dorp. Een man die heel veel heeft gedaan voor je moeder, al ontken je dat nog steeds. En een man die altijd tijd had voor onze dochters en op wie ze gek waren.'

'Natuurlijk kan ik dat maken. Het is belachelijk dat hij mij die zogenaamde erfenis in de schoenen schuift met die zinloze opdracht. Ik denk dat hij het met opzet deed, omdat hij mij niet mocht. Ik denk dat hij het deed om mij dwars te zitten.'

Tom schudde zijn hoofd. 'Je weet wel beter, Gem. Je weet wel beter. Zo was Bram niet.'

Gemma overwoog even om ertegen in te gaan, maar ze wist dat Tom gelijk had. 'Ik heb er gewoon geen tijd voor,' herhaalde ze daarom.

'Dan zul je tijd moeten maken,' vond Tom. Hij keek naar haar, maar ze beantwoordde zijn blik niet.

'Dat kan niet. Ik heb net al gezegd…'

'Je zult tijd moeten maken,' zei Tom weer. 'Het gaat hier om zijn laatste wens. Na alles wat hij voor je moeder heeft gedaan, is dit wel het minste wat je voor hem kunt doen. Hij vraagt het niet voor niets uitgerekend aan jou en het is aan jou om erachter te komen wat daarvan de reden is.'

'En als ik die reden niet eens wil weten?'

'Je kunt dit niet zomaar negeren. Dat zou respectloos zijn.'

'Misschien is het wel respectloos om iemand als mij, met een zaak die gerund moet worden en weinig tijd, een dergelijke opdracht in de schoenen te schuiven. Misschien is dat wel respectloos.'

'Hij heeft daarvoor ongetwijfeld zijn redenen gehad, Gemma. Zoals ik al steeds zeg en zoals je ook uit zijn brief kunt opmaken. En het feit dat hij jou die brief heeft gestuurd en jou heeft gevraagd om zijn laatste wens in te willigen, geeft aan dat hij erop vertrouwt dat je dat voor hem doet. Dat maakt het tot jouw plicht om dat te doen.'

'Onzin. Het gaat niet. Ik heb geen tijd en het heeft geen zin,' reageerde Gemma geïrriteerd. Ze voelde zich er niet prettig bij. Ze wist dat Tom ergens gelijk had, al probeerde ze dat nog zo hard te ontkennen.

'De dominee had een verhaal over je naaste,' hoorde ze een meisjesstem vanuit de gang zeggen.

Gemma keek naar de deuropening en zag haar twee dochters met verwarde haren en in nachtjaponnetjes in de deuropening staan. Jenna deed het woord, zoals ze kon verwachten.

'Papa heeft dat verhaal ook een keer verteld. Toen die Joodse meneer daar op de grond lag, liepen een priester en een Leviet voorbij en die lieten hem mooi liggen. Maar toen kwam die Samaritaan, die eigenlijk een vijand was van de Joden, en die hielp hem. Hij was de naaste van de gewonde Joodse meneer, stond in de Bijbel. En u zegt altijd dat je lief moet zijn voor anderen, voor de naasten. Misschien was het met u en oom Bram net als met die Joodse man en de Samaritaan. Misschien was u niet oom Brams vriend, maar kunt u toch zijn naaste zijn, zoals het volgens God moet. Maar dan moet u niet zeggen dat u die opdracht voor hem niet kunt uitvoeren, want dan bent u net als de priester en de leviet en dat is niet goed.'

Jill knikte instemmend, terwijl ze met haar haren friemelde. Ze had oom Bram altijd graag gemogen. Ze vond het niet leuk dat haar moeder over hem sprak alsof hij niet deugde. En dat ze nu zijn laatste wens niet wilde uitvoeren vanwege dat stomme restaurant, vond ze helemaal gemeen. Maar ze had het niet durven zeggen, zoals haar zus.

'Wat doen jullie uit bed?' reageerde Gemma boos. 'Jullie horen allang te slapen.'

'We konden niet slapen. We moesten aan oom Bram denken.'

'En ze hebben gelijk,' zei Tom.

'Onzin,' zei ze. Maar Gemma wist dat het geen onzin was. De kinderen hadden gelijk. Tom had gelijk.

Maar ze raakte in paniek bij het idee dat ze het restaurant aan iemand anders moest overlaten, dat al haar afspraken in de soep zouden lopen en dat ze in haar eentje op weg moest om mensen te zoeken die ondertussen overal ter wereld konden zitten en die niet op haar zaten te wachten. Bovendien wachtte haar deze week nog die besprekingen over dat restaurant in Lisse en had ze die beslissing definitief willen maken.

'Je weet wel beter,' zei Tom. Hij had haar aarzeling gemerkt.

'U moet het doen,' vond Jenna.

'Ja, mama,' vond ook Jill.

'Ik kan niet weg vanwege het restaurant en de besprekingen...' protesteerde Gemma, maar het klonk zelfs in haar eigen oren zwak. Was het niet aan haar om een voorbeeld te geven aan haar eigen kinderen? En had ze daarin al niet te vaak verzaakt de laatste tijd?

'Ik regel de zaken hier. Ik help je al vanaf het begin met de zaak, dus ik weet echt wel wat er moet gebeuren. Ik kan mijn eigen opdrachten opschuiven, zodat ik de handen vrij heb, en het personeel weet ook wel wat er van hen wordt verwacht,' bracht Tom ertegen in.

'Maar...' Gemma wilde protesteren, maar ze onderbrak zichzelf. Ze staarde een tijd voor zich uit, nam een flinke slok wijn en knikte uiteindelijk. 'Goed,' gaf ze toe. 'Ik doe wat Bram van mij verlangt, maar niet meer dan dat. Daarna wil ik met die hele erfenis niets meer te maken hebben en mag jij de rest regelen betreffende de caravan en de auto en dat geld.'

'Zoals je wilt,' gaf Tom toe.

De meisjes renden naar Gemma toe en omhelsden haar.

Gemma realiseerde zich dat het lang geleden was dat ze dat

hadden gedaan. Het voelde zo prettig om hun armen om haar nek te voelen en hun geur in zich op te nemen, dat ze bijna de neiging voelde om te huilen.

Ze haalde diep adem en slikte een brok weg. 'En nu naar bed, jullie. Jullie hadden al lang moeten slapen.'

De meisjes kusten haar goedenacht en renden de gang in, via de trap naar boven, naar hun eigen vertrouwde domein.

Gemma voelde zich verward. Ze nam een stevige slok wijn en bewoog onrustig op haar stoel.

'Ik ben blij dat je het doet,' zei Tom. 'Ik weet dat het moeilijk voor je is, maar ik ben blij dat je het doet.'

'Als hier dingen verkeerd lopen als ik er niet ben...' begon Gemma.

Maar Tom schudde zijn hoofd. 'Er loopt niets verkeerd. Daar zorg ik voor.'

'Maar jij hebt niet genoeg ervaring. Je weet niet wat de klanten willen en je kent de knelpunten van het personeel niet...'

'Ik weet meer dan je denkt en als ik er niet uitkom, dan bel ik je wel. Vertrouw eens een keer op mij.'

Gemma keek Tom aan. Ze keek naar zijn vertrouwde gezicht en naar zijn ogen, die zoveel vermoeider leken dan een jaar geleden. Ze keek naar zijn mond en naar de zichtbare spanning van de mondhoeken, en naar zijn houding, die machteloosheid uitstraalde.

Ze haalde nog een keer diep adem en knikte.

Ze zou doen wat er van haar werd verwacht en ze zou Tom voor een keer het vertrouwen schenken dat hem als echtgenoot toekwam.

Ze dronk haar glas leeg en stond op. 'Ik ga nu maar naar bed. Ik ben erg moe,' zei ze.

Ze liep de kamer uit, de trap op, naar haar slaapkamer.

Ze liet zich op de rand van het bed zakken en bleef daar een tijdje zitten. De verwarring was niet verdwenen. Er was angst bij gekomen die ze niet kon plaatsen.

Angst die ze niet wilde voelen en die ze, nuchter bekeken, onzinnig vond.

Maar hij was er evengoed.

6

Op maandagmorgen was Gemma al vroeg in de caravan van Bram. Alles zag er precies zo uit als ze het had achtergelaten. Er was ook geen enkele reden om aan te nemen dat dat anders zou zijn, maar het voelde alsnog vreemd. Het voelde bijna alsof Bram elk moment zijn caravan weer binnen kon wandelen, om een lekkere kop koffie te zetten en plaats te nemen op het bankje van de zithoek om door het raam naar buiten te kijken. Maar Bram kwam nooit meer terug naar de caravan en het was aan haar om ervoor te zorgen dat die ene laatste taak die nog wachtte, werd uitgevoerd.

Gemma pakte met een beslist gebaar de doos met foto's en brieven uit de kast en haalde nog een keer de verzekeringsmap en bankmap tevoorschijn. Die laatste twee mappen moesten haar een indicatie geven waar ze kon beginnen met haar zoektocht. Want ze wist niet waar Bram destijds had gewoond. Ze wist alleen dat hij een gezin had gehad. Een leven voor Lomme.

Ze had de notaris daarover al gebeld, vlak voordat ze naar de caravan was gegaan. Maar ook hij had haar niet verder kunnen helpen. Of had hij haar daar niet mee willen helpen omdat Bram hem daar opdracht toe gegeven had? 'Als u er niet uitkomt, belt u nog maar eens,' had hij raadselachtig gezegd.

Gemma bladerde door de afschriften en zag dat Bram een rekening bij de Rabobank van Apeldoorn en omgeving had geopend, niet zo lang voordat hij naar Lomme was verhuisd. Zijn verzekeringen stamden van ergens rond dezelfde tijd en waren afgesloten bij een kantoor in Hoenderloo, assurantiekantoor Helgers op de Middenweg. Heel even overwoog Gemma om telefonisch inlichtingen bij dat kantoor in te winnen, omdat ze vermoedde dat Hoenderloo slechts een tussenstation was geweest in Brams leven, maar ze besloot uiteindelijk om erheen te rijden. Hoenderloo was slechts ruim een uur rijden van Lomme en ze verwachtte dat het gemakkelijker was om met mensen te praten als ze tegenover hen stond. Bovendien had de telefoon altijd iets onpersoonlijks, vond ze.

Ze stopte de brieven in haar handtas, pakte de mappen op en haar weekendtas met persoonlijke spulletjes, die ze meegenomen had voor het geval de reis langer zou duren dan ze wilde, en verliet de caravan. De foto's liet ze achter.

Niet te geloven dat ik dit werkelijk doe, dacht ze toen ze in Brams auto stapte.

De auto rook nog een beetje naar Bram. Ze was die morgen in eerste instantie in haar eigen auto gestapt om naar de camping te rijden, maar had zich bedacht, nog voordat ze de auto had gestart. Tom en zij hadden maar één auto en het was niet onwaarschijnlijk dat hij die nodig zou hebben. Daarbij had ze het gevoel gehad dat het 'hoorde' om Brams auto hiervoor te gebruiken, al kon ze zelf geen logica bij dat gevoel plaatsen.

Maar ze was toch weer uit haar auto gestapt en was aan de wandeling naar de camping begonnen, ongeveer twee kilometer verderop.

En nu was ze dus in zijn auto gestapt, in dat oude, rammelende vehikel.

'Ik lijk wel gek,' mompelde ze.

Heel even overwoog ze om er niet mee door te gaan. Om de spullen terug te zetten in de caravan en terug te keren naar haar restaurant om haar taken aldaar weer op te pakken. Maar ze dacht aan haar kinderen, die hun armen om haar heen hadden geslagen – hoelang was het geleden geweest dat ze dat hadden gedaan? – en besloot dat het haar plicht was om nu door te gaan. Hoe zinloos het ook leek.

Want ze verwachtte niet dat ze haar taak ten uitvoer kon brengen. Ze verwachtte niet eens dat ze Brams kinderen zou vinden. En als ze eerlijk was, moest ze toegeven dat ze daar niet rouwig om was. Maar dan had ze het in ieder geval geprobeerd.

Ze startte de auto en reed rustig van de camping af.

De straten van het dorp leken uitgestorven toen ze Lomme verliet. Het voelde kaal en leeg dat er niemand was van wie ze afscheid kon nemen. Maar ze had er zelf voor gekozen om het op deze manier te doen.

Het was aangenaam weer, rond de achttien graden. Een nog wat waterig zonnetje zorgde voor een mooie voorbode van de lente. Het was niet druk op de weg. De spits was al lang voorbij en de weg was nu in het bezit van de mensen die voor hun werk onderweg waren of gewoon een uitje maakten.

Jaren geleden had Gemma kunnen genieten van een dergelijk uitje. Dan had ze naar de velden gekeken, waar het gras een frisse groene kleur kreeg, of naar de bomen en struiken die met een zee van knoppen de tijd van bloesem aankondigden. Dan hadden haar ogen de weides afgezocht naar jonge dieren. Misschien was ze dan wel ergens gestopt om iets te drinken op een terrasje, nog een klein beetje huiverend, maar ook genietend van de zon.

Maar dat was jaren geleden.

Gemma's blik was nu strak op de weg gericht en in gedachten was ze bij haar restaurant. Ze vroeg zich af of het Tom wel lukte om het personeel goed aan te sturen en of de klanten werden bediend zoals ze dat van haar gewend waren. Ze vroeg zich af of Tom eraan dacht om het nieuwe menu op te hangen en of hij voldoende toezicht hield op het goed schoonhouden van de keuken.

Ze vroeg zich ook af of ze op tijd terug zou zijn in verband met de bespreking over dat restaurant in Lisse. Hoewel ze steeds had gezegd dat ze de overname in overweging nam, wist ze dat ze diep vanbinnen al lang had besloten om het daadwerkelijk te doen. Ze zou wel gek zijn als ze een dergelijke kans liet lopen.

Het zou zelfs het begin kunnen zijn van een eigen keten aan restaurants. Een mogelijkheid om een reputatie op te bouwen in deze sector en tot bloeiende zaken te komen. Zeker, het zou ook meer werk met zich meebrengen, maar Gemma was niet bang om te werken. Ze had van jongs af aan geleerd om de handen uit de mouwen te steken en dat had ze ook altijd gedaan. Behalve dan wellicht vlak na haar huwelijk, toen ze moest wennen aan haar taken thuis en rekening hield met het feit dat ze zo snel mogelijk moeder wilde worden. Het had allemaal veel langer geduurd dan ze aanvankelijk had verwacht, maar uiteindelijk was ze dan toch van Jill en Jenna in verwachting geraakt en ook in die tijd had ze, deels noodgedwongen, rustig aan gedaan. Na de geboorte van de kinderen had ze de tijd genomen om van hen te genieten. Om die eerste ontwikkeling mee te maken en er simpelweg voor hen te zijn.

Totdat ze de leeftijd hadden gekregen waarop de school een rol ging spelen. Kleuterschool, basisonderwijs... Naarmate de meisjes meer weg waren, was Gemma zich meer gaan oriënteren op de mogelijkheid om haar werk weer op te pakken. Ze had voorheen al in de horeca gewerkt en ze had in de tijd voor haar zwangerschap en na de geboorte van de kinderen wat cateringwerkzaamheden verricht. Op kleine schaal en alleen voor de mensen in het dorp, maar het was erg populair geweest. Erg vreemd was het dus niet dat ze haar kans greep toen De Halte voor een klein bedrag te koop kwam. De Halte was destijds een oud gebouw geweest, achterstallig in onderhoud en zonder klandizie van betekenis.

Maar Tom had achter haar gestaan en hij had de renovatie voor zijn rekening genomen.

Uiteraard had ze zelf ook stevig aangepakt, en met al haar werk en haar goede ideeën had ze het restaurant gemaakt tot wat het nu was. En daar was ze trots op.

Ze klemde haar kaken stevig op elkaar en hield een ferme grip op het stuur.

Als het maar niet misging als ze er niet was. Ze zou haar afwezigheid zo veel mogelijk moeten beperken. Ze zou op zoek gaan naar het eerste adres van Bram en kijken of een adres van de kinderen bekend was, en zo niet, dan zou ze naar huis gaan, wetend dat ze in ieder geval getracht had haar plicht te doen.

Mocht ze de kinderen wel vinden, dan zou ze bij hen aanbellen en aangeven waar ze voor kwam. Ze sloot het niet uit dat de kinderen vervolgens de deur voor haar neus zouden sluiten. Sterker nog, ze verwachtte niet anders.

In dat geval zou ze zich ook omdraaien en naar huis gaan.

Ze had geen zin en geen tijd om die mensen achterna te lopen en lastig te vallen met de laatste wens van hun vader. Het was uiteindelijk niet haar verantwoordelijkheid.

Het was haar plicht om het te proberen. Om de kinderen op te zoeken en hun die brief te overhandigen.

Maar ze zou hen niet kunnen dwingen om die brief daadwerkelijk te lezen. Ze zou het kunnen verzoeken, maar ze zou hen niet kunnen dwingen.

En dat zou ze ook niet willen.

Ze verwenste Bram een beetje. De man wist hoe druk ze het had en uitgerekend haar had hij met die taak opgescheept. Terwijl ze hem niet eens bijzonder had gemogen en hij dat ongetwijfeld had geweten.

Over de doden niets dan goeds, werd weleens gezegd. Maar Gemma vond dat er niets mis was met eerlijkheid. Al helemaal niet ten opzichte van jezelf.

Maar ze had de taak op zich genomen en ze zou nu doen wat ze moest doen.

Haar aanvankelijke plan om meteen naar Hoenderloo te rijden, liet ze varen. In eerste instantie had ze het assurantiekantoor willen zoeken, maar daar kende men waarschijnlijk alleen het oude adres in Hoenderloo. Het gemeentehuis in Apeldoorn was wellicht een snellere optie, omdat daar werd geregistreerd welke mensen zich in- en uitschreven en welk adres ze binnen die gemeente hadden en waar ze precies vandaan kwamen. Als het werkelijk zo was als ze verwachtte, en Brams oorspronkelijke adres niet in Hoenderloo was, zou ze daarmee een stap kunnen overslaan. Misschien zelfs meer stappen als ze daar navraag voor haar konden doen. Misschien zou ze dan 's avonds weer thuis zijn.

En Hoenderloo behoorde tot de gemeente Apeldoorn.

Ze reed Apeldoorn binnen en dwong zichzelf tot oplettendheid. Ze was vaker in Apeldoorn geweest, maar ze wist niet meer precies waar het marktplein was, waar het gemeentehuis lag.

Ze reed met de stroom mee richting centrum, erop vertrouwend dat ze het vanzelf wel zou zien. Tenslotte was het gemeentehuis van Apeldoorn bepaald geen onopvallend gebouw. Het stak als een wit abstract beeld af tegen de stadse werkelijkheid. Je kon het niet missen.

En dat overkwam Gemma dan ook niet.

Ze reed puur op haar gevoel door de stad, vertrouwend op de oude herinneringen die wellicht niet helder aanwezig waren, maar die zeker nog een rol speelden in haar hoofd terwijl ze haar weg zocht in de stad. En opeens zag ze het gebouw staan: dat imposante witte bouwwerk, schitterend in de zon, met zijn ene toren aan de rechterkant.

Gemma parkeerde Brams auto in de parkeergarage onder het gemeentehuis en liep met de mappen en de overdrachtsakte in haar hand het gemeentehuis binnen.

Ze kwam binnen via de Burgerzaal, waar een foto-expositie werd gehouden. Gebouwen voerden de boventoon op de foto's, maar Gemma nam niet de tijd om ze te bekijken. Ze liep meteen door naar de receptie om zich te melden.

Het was niet druk. Slechts ongeveer tien personen stonden verspreid aan de balies en praatten op gedempte toon met het personeel.

Gemma kon meteen doorlopen naar de balie Burgerzaken en legde daar uit wat ze kwam doen. Ze liet de akte zien, waaruit bleek dat ze erfgename was van Bram Hogedijk, en vertelde welke opdracht hij haar had toegeschoven vanuit zijn graf. Ze liet de mappen met afschriften zien en maakte duidelijk dat ze daaruit had opgemaakt dat de laatste woonplaats van Bram Hogedijk in Hoenderloo was geweest en dat ze graag wilde uitzoeken welk adres dat was geweest.

De jonge vrouw achter de balie toonde veel begrip, maar schudde toch spijtig haar hoofd. 'Ik kan u helaas die informatie niet verstrekken,' zei ze. Het leek haar werkelijk te spijten. 'Wij mogen dat soort informatie niet doorgeven.'

'Maar ik ben zijn erfgename en zijn laatste wens was het doen toekomen van die brieven aan zijn kinderen,' probeerde Gemma. 'Deze akte toont dat aan.'

'Dat begrijp ik. Maar het is wettelijk niet toegestaan om die informatie aan particulieren door te geven. Daaraan kan ik niets veranderen. U kunt het via de notaris proberen, rechtspersonen kunnen die informatie namelijk wel opvragen.'

Gemma zuchtte diep en dacht aan de notaris, die haar zo informeel in het restaurant had opgezocht en haar met de spaarzame bezittingen, en daarmee met die onmogelijke opdracht, had opgezadeld. Ze schudde haar hoofd. 'Dan moet ik terug naar Lomme, een afspraak maken met die notaris en wachten op een antwoord via hem. Daar gaat veel te veel tijd in zitten.'

'Ik vrees dat dat de enige mogelijkheid is,' zei de jonge vrouw echter. Ze keek nog steeds spijtig, maar Gemma meende nu ook een vleugje ongeduld te herkennen.

'En nu?' vroeg Gemma, aan niemand in het bijzonder. Ze geloofde niet dat ze opnieuw op weg zou gaan als ze eenmaal terug was in Lomme. Ze had natuurlijk meteen bij de notaris moeten aandringen om haar het adres van die kinderen te geven; desnoods het voormalige adres van Bram. En hij had het kunnen aanbieden toen ze hem daarover had gebeld. Ongetwijfeld wist hij dat zij die informatie aan de balie van een gemeentehuis niet kreeg. Maar dat had hij niet gedaan. Misschien had hij daar een speciale reden voor gehad. Hoewel dat vergezocht leek.

Ze kon het natuurlijk nog steeds doen. Toch teruggaan naar Lomme, hem alles laten uitzoeken en dan rechtstreeks naar die kinderen rijden, ook al had ze er dan geen zin in. Dat had ze tenslotte nu ook niet. Alleen zou het dan bij slechts één rit blijven, richting kinderen en terug.

Aan de andere kant zou het haar niet verbazen als ook de notaris niet van alle details van Brams leven op de hoogte was. Ze dacht aan die foto's van Bram met de sjofel ogende mannen, hun handen warmend aan een vuur. Als de notaris ook niet alles wist, zou ze alsnog persoonlijk op onderzoek uit moeten gaan, wellicht om daarna weer bij een andere gemeente vast te lopen. Het was trouwens nog maar de vraag of ze het nog kon opbrengen om persoonlijk op onderzoek uit te gaan als de zaak een tijd bij de notaris had gelegen. Ze deed het nu omdat ze het als plicht zag. Als een bezwarende plicht. En vooral omdat Tom en de meisjes daarop hadden gestaan. Nee... nog een keer zou ze waarschijnlijk niet gaan. Al helemaal niet als er nog vraagtekens waren over de huidige adressen van de kinderen.

De jonge vrouw achter de balie keek Gemma onderzoekend aan. Ze leek te aarzelen. 'U weet dat hij in Hoenderloo heeft gewoond,' probeerde ze.

Gemma knikte.

'Misschien kunt u beter gewoon daarheen gaan en navraag doen. Hoenderloo is niet zo enorm groot en sommige mensen, bijvoorbeeld mensen die bij een supermarkt werken of nauw bij een vereniging betrokken zijn, kennen veel inwoners. U zou daar eens navraag kunnen doen. Wie weet...'

'Ze zullen bij zo'n winkel of vereniging niet iedereen in het dorp kennen.'

'Nee, niet iedereen. Maar toch wel veel mensen. Als ze u zelf niet kunnen helpen, weten ze wellicht wie dat wel kan.'

'Ik weet het niet...' aarzelde Gemma. Ze achtte de kans klein. Maar ze was nu eenmaal hier en om nu weer naar huis te gaan, onverrichter zake, en het dan aan een notaris over te laten met het risico dat het hele plan vastliep. Het zou natuurlijk gemakkelijker zijn om het aan een ander over te laten, maar of Tom en de kinderen het zouden begrijpen? En er was nog iets. Ze vond die hele zoektocht tijdverspilling en het irriteerde haar dat ze het restaurant aan anderen moest overlaten, maar toch wilde een klein deel van haar nu niet terug naar huis, hoe onbegrijpelijk ook.

'Maar ik zou het bij dat assurantiekantoor kunnen navragen,' dacht ze hardop. Het speet haar nu dat ze dat toch niet meteen had gedaan.

'Dat is een goed idee,' vond de vrouw.

'Ik zal wel kijken,' zei Gemma. Ze draaide zich om en liep het moderne gemeentehuis weer uit, regelrecht de parkeergarage in.

In de auto bleef ze een paar tellen zitten en ze staarde voor zich uit. 'Ik lijk wel gek,' mompelde ze. Ze startte de auto, reed de parkeergarage uit, de zon in, richting Hoenderloo.

Ze kende ook deze omgeving enigszins. Ze was een paar keer in het Nationaal Park De Hoge Veluwe geweest en ze had in een ver verleden tochtjes met de auto door de omgeving genoten, samen met haar gezin. De meisjes waren toen nog klein geweest en er was nog tijd geweest voor dergelijke uitjes.

Ze voelde een vlaag van spijt, die over haar heen leek te drijven en haar zacht aanraakte. Een licht gemis aan de dagen dat dergelijke ontspannen uitjes nog mogelijk waren. Ze had ervan genoten destijds. Het had geen zin om dat te ontkennen. Maar er waren belangrijker dingen nu. Ze concentreerde zich weer op de weg en volgde de route richting Hoenderloo.

Het plaatsje was nog precies zoals ze het zich herinnerde: een vriendelijk dorp met veel groen.

Ze reed langzaam door het centrum, op zoek naar het assurantiekantoor op de Middenweg. De map met het adres lag naast haar op de bijrijdersstoel. Ze moest even de weg vragen, maar vond het adres na het volgen van de nauwkeurige aanwijzingen al snel. Het had haar verbaasd dat de jonge vrouw met de kinderwagen, aan wie ze de weg had gevraagd, niet wist dat er een assurantiekantoor in die straat lag. Maar jonge mensen wisten lang niet altijd alles en het kon om een klein, onopvallend kantoor gaan.

Er wachtte haar echter een teleurstelling toen ze het adres

bereikte. Het betreffende kantoor bleek er niet meer te zijn en het pand was omgetoverd tot woonhuis. Gemma had geen flauw idee waar het kantoor naartoe was verhuisd. De enige andere optie die ze nu nog kon verzinnen, was het zoeken van een plaatselijke vestiging van de Rabobank. Personeel van een bank in een kleinere plaats kende ook vaak zijn cliënten. Wellicht mochten zij wel de informatie verstrekken die Gemma zocht. En de meest voor de hand liggende plaats voor een bank was het centrum. Ergens in de buurt van de plek waar ze zich nu bevond.

Toen ze de Krimweg in reed, zag ze al snel het bekende bord dat aangaf dat de bank die ze zocht, daar zijn vestiging had.

Althans... dat meende ze te zien. Toen ze haar auto parkeerde, zag ze dat het slechts een pinautomaat, stortautomaat en een brievenbus betrof. Geen gebouw waar je naar binnen kon lopen, geen personeel. Waarschijnlijk was dat er wel ooit geweest. Maar kleine vestigingen verdwenen met de invoering van automatisering. Een trieste gewaarwording.

Heel even bleef Gemma besluiteloos staan. Maar het was bijna middag en ze had honger.

Wellicht kon ze een restaurant zoeken voor een lichte lunch en dan over een volgende stap nadenken. Als die er tenminste zou komen.

Een geschikte gelegenheid voor haar lunch zag ze meteen in dezelfde straat: een midgetgolfbaan met restaurant, De Krim. Ze verwachtte dat hier de mogelijkheid was om een eenvoudige lunch te gebruiken, in tegenstelling tot de restaurants die ze eerder had gezien. Bovendien was het een van de weinige gelegenheden die er niet gesloten uitzag. Het was uiteindelijk maandag en voor veel horecabedrijven was uitgerekend de maandag een rustdag, in tegenstelling tot voor haar eigen bedrijf.

Ze parkeerde haar auto voor het restaurant en koos, na een korte wandeling door de zaak, voor een plaats in de serre. Ze bestelde een eenvoudige lunch. Terwijl ze at, genoot ze van het uitzicht en keek ze naar de spaarzame toeristen en gezinnen met kleine kinderen die op het terrein van de accommodatie rondwandelden of binnen zaten te eten.

Haar plek in de serre beviel haar en ze vroeg zich af of iets dergelijks in haar eigen restaurant of in Lisse te verwezenlijken was.

Beide restaurants bezaten tuinen waarin geserveerd kon worden, maar een serre was een groter deel van het jaar toegankelijk dan alleen een tuin en gaf toch het gevoel buiten te zitten. Het bood de mogelijkheid om in het late najaar of het vroege voorjaar al van de zon te genieten en dat was prettig op een doordeweekse werkdag. Ze zou het in overweging kunnen nemen.

Pas toen ze klaar was met eten en nog een kop koffie had genomen, vroeg ze een jong meisje dat met blozende wangen op een nog wat onhandige wijze het vuile goed opruimde, of ze zelf uit Hoenderloo kwam. Het meisje knikte meteen ijverig. 'Ik ben hier geboren,' vertelde ze.

Gemma besloot een kans te wagen. 'Ik ben op zoek naar het adres van iemand die hier tot ongeveer drie jaar geleden woonde, een man met de naam Bram Hogedijk. Ik neem aan dat je hem niet hebt gekend?'

Het meisje staarde een paar tellen voor zich uit, terwijl haar lippen geluidloos de naam herhaalden. Het leek Gemma onwaarschijnlijk dat een jonge meid iemand als Bram kende. Aan de andere kant ving nieuwsgierige jeugd vaak het een en ander op.

'De naam komt mij bekend voor,' zei het meisje ten slotte.

'Oud? Jong?'

'Hij was destijds drieënvijftig.'

'Hmmm... Ik weet niet...'

'Misschien weet je iemand die...'

Het meisje liet Gemma niet uitpraten. 'Ik zal het de bazin vragen. Zij is oorspronkelijk van Harderwijk. Ze kent hem misschien wel. Ik weet zeker dat ik zijn naam vaker heb gehoord.'

Ze wachtte niet eens op een reactie van Gemma, maar liep haastig weg.

Gemma bleef maar even zitten en wachtte af. Ze had er niet zoveel vertrouwen in, maar een beetje hoop flakkerde als een kleine waakvlam in haar hart.

Toen het meisje terugkwam, waren haar wangen rood van opwinding.

'De bazin kende hem,' zei ze. Ze keek om en Gemma volgde haar blik.

Ze zag een vrouw van haar eigen leeftijd in haar richting lopen. Ze had dezelfde lengte als Gemma, maar was niet zo mager.

Haar gezicht had een gezonde kleur en het licht grijzende haar was opgestoken. Haar ogen keken Gemma vriendelijk onderzoekend aan. 'Ik hoorde van Eefje dat u op zoek bent naar het voormalige adres van Bram Hogedijk?'

Gemma knikte. Ze voelde een lichte opwinding.

'Ik leerde hem via weduwe Lottenheim kennen. Ik kende haar van de vereniging voor dorpsbelangen en de bridgeclub. Bram was een aardige man, vond ik. Ik kende hem niet echt goed, maar die indruk wekte hij. Ans Lottenheim was erg over hem te spreken.'

'Woonde hij met haar samen?' informeerde Gemma. Het verbaasde haar zonder dat ze precies kon zeggen waarom.

'Niet in de zin waarop u misschien denkt,' zei de eigenaresse van het restaurant. Ze glimlachte. 'Mevrouw Lottenheim was vierentachtig jaar en al twintig jaar weduwe. Het huis waar ze woonde, was te groot voor haar. Daarom nam ze af en toe een kostganger in huis die in ruil voor kost en inwoning het huis, tuin en het stukje land dat ze nog had, onderhield. Bram was haar laatste kostganger. Hij heeft twee jaar bij haar gewoond.'

Gemma knikte. Ze begreep het. 'Woont mevrouw Lottenheim er nog steeds?'

De vrouw schudde haar hoofd. 'Ze is gestorven, vlak voordat Bram Hogedijk is verhuisd. Haar dochter heeft het huis overgenomen: Elisabeth Werding-Lottenheim.'

'Hebt u enig idee waar Bram Hogedijk heeft gewoond voordat hij naar Hoenderloo verhuisde?' informeerde Gemma.

'Ans heeft ooit gezegd dat Bram een tijd in België heeft gewoond. Maar ik weet niet precies hoe het zat.'

'Jammer,' zei Gemma.

'Misschien kan de dochter van de oude mevrouw Lottenheim u meer vertellen.'

'Misschien wel.'

'Ze woont op de Delenseweg. Ik zal uitleggen hoe u het beste kunt rijden. Het is niet zo moeilijk te vinden.'

De vrouw was duidelijk in haar uitleg en Gemma maakte een korte notitie. Daarna bedankte ze haar hartelijk en verzekerde ze haar dat de lunch heerlijk was geweest.

Het duurde niet lang voordat ze de oude boerderij van

mevrouw Lottenheim had gevonden. Ze nam aan dat de dochter enige renovatiewerkzaamheden had laten verrichten, maar heel veel was er volgens haar niet veranderd. Het was nog steeds een oude boerderij en de tuin was wel aan een onderhoudsbeurt toe. Maar ze was hier niet om huis of tuin te beoordelen. Ze was hier om Brams vorige adres te achterhalen. Voor zover dat mogelijk was.

Ze stapte uit en liep naar de voordeur. Een gewone bel trof ze niet aan. Alleen een oude rustieke klok, met een klepel, die haar uitnodigend tegemoet blonk.

Wat onwennig luidde Gemma de klok, niet verwachtend dat iemand het hoorde. Maar daarin vergiste ze zich.

Het duurde slechts enkele minuten totdat een gezette vrouw van ergens in de vijftig gehaast de hoek van het huis om kwam. Ze droeg een tuinbroek en had een rood sjaaltje om haar hoofd, dat haar grijzende haren bijeen moest houden. Haar wangen waren bijna net zo rood als het sjaaltje. Ze droeg gebloemde tuinhandschoenen, die bedekt waren met een laagje zand.

Ze keek Gemma vragend aan, met haar waterblauwe ogen. 'Wat kan ik voor u doen?'

Gemma hoorde een licht wantrouwen in haar stem. 'Het spijt me dat ik u stoor, maar ik ben op zoek naar informatie,' begon ze.

De vrouw – Gemma nam aan dat zij Elisabeth Werding was – wachtte af, met hetzelfde wantrouwen in haar ogen dat Gemma ook in haar stem had gehoord.

'Ik weet dat de woning drie jaar geleden uw moeder toehoorde, mevrouw Lottenheim.'

'Mijn moeder is gestorven.'

'Ja, dat heb ik gehoord. Maar tot die tijd verhuurde ze een deel van haar huis aan een man, Bram Hogedijk.'

'Ze verhuurde het niet. Bram woonde hier gratis. Hij hoefde alleen wat klusjes in en rondom het huis op te knappen. Mijn moeder kon dat zelf niet meer. Ze was vierentachtig.'

'Dat heb ik inderdaad begrepen.'

'Bent u familie van Bram?' De vrouw kwam een stapje dichterbij en keek Gemma nu onderzoekend aan.

Gemma schudde haar hoofd. 'Nee, ik ben geen familie. Bram

heeft de afgelopen jaren in ons dorp gewoond en is onlangs overleden. Voordat hij stierf, schreef hij twee brieven voor zijn kinderen en het was zijn laatste wens dat ik ervoor zorgde dat de kinderen die brieven in ontvangst namen. Helaas weet ik hen niet te wonen, dus ik probeer zijn voormalige adres te achterhalen. Tenzij u weet waar de kinderen wonen?'

Gemma voelde hoop opwellen. Bram had twee jaar bij Elisabeths moeder gewoond. Natuurlijk had ze hem goed gekend. Dan was het niet denkbeeldig dat ze iets wist over zijn verleden.

'Ik wist niet eens dat hij kinderen had,' reageerde Elisabeth echter.

Gemma voelde een lichte teleurstelling. Ze had het natuurlijk kunnen weten, aangezien Bram ook in Lomme nooit over zijn verleden had gepraat, maar ze had toch heel even die hoop gevoeld.

'Hij heeft het nooit over kinderen gehad, ziet u. Hij was dus getrouwd...' Elisabeth staarde peinzend een paar tellen voor zich uit. 'Was hij gescheiden?'

'Zijn vrouw is ongeveer tien jaar geleden gestorven.'

'O. Vreemd. Blijkbaar had hij dan geen contact meer met zijn kinderen?' Ze keek Gemma vragend aan. 'Anders had hij er toch wel over gepraat?'

'Hij had geen contact meer met hen. Ik weet niet waarom niet. Ik weet alleen dat hij graag wilde dat ik hun die brieven gaf.'

'Hmmm. Het was nochtans een aardige man. Mijn moeder mocht hem graag, ziet u. Hij deed veel voor haar. Hij had natuurlijk die afspraak met haar dat hij zorg zou dragen voor de klusjes in en rondom het huis, maar eigenlijk deed hij veel meer dan dat. Ze hoefde hem nooit iets te vragen. Hij zorgde ervoor dat alles goed werd onderhouden, repareerde wat kapot was, maar reed haar ook overal naartoe. Haar ogen waren niet meer zo goed, dus ze kon zelf niet meer autorijden. Maar hij deed dat voor haar. Op het laatst kookte hij voor haar, zette koffie, hield haar gezelschap... Maar goed, hij woonde wel gratis en de boodschappen waren voor haar rekening. Ze kocht zelfs af en toe een fles drank voor hem, zoals Jägermeister of iets dergelijks. Niet dat hij veel dronk, dat niet. Maar toch... Hij had daardoor dus geen onkosten. Maar ze was erg blij met hem.'

Gemma knikte alleen maar. Ze hoorde een ondertoon in de stem bij Elisabeth die ze niet helemaal kon thuisbrengen. Alsof Elisabeth een verplicht rijtje opdreunde.

'Ik had niet zoveel tijd,' ging Elisabeth verder. 'Ik had mijn werk en mijn kinderen. Maar hij… Soms dacht ik weleens…' Ze maakte de zin niet af, maar Gemma meende een emotie te zien die ze van zichzelf herkende. Het gevoel dat iemand in je leven binnendrong en het overnam, beetje bij beetje. Een gevoel van onrust en irritatie.

Gemma ging er niet op in. Het deed er niet toe.

'Hij kon niet hier blijven toen ik de boerderij overnam,' zei Elisabeth. Er klonk een lichte verdediging in haar stem. 'Een van van kinderen woonde nog thuis en ik had plaats nodig als de kleinkinderen kwamen.'

Gemma kreeg sterk de indruk dat Elisabeth ook niet had gewild dat Bram bleef. Maar ook dat deed er niet toe.

'Hij heeft zijn plek in Lomme gevonden,' zei ze. Ze voelde de behoefte om de vrouw tegenover haar gerust te stellen. Om haar schuldgevoel weg te nemen. 'Maar ik zou heel erg graag willen weten waar hij vandaan kwam. Waar hij heeft gewoond… Alleen dan kan ik het adres van zijn kinderen achterhalen.'

'Eerlijk gezegd heb ik geen idee. Zoals ik al zei, wist ik niet eens dat hij kinderen had. Hij praatte nooit over zijn verleden. Dus ik weet ook niet waar hij heeft gewoond.' Ze stokte even en staarde een paar tellen nadenkend voor zich uit.

'Wacht eens even…' zei ze. 'Een rusthuis in de Ardennen.'

Gemma keek haar vragend aan.

'Ergens in de buurt van Malmedy.'

'Zat hij in een rusthuis?'

'Ja. Ik weet niet waarom of hoe lang. Ik weet alleen dat hij daar is geweest voordat hij bij mijn moeder kwam wonen. Hij heeft dat ooit genoemd.'

Het verbaasde Gemma. Bram leek op de een of andere manier geen man voor een rusthuis. Maar ze had zelf geen enkele ervaring met rusthuizen, dus ging het hier enkel om een vooroordeel. Bovendien was het niet onmogelijk dat Bram ook daar had gewerkt.

'Weet u een adres?' informeerde Gemma.

Maar Elisabeth schudde haar hoofd. 'Ik weet alleen dat het om een rusthuis in de buurt van Malmedy ging. Ik neem aan dat ze daar wel weten waar het is. Zo veel rusthuizen zullen daar toch niet zijn?'

'Nee, waarschijnlijk niet,' gaf Gemma toe. Maar het beviel haar absoluut niet.

Als ze hiermee verder wilde, moest ze naar Malmedy, en dat was een behoorlijk eind rijden. Rond de drie uur, schatte ze. Dat betekende dat ze er pas tegen de avond was en een hotel zou moeten zoeken. Ze zou toch de tijd moeten nemen om dat rusthuis te zoeken en met de mensen die daar werkten te praten, als ze het uiteindelijke adres van Bram wilde achterhalen. Het was natuurlijk mogelijk dat Bram daar ergens had gewoond, maar Gemma geloofde dat niet. Maar er zat niets anders om dan erheen rijden en vragen stellen.

Ze zuchtte diep en nam afscheid van Elisabeth. Ze kon maar beter meteen op weg gaan. Des te eerder was het allemaal weer achter de rug.

Elisabeth wenste haar nog haastig succes voordat ze vertrok.

7

Het was al over zessen toen Gemma vermoeid het toeristische stadje Malmedy binnenreed.

De zon had zich nu verscholen achter een pluizig wolkendek, maar de straten van het plaatsje waren gevuld. Grotendeels met toeristen, nam Gemma aan. Ook al was het nog vroeg in het seizoen. Ze geloofde niet dat een plaatsje als Malmedy erg seizoensgebonden was.

Ze had onderweg een kopje koffie genomen en even gerust, maar ze had nu behoefte aan een behoorlijke maaltijd en een moment van stilte en ontspanning. Ze had het gevoel dat het veel te luide gebrom van de automotor zo diep haar oren was binnengedrongen, dat het daar de rest van de nacht in opgesloten zou blijven om zo haar nachtrust met zijn diepe, monotone geluid te verstoren.

Haar lichaam voelde beurs aan.

Ze reed in een traag tempo door de straten, terwijl haar ogen de gevels aftastten, op zoek naar een hotel. Het maakte haar op dat moment niet eens uit wat voor hotel het was, als ze er maar kon eten en slapen. Ze had zich er ten slotte maar bij neergelegd dat ze die avond niet meer naar huis zou gaan.

Toen ze het witte gebouw op de hoek van Chemin Rue zag, in de vorm van een soort driehoek, waarbij de voorkant een halve toren leek te vormen en de letters op de gevel aangaven dat het hier om een hotel ging, maakte haar hart bijna een sprongetje. Ze had een hotel gevonden en het zag er ook nog aantrekkelijk uit.

Het hotel had helaas geen parkeergelegenheid, maar ze kon haar auto een klein stukje verderop kwijt op een parkeerplaatsje, en veel spullen had ze niet bij zich. Ze kon gemakkelijk een stukje lopen en meteen haar benen strekken, vond ze.

Ze pakte haar handtas en weekendtas, stapte uit en sloot de auto achter zich. Ze verwachtte niet dat iemand het vehikel zou willen stelen, maar het was een gewoonte van haar. Een goede gewoonte, vond ze.

Terwijl ze naar het hotel liep, hoopte ze dat er nog plaats was voor haar. De drukte in het stadje deed vermoeden dat er toch al heel wat geboekte kamers waren in de beschikbare hotels, maar ze probeerde zich vast te houden aan het feit dat het nog vroeg in het seizoen was.

Voor het hotel bleef ze even staan.

Hotel L'Esprit-Sain, stond op de ronde gevel, die de hoek van de straat vormde. Aan de zijkanten stond met grote letters Restaurant. Ze kon er dus een maaltijd gebruiken.

Ze haalde diep adem, een beetje gespannen, en liep naar binnen, regelrecht richting receptie.

Ze was opgelucht toen ze hoorde dat de jonge vrouw achter de balie, een slanke brunette met een Franse uitstraling, ook Nederlands sprak. Gemma had in haar jonge jaren Frans op school gehad, maar ze geloofde niet dat ze zich daar nog erg veel van herinnerde.

Ze was nog meer opgelucht toen ze hoorde dat er nog een kamer voor haar vrij was.

Ze keek ernaar uit om na een hele dag op de weg, alleen met haar gedachten, eindelijk even wat tijd te kunnen nemen en uit te rusten. Ze zou niet de rest van de dag rusten, want ze wilde uiterlijk morgen alles afgehandeld hebben en weer naar huis, maar ze kon in ieder geval op haar gemak een maaltijd eten en misschien heel even een moment van rust en bezinning inlassen.

De jonge vrouw achter de balie wees haar de weg naar haar kamer en overhandigde haar de sleutel.

Het was rustig in het hotel toen Gemma naar boven liep. De kamer bleek eenvoudig te vinden. Zelfs de inrichting van het vertrek bleek een aangename rust uit te stralen. Wanden in zachte tinten en een sfeervolle verlichting bepaalden de eerste indruk. De vloerbedekking was eenvoudig en in een neutrale grijsblauwe tint en de beukenhouten meubels waren strak van vorm. Gemma wierp ook een korte blik in de wit betegelde badkamer. Het zag er fris en uitnodigend uit.

Gemma liep weer de kamer in en keek door het raam naar buiten, naar de levendige straten van de kleine stad, en ving een glimp op van de oude gebouwen in verschillende vormen en kleuren, die het centrum van de stad vormden.

Ze liep weer weg bij het raam en ging op bed zitten. Het was zacht en aanlokkelijk. Het liefst wilde ze gaan liggen en haar ogen sluiten. Wegzakken in een droomloze slaap en wakker worden in haar eigen kamer. Zonder de last van een erfenis waar ze niet om had gevraagd.

Er waren momenten waarop ze een hekel had aan Bram. Zeker vandaag. Ze schaamde zich daarvoor. Ze dacht aan Jenna, die haar had herinnerd aan de gelijkenis van de barmhartige Samaritaan, en meteen nam de schaamte toe. Ze begreep zichzelf niet helemaal. Ze had eerder nooit de tijd genomen om er werkelijk bij stil te staan, maar sinds de erfenis van Bram en alles wat daarvan het gevolg was geweest, was ze gedwongen geweest om over haar houding ten opzichte van Bram na te denken.

De vraag was gerezen waarom ze zo'n hekel had gehad aan Bram. Want als ze eerlijk was tegenover zichzelf, moest ze toegeven dat ze werkelijk een hekel aan de man had gehad. Hij had zich overal mee bemoeid, had ze steeds gezegd. Maar was dat ook werkelijk zo geweest? Gemma wist zeker dat haar moeder het anders had gezien. Haar moeder had genoten van de aandacht die ze van de man had gekregen. Van de tijd die hij haar had gegeven en van het begrip dat hij had getoond. Was dat niet iets waarvoor Gemma juist dankbaar had moeten zijn? Ze dacht weer aan Elisabeth en aan de manier waarop zij over Bram had gepraat. Ze had niets verkeerds over de man gezegd, maar Gemma had die bepaalde toon in haar stem herkend en die blik in haar ogen gezien, die haar zo bekend was voorgekomen. Net als de licht verdedigende toon die Elisabeth automatisch had aangenomen toen ze had verteld dat ze zelf weinig tijd voor haar moeder had gehad en dat ze Bram na haar moeders dood had gevraagd elders onderdak te zoeken.

Gemma besefte dat Elisabeth hetzelfde probleem met Bram had gehad als zijzelf. Het was namelijk uitgerekend deze vreemde, behulpzame man die zowel Elisabeth als Gemma zonder woorden op hun eigen tekortkomingen had gewezen. Misschien ongewild, maar daarom niet minder.

Misschien was dat de reden waarom Elisabeth moeite met Bram had gehad. En misschien was dat de reden waarom Gemma zo veel moeite met Bram had gehad. Omdat hij haar had geconfronteerd met haar eigen tekortkomingen; met haar gebrek aan tijd en geduld om haar moeder te steunen en zelfs haar eigen dochters de aandacht te geven die ze nodig hadden.

Hij had haar daarmee geconfronteerd zonder woorden. Mogelijk zelfs zonder bedoelingen. Maar hij had het gedaan en Gemma het gevoel gegeven dat ze tekortschoot. Hij had haar schuldgevoel aangewakkerd. En Gemma wilde geen schuldgevoelens.

'Onzin,' gromde Gemma. Ze probeerde het onaangename gevoel dat de gewaarwording met zich mee bracht van zich af te schudden. Hij was een bemoeial en hij had niet het recht om haar in een kwaad daglicht te stellen, zelfs niet als het niet rechtstreeks de bedoeling was geweest.

Gemma boog haar hoofd en bad: 'Here, help me alstublieft om dat te doen wat goed is. Ik weet het af en toe ook niet meer. Maar ik ga ervan uit dat U mij de weg wijst.'

Ze had vergeving kunnen vragen, maar dat betekende dat ze moest toegeven dat haar redenen om onaangename dingen over Bram te denken en zelfs te zeggen, een egoïstische achtergrond hadden, en ze was nog niet bereid om dat toe te geven.

Maar ze besloot dat ze erop kon vertrouwen dat God haar de weg zou wijzen en dat ze daarmee ook meer helderheid in haar eigen gedachtewereld zou creëren. Ongeacht wat dan de uitkomst was. Dat zou ze dan moeten accepteren. Maar op dit moment wilde ze er niet meer bij stilstaan. Er waren te veel zaken die ze nog wilde regelen en ze was niet van plan om zich te veel te laten afleiden door emoties. Ze had thuis een gezin en een bedrijf dat op haar wachtte.

Ze stond met een resoluut gebaar op en liep de kamer uit, naar beneden, om in het restaurant een eenvoudige maaltijd te gebruiken.

Het restaurant straalde al evenveel rust uit als haar kamer, zodat het een opvallend contrast vormde met de drukte die in de straten heerste. Strakke wanden in zachte tinten en donkerbruine tafels en stoelen die een brug vormden tussen klassiek en modern.

Ze koos een tafeltje bij het raam, met uitzicht op het mooie place de Rome met zijn authentieke muziektent. Ze koos een kipfilet zonder voor- of nagerecht en genoot na een stil dankgebed in alle rust van haar smakelijke diner.

Ze had er geen moeite mee om alleen te eten, in tegenstelling tot zoveel mensen die ze kende. Integendeel. Ze vond het rustgevend en het gaf haar de mogelijkheid om zich op haar maaltijd te concentreren en ervan te genieten. En misschien zelfs om ideeën op te doen voor haar eigen restaurant.

Toen ze later bij de brunette achter de balie informeerde naar een rusthuis, moest ze helaas constateren dat de jonge vrouw niets van een rusthuis wist. Maar gelukkig liet de jongedame het er niet bij zitten. Toen ze de vertwijfeling op het gezicht van Gemma zag, stelde ze meteen voor om bij meneer of mevrouw Close, eigenaars van het hotel, informatie in te winnen. Maar zo ver hoefde het niet eens te komen.

Een oudere man die achter Gemma stond en blijkbaar het een en ander van het gesprek had opgevangen, mengde zich met een vriendelijke verontschuldiging in het gesprek. De man was ergens rond de zestig, meende Gemma, en zag eruit als een echte heer. Hij droeg een goed zittend kostuum en had een voorname uitstraling. De jonge vrouw achter de balie kende hem en glimlachte hem dankbaar toe, toen hij zijn aanbod deed om Gemma opheldering te verschaffen.

'Ik ben er een paar keer geweest,' vertelde hij Gemma, met dezelfde verontschuldigende glimlach waarmee hij het gesprek was binnengedrongen. 'Een neef van mij heeft er ruim een jaar doorgebracht. Geweldige man, die neef. Maar hij kreeg meer ellende te verwerken dan hij kon verdragen, werd ziek en raakte in de war. Het rusthuis heeft wonderen voor hem verricht.'

'Ik zoek vooral informatie over een man die daar een tijd heeft doorgebracht,' legde Gemma uit. 'Hij heeft de laatste jaren van zijn leven in ons dorp gewoond en is onlangs gestorven. Hij heeft mij de taak opgedragen om zijn laatste wens te vervullen: het overhandigen van een brief aan zijn kinderen met wie hij het contact had verloren. Maar daartoe moet ik zijn voormalige adres achterhalen.'

'Dan heeft hij u hoog aangeschreven,' meende de heer.

Gemma keek hem wat verbaasd aan.

'Een laatste wens is enorm belangrijk voor de persoon die zo'n wens uit. Misschien wel het allerbelangrijkste ooit. De vervulling van een dergelijke wens kan daarom alleen worden overgelaten aan iemand die zijn opgedragen plicht serieus neemt.

Iemand op wie je kunt vertrouwen. Blijkbaar heeft hij enorm veel vertrouwen in u gehad. Anders had hij u die taak niet gegeven.'

Gemma dacht aan de manier waarop ze Bram had behandeld. Ze kon zich absoluut niet voorstellen dat de man desondanks een grenzeloos vertrouwen in haar had gehad. En toch had hij haar die taak gegeven. Een taak die ze had willen weigeren.

'Ik betwijfel het,' mompelde ze. 'Maar ik wil in ieder geval mijn best voor hem doen.'

'Dat heeft hij ongetwijfeld geweten,' meende de man met overtuiging.

Gemma besloot dat ze daarover geen discussie wilde beginnen en dat ze al helemaal niets kwijt wilde over haar eigen verwarrende gevoelens. 'U weet dus waar het is?'

De man knikte. Hij richtte zijn aandacht op het meisje achter de balie en vroeg haar om een kaart van Malmedy en omgeving. Ze pakte een nieuwe kaart uit een standaard en overhandigde hem die.

De man vouwde de kaart uit op de balie en wees waar ze zich op dat moment bevonden. 'Het rusthuis ligt aan de basis van het natuurreservaat De Hoge Venen,' vertelde hij, 'bij Stavelot.'

Het wees welke route Gemma moest volgen om het rusthuis te bereiken en waar het huis precies lag. Het rusthuis zelf stond niet aangegeven op de kaart.

'Ze vermijden toeristen liever,' legde de man uit. 'Het is uiteindelijk een rusthuis. Vandaar dat je geen vermelding op de kaart aantreft, noch bordjes kunt volgen.'

Gemma knikte begrijpend.

'Maison de Repos des Hautes Fagnes. Zo heet het. U treft de naam aan op een klein bord bij een grote smeedijzeren poort, waar u zich kunt aanmelden. U weet dan dat u op het goede adres bent.'

'Hartelijk bedankt,' zei Gemma welgemeend. 'Ik wil er graag zometeen nog heen rijden. Denkt u dat ze mij toelaten?'

De heer knikte. 'Als u vertelt wat u komt doen, openen ze zeker de poort voor u. Het personeel is enorm hulpvaardig en vriendelijk.'

'Dat zou geweldig zijn,' meende Gemma.

'Ik weet zeker dat ze u helpen,' benadrukte hij nog een keer met een glimlach. 'En als u dan toch in de buurt bent... Stavelot is zeer de moeite waard. Het is de stad van de Blanc Moussis. Een geweldig erfgoed, bijzondere steegjes en een heerlijke sfeer. Het Saint-Remacleplein is absoluut een bezoekje waard. En wat dacht u van de abdij van Stavelot met zijn drie musea en archeologische overblijfselen?'

Gemma glimlachte. 'Ik vrees dat ik daarvoor geen tijd heb. Ik heb thuis een gezin en een druk bedrijf. Ik wil slechts mijn plicht doen en de laatste wens van Bram Hogedijk vervullen en dan weer terug naar huis.'

De man schudde spijtig zijn hoofd. 'Jammer,' vond hij. 'Het is werkelijk de moeite waard en ik geloof niet dat het een zonde is om te genieten van de schoonheid van onze omgeving. Probeert u in ieder geval een blik om u heen te werpen, zodat u wellicht op een later tijdstip met uw gezin hierheen kunt komen en kunt genieten van de schatten van de Ardennen.'

'Misschien doe ik dat wel,' zei Gemma. Ze vond het een idiote belofte, aangezien ze nauwelijks de gelegenheid had om met vakantie te gaan, al zou ze dat willen. Maar ze had het gevoel dat ze de man min of meer gerust moest stellen.

Ze bedankte de man nog een keer, vroeg aan de receptioniste om de kaart op haar rekening te schrijven, en verliet met de kaart het hotel.

Het zou geweldig zijn als ze vandaag in ieder geval het oorspronkelijke adres van Bram kon achterhalen, en het zou nog beter zijn als dat adres in de directe omgeving was. Ze besefte goed dat het nauwelijks waarschijnlijk was dat ze daarmee ook meteen het adres van de kinderen kon achterhalen, tenzij minstens een van hen in het ouderlijk huis was blijven wonen. Maar een beetje daarop hopen deed ze toch. Dat zou namelijk betekenen dat ze de volgende dag al naar huis kon en daarmee alles betreffende Bram achter zich kon laten.

En dat wilde ze op dat moment het allerliefst.

Ze besteedde weinig aandacht aan de charmes van het plaatsje waar ze haar hotel had geboekt, terwijl ze naar haar auto liep. En ze deed dat net zo min toen ze met haar auto de kleine stad verliet. Ze had een taak die ze wilde uitvoeren en dat wilde ze zo snel mogelijk doen. Genieten van gebouwen en omgeving leek daar niet in te passen.

Ze concentreerde zich op de bordjes en op de kaart die ze naast zich op de stoel had neergelegd, en reed zonder problemen naar het adres dat de man in het hotel had opgegeven.

Het was vroeg in de avond toen ze voor de poort van het rusthuis stond, het raam van de auto opende en door de ontstane opening voorzichtig het knopje op de paal naast haar indrukte, waarmee ze haar komst aankondigde. Ze zag de vierkante luidspreker boven het knopje en wachtte tot een stem zich daar meldde.

'*Bonsoir. En quoi puis-je vous servir?*'

'*Bonsoir. Parlez-vous Néerlandais?*' informeerde Gemma.

'Natuurlijk,' luidde het antwoord meteen. 'Waarmee kan ik u van dienst zijn?' De vrouwelijke stem had een licht accent, maar was goed verstaanbaar.

Gemma legde in het kort uit waarvoor ze naar het rusthuis was gekomen.

De stem aan de andere kant verzocht haar vriendelijk om een moment te wachten, verdween een paar minuten en liet daarna weten dat ze door kon rijden.

De imposante smeedijzeren poort gleed geluidloos open en gaf Gemma de gelegenheid om door te rijden.

Gemma voelde zich weinig op haar gemak toen ze in de oude auto van Bram de imposante oprijlaan op reed. Ze had even het vermoeden dat het rusthuis was voorbestemd voor mensen van stand en kon Bram met zijn oude auto daar niet helemaal in plaatsen. Wellicht had Elisabeth uit Hoenderloo zich vergist.

Maar dan dacht ze weer aan de foto's van Bram in maatkostuum en in gezelschap van voornaam ogende heerschappen en besefte ze dat ze eigenlijk maar erg weinig van Bram Hogedijk wist en dat niets onmogelijk was.

Het rusthuis zelf doemde vrij onverwacht voor haar op. Het was groot, maar misschien niet helemaal zo groot als ze had verwacht, en deed haar denken aan een hotel.

De gevels hadden zachtgele tinten en in de keurig bijgehouden tuin stonden oude eiken en dennen, die nu lange schaduwen wierpen op de keurig bijgehouden grasmat.

Gemma parkeerde de auto in een van de parkeerhavens aan de

zijkant van het gebouw en liep via de stenen trap naar de entree. Twee dames liepen in de tuin voorbij. Ze waren mager en wat bleek en wierpen geïnteresseerde blikken op Gemma. Gemma glimlachte naar hen. Ze glimlachten niet terug.

Gemma opende de grote deur, die opvallend licht openschoof, en wandelde een koele hal binnen, met hoog plafond en donkere leistenen vloer.

Verderop, links en rechts van de hal, zochten houten trappen met een sierlijke bocht hun weg naar boven.

In een kleine zithoek met rode fauteuils, bij een groot raam, zaten twee mannen en een vrouw. Ze droegen een soort kamerpakken, meende Gemma. Een van de mannen zag er ziek uit. De andere man en de vrouw leken er beter aan toe. Al wiegde de vrouw, bijna onopvallend, zachtjes van voren naar achteren.

Gemma groette ook hen vriendelijk en liep haastig door naar de balie, waar een kleine vrouw met opgestoken grijs haar en een verfijnde verfraaiing van haar gezicht in de vorm van natuurlijke make-uptinten haar al op leek te wachten.

'U bent Gemma Klasse, op zoek naar informatie over Bram Hogedijk?' informeerde ze met een warme vriendelijkheid.

Gemma knikte. Ze haalde de akte van nalatenschap uit haar handtas en legde hem op de balie. 'Bram Hogedijk heeft de laatste jaren in ons dorp gewoond. Hij stierf vorige week en liet enkele bezittingen aan mij na.'

De vrouw knikte begrijpend. 'Dat had ik al begrepen uit uw verhaal via de intercom. U sprak met mij. Ik ben overigens Isabelle Selier en ik ben de eigenaresse van dit rusthuis.'

Ze glimlachte om Gemma's wat verbaasde blik. 'Ik sta mensen graag zelf te woord indien mogelijk,' verklaarde ze. 'Daarbij zitten we tijdens de avonduren wat krapper in het personeel.'

Gemma knikte nu begrijpend. Ze mocht de vrouw meteen.

'Zoals ik daarstraks heb begrepen, is het de laatste wens van mijnheer Hogedijk om een brief bezorgd te zien bij de kinderen, met wie hij het contact heeft verloren?' stelde Isabelle.

Gemma knikte. 'Helaas heb ik geen idee waar de kinderen wonen. Ik weet eerlijk gezegd niet eens waar Bram Hogedijk heeft gewoond. Hoewel hij drie jaar in ons dorp heeft gewoond en iedereen hem kende, wist niemand iets over zijn verleden. Het

was iets waar hij niet over praatte en waar niemand naar vroeg.'
Isabelle glimlachte. 'Misschien kunnen we beter even gaan zitten,' stelde ze voor. Ze wees op een rode zithoek, rechts van de balie, waar nog niemand zat.

Gemma knikte. In haar lijf ontstond onrust. Ze wilde niet zitten, koffiedrinken en op haar gemak praten. Ze wilde een adres. Maar ze wist zichzelf te beheersen en reageerde met een 'Ja, graag' toen Isabel informeerde of ze wellicht een kop koffie wilde.

Terwijl Gemma plaatsnam in de zithoek, verdween Isabelle door een deur achter de balie. Het duurde ongeveer vijf minuten voordat ze terugkwam met een dienblad met een sierlijk koffiekannetje, kopjes en een schaaltje met bonbons. Gemma had de tijd doorgebracht met het door het raam naar buiten kijken en het bewonderen van de prachtige oude bomen en volle struiken op het landgoed. Ze had ook een paar mensen in de hal voorbij zien komen: een jongeman aan wie niets te zien was geweest, een meisje met een huilgezicht en een oude vrouw die een verwarde indruk had gemaakt. Ze had ook verplegend personeel gezien: vriendelijk ogende mensen van haar eigen leeftijd en zonder de verschijnselen van stress die ze vaak in het plaatselijke ziekenhuis had opgemerkt bij de verpleging.

Isabelle nam plaats bij Gemma en nam de tijd om de koffie in te schenken. Niemand scheen haast te hebben in dit oord.

Behalve wellicht Gemma.

'Bram Hogedijk,' begon Isabelle, toen ze haar koffie had voorzien van suiker en melk en het kopje sierlijk optilde aan het gekrulde oortje.

'Toen u aanbelde, moest ik zijn gegevens erbij nemen,' bekende ze. Ze bloosde er een beetje bij, hoewel Gemma het in een dergelijk instituut bepaald niet beschamend vond als mensen zich niet meer alle cliënten konden herinneren.

'Er komen en gaan hier veel mensen,' vertelde Isabelle. 'Ik wist dat ik de naam kende, maar ik moest zekerheid hebben. We kunnen hier alleen mensen toelaten die ons Maison de Repos met een geldige reden bezoeken. U zou versteld staan van het aantal toeristen dat hier gewoon een kijkje wil nemen en die om die reden zelfs namen verzint in de hoop dat we onze patiënten niet kennen en hen door zullen laten. Vandaar.'

'Ongelooflijk,' vond Gemma.

'Ik denk dat die mensen niet beseffen dat onze patiënten voor-al rust nodig hebben,' zei Isabelle op milde toon.

'Misschien niet. Maar ik heb al begrepen dat hier voldoende te bewonderen valt. Zonder dat uw rusthuis op de lijst van dagtochten hoeft te komen.'

'Ach… Het is een stukje menselijke nieuwsgierigheid, denk ik. Maar u begrijpt dat we vragen stellen aan gasten om zeker te stellen dat ze hier met een duidelijke reden zijn, anders dan bezichtiging of bevrediging van nieuwsgierigheid.'

'Ik begrijp het volkomen,' verzekerde Gemma haar. Ze deed suiker en melk in haar eigen koffie en wachtte af.

'Bram Hogedijk,' zei Isabelle weer. 'Ik kende zijn naam dus, maar kon me er heel even geen beeld bij vormen. Totdat ik zijn gegevens bekeek. Toen wist ik het weer. Hij heeft maar liefst drie jaar bij ons doorgebracht. Maar we noemden hem altijd Phelin. Naar Orphelin.'

'Weeskind?'

Isabelle glimlachte. 'Hij noemde zijn naam uiteraard toen hij hier binnenkwam. Maar het ging niet goed met hem. Hij was lichamelijk en psychisch ziek en wilde afstand nemen van zijn verleden. Hij is niet de enige; uiteindelijk dragen we allemaal het verleden in ons. Maar dat is niet iets waar je in een beginperiode een patiënt mee confronteert.' Ze schudde haar hoofd. 'Bram Hogedijk had rust nodig. Afstand. En die creëerde hij zelf al door een identiteit aan te nemen waarbij hij afstand nam van het verleden en alles wat daarin een rol heeft gespeeld. Hij wilde Orphelin worden genoemd en wij gingen daarin mee. Maar Orphelin werd snel afgekort tot Phelin, omdat Phelin een naam zou kunnen zijn, en we geven mensen nu eenmaal graag een naam.' Ze glimlachte opnieuw en keek een paar seconden dromerig voor zich uit. Voorzichtig nam ze een slokje koffie.

'Phelin. We raakten zo aan zijn naam gewend, dat we die bleven gebruiken. Ook toen het beter met hem ging. Misschien vond hij het zelf ook prettig zo. Omdat ons Maison een tussenstation voor hem vormde. Een rustplaats om het verleden als een hoofdstuk af te sluiten en een nieuw hoofdstuk te openen, zoals we het hier graag noemen.'

'Daar had hij dus drie jaar voor nodig?' Drie jaar leek een ongelooflijk lange tijd voor Gemma.

Isabelle knikte. 'Zoals ik al vertelde, was hij er slecht aan toe toen hij hier acht jaar geleden binnenkwam. Hij was doodziek en psychisch in de war. Het is een wonder dat hij er weer bovenop kwam. Want dat deed hij. Het kostte tijd en het kostte moeite, maar onze Phelin krabbelde uit zijn diepe, donkere ravijn in drie jaar tijd. Een tijd die voor u en menig ander mens lang lijkt, maar in werkelijkheid weinig voorstelt. Vergeet niet dat ellende jaren nodig heeft om zich dusdanig op te bouwen dat het uiteindelijk in staat is iemand volledig af te breken. Het begint onschuldig, met kleine problemen, te hard werken, sociale isolaties, onverwerkte emoties, noem maar op. Het broedt als het ware jaren onderhuids, totdat er iets gebeurt waardoor de weegschaal naar de verkeerde kant doorslaat. In recordtempo gaat de situatie van kwaad tot erger, totdat het lichaam en de psyche ieder houvast verliezen. Totdat het werkelijk misgaat.

Vaak betekent dat het einde. En soms heeft iemand nog net genoeg vechtlust om de strijd aan te gaan, zoals Phelin. Hij ging niet alleen de strijd aan, maar won hem uiteindelijk.

Toen Phelin ons Maison binnenkwam, was hij bijna verloren. Hij kon nauwelijks meer op zijn benen staan, was graatmager, ziek en verward. Met diep vanbinnen dat kleine waakvlammetje dat dreigde te doven. Maar Phelin vocht. Hij smeekte om hulp, klemde zich vast aan iedere hand die naar hem werd uitgestrekt, hechtte zich aan zijn rotsvaste geloof en wist zijn waakvlam voldoende aan te wakkeren om alles weer op gang te brengen.

Toen onze Phelin ons verliet, was hij lichamelijk en psychisch aangesterkt. Hij ondersteunde andere patiënten en hielp onze klusjesman bij zijn werkzaamheden omdat hij iets terug wilde doen. Maar uiteindelijk was zijn tijd hier afgelopen en moest hij verder. We wisten dat hij zich zou redden.'

Gemma keek om zich heen. 'Is zo'n opname dan gratis?' vroeg ze. 'Omdat hij die werkzaamheden verrichtte… Ik heb er natuurlijk niets mee te maken, maar ik ben altijd in de veronderstelling geweest dat een instituut ook betaald moet worden. Tenslotte zijn er kosten van onderhoud en personeel…'

'In principe weigeren we niemand de toegang. We ontvangen natuurlijk subsidies. Onvoldoende om daar volledig op te draaien, maar zoals gezegd weigeren we niemand de toegang. Maar Phelin, Bram, betaalde zijn verblijf. Ik geloof dat hij een vermogend man was. Maar met zekerheid kan ik er niets over zeggen.'

Opnieuw verbaasde Gemma zich over Bram. Ze kon zich hem niet als een vermogend man voorstellen. Hoewel de foto's ook al dat beeld hadden gegeven. Ze vroeg zich af waar dat vermogen dan was gebleven en waarom hij zich afhankelijk van anderen had opgesteld in een later stadium; door eerst bij de weduwe Lottenheim in te trekken in ruil voor werkzaamheden en later in hun dorp zijn leven in een oude caravan te slijten terwijl hij werk voor anderen opknapte. Ze betwijfelde of ze daar ooit echt een antwoord op zou krijgen. Maar misschien had hij hier zijn laatste geld besteed.

'Wisten jullie dat hij ooit een vrouw en kinderen had?' vroeg Gemma.

'Phelin, of Bram, zoals hij eigenlijk heet, kreeg therapie van onze zeer deskundige psycholoog Pierre Vervier. Ongetwijfeld weet Pierre alles over het verleden van Phelin. Bram dus. Maar onze psychologen hebben een zwijgplicht en vertrouwelijke informatie wordt niet gedeeld met het personeel en zelfs niet met mij. Ik kan u daarin dus niet helpen. En ik kan u verzekeren dat niemand hier u meer inlichtingen kan geven over de achtergrond van Phelin. Van Bram Hogedijk. Omdat Phelin nooit over zijn verleden praatte. En omdat Pierre die informatie niet met u kan delen. Zelfs niet nu Phelin is gestorven. Omdat het vertrouwelijke informatie was en omdat het voor Phelin van belang was dat het vertrouwelijk bleef.'

Gemma knikte begrijpend, hoewel ze het diep vanbinnen een beetje onzin vond. Bram was tenslotte dood en het kon haar taak zo veel gemakkelijker maken. Maar ze begreep ook dat het weinig zin had om daarop aan te dringen.

'Kunt u mij wel vertellen waar Bram vandaan kwam toen hij hier werd opgenomen?' vroeg ze. 'Ik neem aan dat patiënten een adres opgeven?'

'O ja, uiteraard. Maar in Brams situatie was er geen sprake van een adres.'

Gemma keek Isabelle verbaasd vragend aan.

'Bram Hogedijk, onze Phelin, had geen adres. Hij leefde in Amsterdam op straat voordat hij hier terechtkwam.'

Gemma staarde Isabelle ongelovig aan. 'Was Bram Hogedijk een zwerver?'

'Zo zou je het kunnen noemen.'

'U vermoedde dat hij vermogend was. Hij betaalde voor zijn verblijf.'

'Dat neemt niet weg dat hij op straat woonde voordat hij zich hier meldde. Het leven van mensen kan soms vreemde wendingen nemen en dingen zijn zelden zoals ze lijken.'

'Maar hoe kwam u ertoe om hem op te nemen? U hebt hier bepaald geen opvang voor zwervers. Al betaalde hij voor zijn verblijf...'

'Wij hebben een opvang voor mensen die onze hulp nodig hebben. Ongeacht wat de achtergrond is. Als Bram nooit anders was geweest dan een zwerver, een dakloze, zoals ik zo iemand liever noem, hadden we hem ook geholpen. Zoals ik al eerder noemde. We weigeren geen hulp als iemand die werkelijk nodig heeft. Zo ook niet aan Bram. Dat hij voor zijn verblijf betaalde, was niet eens de reden. Bram was iemand die op straat terecht was gekomen door omstandigheden die niets te maken hadden met een verslaving of criminele activiteiten, zoals helaas nogal eens gebeurt. Bram, onze Phelin, was in feite een heer die in een ongelukkige situatie was beland. En geen hulp zou het einde voor hem hebben betekend.'

'Vreemd,' mompelde Gemma.

Isabelle glimlachte maar weer en nam een slokje koffie.

Gemma volgde haar voorbeeld, terwijl ze aan Bram dacht. Ze vond het onbegrijpelijk dat de man blijkbaar op straat had geleefd en dat hij dusdanig ziek was geweest dat hij drie jaar nodig had gehad om op te knappen. Bram had haar altijd een sterke man geleken, die stevig in zijn schoenen stond. Waarschijnlijk was hij dat ook geweest toen hij in Lomme had gewoond. Maar ooit was het anders geweest.

'Hij was een goede man,' merkte Isabelle op. Ze legde even haar hand op haar borst. 'Hij had het moeilijk, maar hier, in zijn hart, was hij een goede man. We mochten hem bijzonder graag, onze Phelin.'

Gemma knikte. Isabelle was niet de enige met die mening over Bram. Gemma leek zelf de enige uitzondering te zijn. De enige met bedenkingen ten opzichte van Bram. Hoewel... Elisabeth had ook die typische ondertoon in haar stem gehad toen ze over Bram praatte. Elisabeth had veel overeenkomsten met Gemma waar het Bram betrof.

Gemma dronk haar koffie op, bedankte Isabelle hartelijk en verliet het rusthuis. De omgeving ging op in de duisternis toen ze terugkeerde naar haar hotel in Malmedy. Maar als dat niet zo was geweest, had ze er evengoed weinig van gezien. Bram was de hele weg in haar gedachten. Bram, die in de straten van Amsterdam had rondgezworven.

Toen ze later op haar eigen kamer van het hotel was, vroeg ze zich niet af of het nu tijd was om naar huis te gaan. Het leek onmogelijk om gegevens te vinden van een man die een tijdlang op straat had geleefd. Ze had geen idee waar ze dan haar vragen moest stellen. Wie herinnerde zich nu een zwerver die meer dan acht jaar geleden de straat als woning had gehad? Wie zou het haar kwalijk nemen als ze nu zou opgeven?

Ze had haar best gedaan. Ze had naar de waarheid over Brams verleden gezocht, maar ze was op een dood punt beland.

Ze dacht aan Tom en aan de meisjes. Ze dacht aan Jenna en haar verwijzing naar de Samaritaan. Misschien, heel misschien, zouden ze het begrijpen als ze het nu opgaf.

Maar Gemma wist dat ze dat niet kon doen. Niet eens omdat ze daarmee haar eigen kinderen en Tom zou teleurstellen, maar vooral omdat ze zichzelf teleur zou stellen. Omdat ze er uiteindelijk zelf geen vrede in zou vinden.

Niet als ze niet alles had geprobeerd.

Misschien had het ermee te maken dat deze reis, hoe ongelegen ook, haar tot rust dwong en haar een blik gaf in haar eigen leven.

Want nu ze hier op haar kamer zat, in haar eentje op dat tweepersoonsbed, dacht ze ook aan Tom. Aan de verwijdering die tussen haar en Tom was ontstaan en waarvan ze onwillekeurig Tom een beetje de schuld had gegeven, omdat hij haar niet begreep.

Ze zag Tom voor zich, zoals hij vroeger was geweest en zoals hij nu was.

Ze hoorde zijn insinuatie, waarmee hij had aangegeven dat hij het niet meer zag zitten tussen hen, en ze vroeg zich af wat hij nog voor haar betekende.

Een vraag waarover ze nauwelijks hoefde na te denken.

Want nu ze hier alleen op dat bed zat, realiseerde ze zich dat ze nog van hem hield. Dat ze zijn arm om haar heen miste. Ze herinnerde zich de keren dat ze tegen hem aan had gezeten en gelegen en zich had gekoesterd in zijn warmte en liefkozing. Ze herinnerde zich het aangename gevoel, dat eindeloos ver weg leek.

Ze realiseerde zich dat ze het miste.

Ze bad tot God en vroeg Hem opnieuw haar de weg te wijzen. Omdat ze meer dan eens besefte dat ze de weg volledig was kwijtgeraakt.

Toen ze naar bed ging, duurde het lang totdat ze eindelijk sliep.

8

Gemma kwam pas rond twee uur 's middags aan in Amsterdam. Ze had veel langer geslapen dan haar bedoeling was geweest en ze had natuurlijk nog gebruikgemaakt van het uitgebreide ontbijt dat het hotel te bieden had. Ze had vroeger al geleerd dat een goed ontbijt de belangrijkste basis van de dag was, en zelfs op een dag als deze had ze dat in haar achterhoofd gehouden. Onderweg had ze ook nog een koffiepauze ingelast, maar nu reed ze eindelijk de hoofdstad binnen. Het drukke verkeer en het getoeter maakten haar doodnerveus. Ze kwam eigenlijk nooit in een dergelijke grote stad en ze was niet gewend aan de gejaagde, agressieve rijstijl van menig stadsbewoner. Met klamme handen volgde ze de borden richting Amsterdam Arena, omdat ze een tijd geleden van een gast in De Halte had gehoord dat je daar het beste kon parkeren als je de enorme stad bezocht. Ze had toen niet verwacht dat ze werkelijk ooit naar Amsterdam zou gaan, maar de informatie kwam nu toch goed van pas.

Ze wist dat ze van daar uit de metro kon nemen naar het centrum en ze was erg dankbaar voor die mogelijkheid. Ze moest er werkelijk niet aan denken om dwars door het centrum te moeten koersen op zoek naar een – waarschijnlijk onvindbare – parkeerplaats.

Ze bereikte de Arena zonder grote problemen, vond zowaar een parkeerplaats en koesterde het parkeerkaartje, waar een rit met de metro naar het centrum bij inbegrepen zat. Ze had absoluut geen idee waar ze moest beginnen, maar een rit naar het centrum van de stad lag voor de hand.

De eerste stap bleek niet al te moeilijk, maar toen ze eenmaal op het Centraal Station uitstapte, werd ze toch bevangen door een lichte paniek. Want wat nu? Ze kon nauwelijks op zoek gaan naar een zwerver en vragen naar Bram Hogedijk. Veel zwervers waren drugsverslaafd en de kans dat ze haar geld afhandig zouden maken voor informatie die niet klopte, was niet denkbeeldig. Nog afgezien van het feit dat het onwaarschijnlijk was dat alle daklozen elkaar kenden.

Gemma keek aarzelend om zich heen. Wellicht had ze toch beter naar huis kunnen gaan. Dit leek onbegonnen werk. Zelfs de zon hield zich vandaag voor haar verborgen. Er stond een frisse wind en mensen op straat hadden haast om ergens te komen. Behalve uiteraard de toeristen die onvermijdelijk met de hoofdstad verbonden waren, rondslenterden en eindeloos foto's knipten.

Uiteindelijk klampte Gemma een voorbijganger aan die eruitzag als een Amsterdamse heer, met keurig gekapt grijs haar en een zakelijk gezicht vol zelfvertrouwen, zich thuisvoelend in de wereldstad. Ze vroeg hem naar het politiebureau.

De man trok vragend zijn wenkbrauwen op. 'Welk politiebureau?' wilde hij weten.

Gemma haalde aarzelend haar schouders op. Ze had er geen moment bij stilgestaan dat er meerdere politiebureaus waren.

'Het dichtstbijzijnde?' probeerde ze.

'Hm... Er is er een in de Beursstraat, dicht bij de Warmoesstraat, en eentje in de Nieuwezijds Voorburgwal.'

'Ik ben hier niet bekend,' bekende Gemma.

De man bekeek haar. 'Misschien kunt u het beste naar Nieuwezijds lopen...' Hij legde haar uit hoe ze het politiebureau kon bereiken en vervolgde na een beleefde groet zijn weg.

Gemma prentte de routebeschrijving in haar hoofd en ging op pad, richting Nieuwezijds Voorburgwal.

De man had zeer correcte aanwijzingen gegeven en Gemma bereikte al snel het genoemde bureau. Nog wat aarzelend stapte ze het statig ogende gebouw binnen en liep naar de balie, waar een jonge agente net afscheid nam van een bezorgd kijkende dame op leeftijd.

De agente keek Gemma uitnodigend aan.

'Ik ben op zoek naar informatie over iemand die als dakloze hier in Amsterdam heeft rondgezworven,' begon Gemma.

De uitdrukking op het gezicht van de agente – ze was werkelijk erg jong, net twintig misschien – was vragend en afwachtend.

'Het betreft een man die de laatste jaren van zijn leven in ons dorp heeft gewoond. Hij is vorige week overleden en liet mij enkele spaarzame bezittingen na. Tot die bezittingen horen twee brieven, die bestemd zijn voor zijn kinderen met wie hij ieder contact heeft verloren, en een brief voor mij met het verzoek om ervoor te zorgen dat de kinderen zijn brief krijgen.

Omdat het om de laatste wens van een overleden man gaat, wil ik de betreffende brieven aan de kinderen overhandigen, maar ik weet helaas niets van het verleden van deze man en heb geen flauw idee waar ik de kinderen zou kunnen vinden. Ik ben sinds gisteren op zoek naar zijn verleden en het heeft mij via Hoenderloo en Malmedy naar Amsterdam gebracht. Blijkbaar heeft de man een tijd hier in de stad rondgezworven. En nu hoop ik hier een antwoord te krijgen op de vraag waar hij nu oorspronkelijk vandaan kwam. Het is goed mogelijk dat hij ook voorheen in Amsterdam woonde, maar ik heb geen flauw idee. Ik weet alleen dat hij voorheen getrouwd was en kinderen had en dat hij om een of andere reden op straat is beland, om later doodziek en psychisch in de war in een rusthuis in België te belanden.'

'U kunt natuurlijk navraag doen bij de gemeente,' stelde de agente nadenkend. 'Wellicht heeft hij dan ooit in Amsterdam ingeschreven gestaan. Maar aangezien dat niet duidelijk is...'

'De gemeente verstrekt dat soort gegevens niet aan burgers,' zei Gemma.

'Nee, natuurlijk. Dat klopt. Daar heb ik nog niet eens bij stilgestaan...' De agente dacht nog even na, waarbij een paar kleine rimpeltjes boven haar neus verschenen. 'Misschien kunt u het beter bij het Mobiel Team proberen. Zij kennen enorm veel daklozen in de stad en weten waar ze zich ophouden. Vaak zijn ze ook bekend met de achtergrond van de daklozen.'

'Mobiel Team?'

'Een onderdeel van HVO-Querido, een hulpverleningsorganisatie. Ze bieden opvang, onderdak, woonbegeleiding en activiteiten aan voor mensen die zichzelf door omstandigheden niet staande kunnen houden. Onder anderen aan daklozen dus. Het Mobiel Team werkt op straat en op de plekken waar veel daklozen komen. Ze bieden daar hulp, praten met de mensen... Ze weten wat er op straat gebeurt en kennen veel daklozen. Wellicht kunnen zij u verder helpen.'

'Maar ze werken dus op straat. Hoe moet ik hen dan in vredesnaam vinden?'

'Ze hebben een kantooradres op de Poeldijkstraat. Momentje.'

De agente ging bij haar computer zitten, toetste het een en ander in en staarde een paar tellen gespannen naar het scherm. 'Poeldijkstraat 16,' wist ze te vertellen.

'Kunt u mij vertellen hoe ik daarheen kan lopen?' wilde Gemma weten.

'Ik zou de tram nemen,' stelde de agente voor. 'Het is een behoorlijk eind hiervandaan. Als u de tram Dam/Raadhuisstraat neemt richting Nieuw Sloten en dan uitstapt bij de Westlandgracht, bent u er zo.'

Gemma knikte. De tram leek een goed idee. Haar lijf voelde vermoeid en zwaar aan en ze had weinig behoefte aan een ellenlange wandeling door de grote stad, met het risico ergens te verdwalen.

Ze informeerde waar de Dam lag, bedankte de agente hartelijk en verliet het bureau om richting Dam te lopen, een wandeling van nauwelijks een minuut.

De tram kwam vrijwel meteen en bracht haar naar de Westlandgracht, waar ze naar de Poeldijkstraat informeerde, die dicht bij de halte bleek te liggen.

Ze wist meteen dat ze goed zat. Er liepen wat mensen rond die de indruk wekten hun dagen op straat door te brengen. Onder hun blikken voelde Gemma zich onzeker. Ze wist dat ze mensen niet mocht veroordelen, maar ze kon nauwelijks beweren dat ze zich erg veilig voelde.

Ze aarzelde dan ook even voordat ze het pand binnenliep dat als passantenverblijf bekend stond en waarin het Mobiel Team zijn basis had. Het liefst had ze zich omgedraaid en was ze zo snel mogelijk weggegaan. Weg uit deze buurt, weg uit deze grote stad.

Maar ze deed het niet. Ze haalde diep adem en liep het pand binnen. Twee mannen die tegen een muur bij de entree leunden, keken haar onderzoekend aan. Ze zagen er vermoeid en oud uit, hoewel ze mogelijk nog niet eens zo oud waren. Ze droegen smerige kleding, versleten tot op de draad, en hadden ongeschoren gezichten. Een van hen droeg een wollen muts tot over zijn oren, terwijl het toch werkelijk niet echt koud was. Een beetje frisjes misschien, maar niet echt koud.

Gemma liep haastig door totdat ze een stevige jonge vrouw

zag, die met zo veel zelfvertrouwen en energie rondliep dat Gemma er bijna zeker van was dat ze hier werkte.

Ze klampte haar meteen aan en stelde zich voor. In het kort vertelde ze waarom ze naar het passantenverblijf was gekomen en of ze iemand wist die kon helpen. Zekerheidshalve noemde ze Brams naam. Wellicht dat deze vrouw hem zelfs kende. Ze wist dat de kans klein was, maar het kon geen kwaad om een beetje hoop te koesteren, vond ze.

De vrouw, die zich inmiddels had voorgesteld als Edith, schudde echter haar hoofd. 'Ik heb die naam nooit gehoord, maar ik werk hier pas drie jaar en ken maar weinig namen. En als je dan ook nog bedenkt dat veel mensen hier een schuilnaam gebruiken of slechts hun voornaam, dan begrijp je wellicht dat dat ook niet erg waarschijnlijk is. Maar dat doet er verder niet toe. Ik denk dat je inderdaad het beste met iemand van het Mobiel Team kunt praten. Ik geloof dat Theo er is. Moment.'

Nog voordat Gemma de kans kreeg om iets te zeggen, liep Edith met krachtige passen weg.

Gemma keek aarzelend en wat angstig om zich heen. Er hing een wat onbestemde zoetige geur in het gebouw, maar er waren opvallend weinig mensen aanwezig.

Edith kwam vrij snel terug met de man die blijkbaar Theo heette. Hij was lang, had een mager, wat bleek gezicht en was nog jong, meende Gemma. Te jong wellicht om Bram te kennen. Maar ze vertelde Theo het verhaal van Bram evengoed.

Theo luisterde aandachtig en knikte een paar keer, ten teken dat hij het volgde. 'Ik kan u zelf niet helpen,' besloot hij. 'Maar wellicht kan Thérèsa dat wel.'

'En waar tref ik haar?'

'Ze is momenteel in het Vondelpark,' wist hij. 'Ik kan er wel met u naartoe gaan.'

'O, dat hoeft niet,' reageerde Gemma meteen. 'Ik wil niet bezwaarlijk zijn. Ik kan erheen lopen...'

Maar Theo schudde meteen zijn hoofd. 'U weet de weg niet en u weet niet waar Thérèsa in het Vondelpark is, noch hoe ze eruitziet. Bovendien is het wellicht geen goed idee voor u om daar nu te gaan zoeken.'

Hij wachtte niet eens op een reactie, maar trok een kabeltrui aan, die tot dusver losjes over zijn schouders had gehangen. 'Kom maar. Mijn auto staat hiervoor.'

Hij wachtte wederom niet op een reactie, maar liep haastig voor Gemma het gebouw uit. Gemma vond het prettig om weer buiten te komen, maar de rit die voor haar lag zorgde toch voor spanning. Ze had geen idee waar deze Theo haar nu precies naartoe bracht. Ze had natuurlijk gehoord van het Vondelpark, maar geloofde niet dat ze in het fraaie gedeelte daarvan terecht zou komen.

Terugkrabbelen leek echter onmogelijk, dus stapte ze in de oude Lada van Theo en probeerde rustig te blijven terwijl hij met een gevaarlijk hoog tempo zijn oude auto door het centrum stuurde.

Ze had het er nog warm van toen de man zijn auto slordig bij een van de ingangen van het park parkeerde, uitstapte, de auto zorgvuldig afsloot en vervolgens met vastbesloten stappen voor haar uit het park binnenliep. Ze volgden een geasfalteerd pad, waar een rijke diversiteit van mensen om de meest uiteenlopende reden hen passeerde of tegemoetkwam.

'We moeten naar het beeld van Joost van den Vondel,' zei Theo. 'Achter het beeld is een populaire hangplek voor de daklozen en daar is Thérèsa. Het is geen goed idee om daar alleen naartoe te gaan, als u niemand kent en niet van hier bent.'

Gemma geloofde het meteen. Eigenlijk voelde ze er zelfs weinig voor om er met Theo naartoe te gaan, maar ze vond dat ze nu moest doorzetten. Als Thérèsa Bram werkelijk had gekend, kon ze haar wellicht aan het voormalige adres van de man helpen en was het slechts een kwestie van navraag doen bij de gemeente.

Gemma verlangde naar het einde van haar verwarrende missie. Ze verlangde naar huis.

Opeens zag ze het beeld. Ze zag ook een paar jongeren met witte ingevallen gezichten en doffe ogen, die bij het beeld rondhingen en hun bewegingen volgden.

Theo schonk er geen aandacht aan. Hij volgde een klein paadje om het beeld heen en Gemma zag meteen een groepje mensen staan, waaronder een pezige dame op leeftijd. Ze was wat mager, maar had een krachtige uitstraling, terwijl ze iets uitlegde aan twee jonge mannen in veel te grote sweatshirts, met capuchons over hun hoofden getrokken. Gemma zag nog twee mannen die gesprekken voerden met jonge mensen die er wat onverzorgd en vermoeid uitzagen en die zeer waarschijnlijk ook tot het team behoorden, maar ze wist vrijwel zeker dat de vrouw op wie ze haar aandacht had gericht Thérèsa was.

Theo groette de twee mannen en de vrouw en nog een paar rondhangende knapen en meiden en liep regelrecht op de kranige dame af.

'Thérèsa?'

Gemma had dus gelijk gehad.

Thérèsa keek met een vragende uitdrukking op haar gezicht naar Theo.

'Er is hier een dame die je wil spreken. Het betreft een mogelijke cliënt van ons, acht jaar geleden. Ik dacht dat jij haar misschien kon helpen.'

'Acht jaar geleden? Dat is een hele tijd.' Ze wierp Gemma een bedenkelijke blik toe en knikte. 'Ik kom zometeen. Wacht maar even.'

'Tijd genoeg,' zei Theo met een grijns.

Jij misschien, dacht Gemma. Ze voelde die spanning weer in haar lijf toenemen. Niet alleen door de mensen die hier rondliepen, haar onderzoekend aankeken en haar een beetje bang maakten, maar ook vanwege dat onbestemde gevoel van haast.

Opnieuw voelde ze die neiging om zich om te draaien en weg te gaan. Naar huis.

Opnieuw deed ze het niet. Ze bleef staan en keek strak naar Thérèsa, die alle tijd nam voor het gesprek dat ze met die jongens voerde.

Het leek eindeloos te duren voordat Thérèsa het gesprek eindelijk afsloot en naar Gemma toe kwam.

'Kom,' zei ze. 'We zullen een stukje gaan lopen en dan kun je het uitleggen.'

'Hier?'

'Er gebeurt niets.'

Thérèsa sprak met zo veel zelfvertrouwen dat Gemma haar wel moest geloven. Thérèsa legde niets uit aan Theo en dat scheen ook niet nodig te zijn. Ze duidde Gemma met een hoofdknikje om mee te komen en liep naar het asfaltpad, waarover Gemma en Theo hierheen waren gekomen.

'Als we daar blijven, komt er weinig van een gesprek, vrees ik,' legde Thérèsa uit. 'Daarom lijkt het mij beter om een stukje te lopen. Ik ben toch al moe van al dat staan. Op mijn leeftijd roesten de gewrichten ter plaatse vast.' Ze lachte om haar eigen opmerking.

Gemma probeerde de leeftijd van de vrouw te schatten. Ze vermoedde dat ze rond de zestig was. Haar magere gezicht had een netwerk van rimpeltjes, maar haar uitstraling liet zien dat ze minder oud was dan haar gezicht probeerde te vertellen.

'Je ziet eruit als iemand die werkelijk om antwoorden verlegen zit,' ging Thérèsa verder.

'Werkelijk?' vroeg Gemma zich hardop af.

Thérèsa knikte. 'Je straalt iets van angst en verwarring uit.'

Gemma voelde een lichte verbijstering over de juiste inschatting van de vrouw.

'Mensenkennis,' maakte Thérèsa duidelijk zonder dat Gemma een vraag stelde. 'Maar ik weet niet of ik je kan helpen. Acht jaar is lang geleden en ik ontmoet dagelijks nieuwe mensen.'

Gemma voelde de moed haar in de schoenen zakken. Natuurlijk trof iemand als Thérèsa ontzettend veel mensen. Veel ontmoetingen waren waarschijnlijk slechts vluchtig, en wat had Edith ook alweer gezegd? 'Alleen voornamen. Of schuilnamen.'

'Ik heb gelukkig een bijna fotografisch geheugen,' ging Thérèsa verder, alsof Gemma haar gedachten hardop had uitgesproken. 'Daarom, en omdat ik al een half leven op straat werk, heeft Theo je naar mij toe gebracht. Dus vertel maar waar het om gaat.'

'Het gaat om de vervulling van een laatste wens van een man die drie jaar geleden in ons dorp kwam wonen en die vorige week overleed.'

'Dat klinkt als een belangrijke reden voor wat inspanning,' zei Thérèsa met een milde glimlach. 'Waarom vertel je niet het hele verhaal?' Dat laatste was geen vraag, maar een uitnodiging, en Gemma ging erop in.

Ze vertelde over Brams aanwezigheid in het dorp, over zijn dood en over zijn nalatenschap. Ze vertelde wat ze daarna had gedaan om zijn adres te achterhalen en hoe ze in Amsterdam en bij Thérèsa terecht was gekomen. Thérèsa luisterde aandachtig.

Toen Gemma haar verhaal had gedaan, keek ze Thérèsa gespannen aan.

'Bram. Bram Hogedijk.' Terwijl Thérèsa de naam noemde, keek ze alsof ze iets proefde. 'Bram… Bram… Hoe oud was hij, toen hij stierf?'

'Zesenvijftig.'

'Hij was dus hier tot zijn achtenveertigste. Klein, kalend?'

'Toen hij in ons dorp woonde wel. Hij was toen ook mollig, maar dat was hij waarschijnlijk niet toen hij hier nog leefde.'

'Drugs- of alcoholachtergrond?'

'Niet voor zover ik weet. Al kun je niets uitsluiten. Maar in het rusthuis hebben ze daar niets van gezegd. Hij was ziek en psychisch in de war toen hij daar werd opgenomen. Maar niet verslaafd. Hoewel hij wel graag een borrel lustte. Maar dat maakt een verslaving alleen nog maar onwaarschijnlijk. Want hij nam slechts af en toe een borreltje en voor zover ik weet is dat voor een alcoholist geen optie, als hij zichzelf onder controle wil houden. En Bram had zichzelf prima onder controle, voor zover ik weet.'

Thérèsa maakte een instemmend geluid. 'En hij had dus kinderen?'

'Twee. Een jongen en een meisje. Hij was getrouwd en zijn vrouw is gestorven. Ik vermoed dat hij daarna is ontspoord en op straat terecht is gekomen. Ik heb geen idee wat er met de kinderen is gebeurd, maar ik vermoed dat ze toen al zelfstandig waren. Het is echter goed mogelijk dat hij hen niet heeft genoemd. Niemand in het dorp wist iets van zijn verleden of van een gezin en datzelfde gold voor de dame in Hoenderloo en voor het rusthuis. Psychologen daargelaten, maar die zullen daar geen opheldering over geven.'

'Bram…'

'Het is acht jaar geleden en ik begrijp het goed als…'

'Hoe heet het rusthuis waar hij verbleef?'

'Maison de Repos des Hautes Fagnes, bij Malmedy.'

Thérèsa bleef staan en staarde nadenkend voor zich uit.

Gemma bleef ook staan en wachtte gespannen.

'Bram…' herhaalde Thérèsa. 'Ik geloof…' Ze stokte even.

'Bram de Klussenman.'

Gemma keek Thérèsa vragend aan.

Thérèsa glimlachte even. 'Ik weet het weer... Bram de Klussenman. Hoe zou ik hem ooit kunnen vergeten? Zo noemde de conciërge van ons passantenhotel hem. En wij namen dat over. Bram hielp hem op zijn goede dagen. Hij hielp de conciërge en hij kwam dan in De Miranda, een dagopvang waar daklozen worden beziggehouden. Ik geloof dat hij daar in de keuken hielp. Maar als er werk was in het hotel, hielp hij de conciërge. Ze raakten min of meer bevriend toen Bram in het passantenhotel onderdak zocht en de behoefte had om dingen te doen... Hij heeft er twee winters gezeten. In de zomer leefde hij op straat. Soms was hij er opeens, soms verdween hij weken. Maanden zelfs. Hij scheen af en toe rond te zwerven op het platteland. Er waren momenten dat de stad en de drukte hem te veel werden. Het was al zo druk in zijn hoofd, zei hij dan. Hij kon de drukte van de stad daar niet bij hebben. Dan had hij het gevoel dat hij doordraaide en dan moest hij weg. Ik geloof dat hij weleens karweitjes aannam bij boeren, maar precies weet ik het niet. Niemand, denk ik, want hij sprak daar niet over. Ik denk dat hij goed een vaste plek had kunnen vinden op het platteland als die onrust hem niet zo parten had gespeeld. Want die onrust, die was er. Net als de verwardheid. Het ging niet goed met Bram, destijds. Hij had zijn goede momenten, maar dat waren slechts momenten... Toen zijn laatste zomer hier in Amsterdam ten einde liep en ik hem zover probeerde te krijgen om weer zijn intrek in het hotel te nemen, was hij er beroerd aan toe. Hij was ziek. Ik had geen idee wat hem mankeerde, maar hij hoestte enorm veel, voelde zich vaak beroerd en lag sommige dagen alleen nog ergens opgerold tussen de struiken. De conciërge zei dat Bram ook problemen met zijn hart had, maar Bram wilde daarover niet praten. Ik probeerde hem zover te krijgen dat hij naar een dokter ging, maar hij wilde niet. Hij wilde niets meer. Hij was volledig de weg kwijt, vrees ik. Nauwelijks meer aanspreekbaar. Op een enkele keer na. Toen hij weer verdween, maakte ik mij zorgen om hem. Hij was anders dan de meesten hier. Kwetsbaar. Zo nu en dan zitten er zulke mensen bij: mensen die je aan het hart gaan vanwege hun kwetsbaarheid. Mensen die gewoon niet op straat thuishoren. Ik herinner mij dat ik toen naar de conciërge van het passantenhotel ging, naar Harry, om navraag te doen. Tenslotte kende hij Bram. Harry noemde toen Maison de Repos des Hautes Fagnes. Hij zei dat Bram daarover had gehoord en daarheen wilde gaan.

Ik vroeg mij destijds af of hij daar ooit was aangekomen, maar in de loop der jaren vervaagt zo'n herinnering en vergeet je zo'n vraag omdat er zo veel andere hulpbehoevenden zijn die je aandacht nodig hebben. Bovendien leer je een beetje leven met het feit dat sommige mensen gewoon verdwijnen.' Ze keek Gemma aan. 'Dat is het voordeel, maar ook het nadeel van dit werk.'

Ze zweeg een paar tellen. Daarna glimlachte ze voorzichtig. 'Maar Bram is dus aangekomen. Hij is hersteld en heeft zijn plek gevonden. Uiteindelijk dus toch.'

Gemma knikte. 'U hebt hem dus vrij goed gekend.'

'Hij had een speciale plek in mijn hart. Of ik hem werkelijk goed kende?' Thérèsa's gezicht kreeg een vragende, peinzende uitdrukking. 'Wanneer ken je iemand echt goed?'

'U hebt met hem gepraat. U hebt hem gekend in een tijd waarin hij kwetsbaar was.'

'Ik praat met veel mensen op straat. En hij had, zoals ik al zei, een speciaal plekje in mijn hart. Zo nu en dan gebeurt dat. Dan raakt iemand mij net een beetje meer dan gewoonlijk. Maar echt kennen... Ik wist niet dat hij een gezin had. Hij praatte daar nooit over. Hij verzweeg wel meer...'

Gemma voelde hoe teleurstelling bezit van haar nam. Tot een paar seconden geleden was ze ervan overtuigd geweest dat Thérèsa haar kon helpen. Nu bleek dat dus niet het geval.

'Je kunt het beste met Harry praten. Hij werkt nog steeds in het passantenhotel. Hij is op leeftijd en soms een beetje in de war, maar ik geloof zeker dat hij zich Bram nog herinnert.'

'Denkt u?' Gemma durfde nauwelijks meer te hopen.

'Het is het proberen waard,' vond Thérèsa.

Gemma knikte.

Een oude, wat verwarde man in een passantenhotel waar dagelijks mensen kwamen en gingen was haar laatste hoop. Ze geloofde niet dat hij haar werkelijk zou kunnen helpen.

'Geef niet op,' zei Thérèsa. Soms leek het werkelijk alsof de vrouw gedachten kon lezen.

'Ik begrijp niet waarom hij mij koos,' liet Gemma zich ontvallen. Ze keek Thérèsa aan. 'Bram was zeer geliefd in het dorp. Maar ik had mijn bedenkingen... Waarom liet hij uitgerekend mij die bezittingen na en waarom vroeg hij uitgerekend mij om zijn kinderen te zoeken?' Ze keek Thérèsa aan. Gemma wist zelf niet precies waarom ze het aan deze vrouw vroeg. De vraag speelde al vanaf het bezoek van de notaris in haar hoofd en was sterker geworden in de loop van de afgelopen dagen. Maar ze wist niet waarom ze haar vraagtekens uitgerekend bij Thérèsa blootgaf.

Thérèsa leek er even over na te denken. 'Hij heeft er een reden voor gehad,' zei ze toen.

'Ik zou niet weten welke reden. De kans dat zijn laatste wens niet in vervulling zou gaan, was bij mij het grootst. Meer dan eens wilde ik opgeven. En als ik eerlijk ben, wil ik dat nog steeds.'

'Maar je hebt het niet gedaan,' zei Thérèsa. 'En ik geloof ook niet dat je het zult doen.'

'Dat weet ik niet. Ik begrijp het ook niet...'

'Ik weet zeker dat er een reden voor is. Het is aan jou om die te ontdekken.' Thérèsa glimlachte weer op die milde manier van haar en draaide zich om. 'Ik moet weer aan het werk. Ik zal Theo vragen om je naar het passantenhotel te brengen. Daar kun je met Harry praten. Ik hoop dat hij een beetje helder is vandaag.'

Ze liepen terug naar het beeld van Joost van den Vondel. Een mager, bleek meisje in een te dun jurkje probeerde de aandacht te trekken van Thérèsa, maar Thérèsa vroeg haar even te wachten. Het meisje reageerde wat geïrriteerd en huiverde. Maar ze wachtte evengoed terwijl Thérèsa kort met Theo praatte. Gemma wierp het meisje een korte blik toe.

Het kind leek haar ellende uit te stralen. Ongetwijfeld verslaafd. Verslaafd, ziek en volledig afgedwaald van een behoorlijk leven. Iemands kind. Iemands dochter.

Gemma vroeg zich af waar haar ouders waren.

Misschien waren het mensen die zelf de verkeerde weg waren ingeslagen. Maar dat was niet zeker. Lotte Verduur van de Tornestraat in Lomme had haar dochter ook verloren. Niet aan de dood, maar aan het kwaad van de wereld. Het destijds verlegen meisje was verliefd geworden op een knaap uit de stad met een vlotte babbel, die haar had losgeweekt van de alleenstaande moeder die helaas een portie bitterheid met zich mee voerde, en had haar meegenomen met onbekende bestemming. Lotte had de politie ingeschakeld en de knaap bleek geen onbekende. Lottes dochter was niet het eerste jonge meisje dat hij in handen kreeg en een kant uit stuurde waar de meeste mensen in het dorp niet eens aan wilden denken.

Maar Lottes dochter vonden ze niet terug. Dat was inmiddels al zes jaar geleden. Lotte was blijven zoeken, zonder resultaat. Er waren tijden geweest dat ze het had opgegeven. Dat ze zich had teruggetrokken in verdere bitterheid. Maar de laatste jaren had ze haar zoektocht hervat. Gemma wist dat Bram vaak bij haar was geweest. Wellicht had hij haar daartoe aangezet. Dat idee had Gemma tenminste gehad en het had haar kwaad gemaakt, omdat ze had gevonden dat hij Lotte daarmee valse hoop gaf, en dat het beter was om het kruis dat je moest dragen te accepteren.

Maar nu ze dit meisje zag, dacht ze weer aan de dochter van Lotte en besefte ze dat dit doodzieke meisje, werkelijk nog een kind, ook de dochter kon zijn van iemand als Lotte.

Iemand die niet meer in staat was om haar eigen uitweg te zoeken, maar die met hulp misschien weer de weg terug zou vinden. Het meisje dat op Thérèsa wachtte, was niet Lottes dochter. Maar ze zou haar kunnen zijn.

Het bezorgde Gemma een bittere smaak in de mond en toen Theo zich weer bij haar voegde, stelde ze de vragen die haar bezighielden. 'Dat meisje dat ik daarnet zag... ze was nog zo jong. Zestien? Zeventien?'

Theo knikte slechts, terwijl hij met haar over het geasfalteerde paadje door het Vondelpark liep.

'Waarom brengen jullie haar niet naar het politiebureau?'

'We geven het door: hun namen en een beschrijving van het uiterlijk, voor zover bekend... Maar de namen kloppen niet en de meisjes veranderen op straat. En lang niet ieder kind wordt als vermist opgegeven.'

'Ze hebben toch allemaal ouders?'

'Ze hebben allemaal ouders. Maar niet iedere ouder heeft interesse in het lot van zijn kind. Bepaalde ouders zijn zelfs gebaat bij de ontkenning dat ze ooit een kind hadden, in de meest schrijnende gevallen.'

'Maar niet alle ouders.'

'Nee, niet alle ouders.'

'Een meisje uit ons dorp verdween nadat ze kennis had gemaakt met een knaap uit de stad. Hij deugde niet. De meisjes die hij in handen kreeg, verdwenen volledig uit het zicht en het valt te raden waar ze terechtkwamen.'

'Dergelijke situaties komen we hier ook tegen. Bij zowel vrouwen uit het buitenland als uit Nederland. In sommige situaties zit er een organisatie achter. In andere situaties slechts een enkeling. Meisjes die met dergelijke criminelen te maken krijgen, komen vaak in een uitzichtloze situatie terecht. Dreigingen en opgedrongen verslavingen spelen daarbij een enorme rol. Die meisjes en vrouwen leven in angst. Ze houden hun mond en verschuilen zich en er is vaak erg weinig wat we kunnen doen. Er is veel overleg met de politie, maar we hebben weinig mogelijkheden tot ingrijpen. Net zo min als de politie, die tegen de dubbele wetgeving in de politiek aan hikt, een wetgeving die vrouwen vaak tot daders maakt in plaats van slachtoffers en die geen bescherming biedt. Dat zorgt voor veel frustratie. Bij ons en bij de politie.'

'Ongelooflijk,' mompelde Gemma. Haar keel voelde droog aan.

'We proberen steun te bieden waar we kunnen. Maar we hebben niet altijd de juiste oplossing. Daarvoor is het probleem te groot en te complex.'

Ze hadden inmiddels de auto van Theo bereikt en stapten in.

Voordat Theo de auto startte, keek hij Gemma aan. 'Vraag die moeder uit het dorp om contact met ons op te nemen. Om foto's te sturen en ons van informatie te voorzien. Ik kan niet garanderen dat we haar kunnen helpen, maar we kunnen het proberen. Als het meisje hier niet is, bevindt ze zich wellicht in een regio waarmee we contact hebben. We kunnen het op z'n minst proberen.'

'Ze zal jullie dankbaar zijn.'

'We kunnen niets beloven.'

'Het bieden van hulp is meer dan menigeen verwacht.'

Theo startte de auto en reed weg. 'Het is ons werk,' zei hij. Hij reed in zijn eigen gevaarlijke tempo door de drukke stad, maar Gemma was een beetje minder bang dan de eerste keer dat ze bij hem in de auto zat. Misschien omdat ze de man nu iets beter kende en misschien omdat ze begon te geloven dat ze hier met een reden was.

Thérèsa had het met zoveel overtuiging genoemd.

Het duurde niet lang totdat ze de Boerhaavestraat in reden en de auto bij het passantenhotel Boerhaave parkeerden.

Theo liep voor Gemma uit het hotel binnen. De geur die er hing, was hetzelfde als die in het passantenverblijf, maar het gebouw had de allure van een hotel, hoewel het was ontstaan door de renovatie van een lagere school. Een verleden dat nog zichtbaar aanwezig was.

De sfeer was rustig en op de drie mensen die Gemma bij de ingang trof, was nauwelijks iets aan te merken.

Theo kende de weg. Zonder aarzeling liep hij regelrecht naar een vrouw die administratie bij een balie wegwerkte en vroeg naar Harry.

'Hij werkt in het restaurant.'

Theo knikte kort en liep met Gemma in zijn kielzog naar het restaurant. Er zaten mensen in het restaurant te kaarten, zowel mannen als vrouwen. Niemand schonk aandacht aan hen.

Op een ladder, rechts in de hoek, stond een kleine, wat gebogen oude man, met dun grijs haar en een petje op zijn kalende schedel. Hij stond aan een lamp te klungelen en je kon zien dat het hem moeite kostte. Hij veegde vermoeid met een grote zakdoek over zijn voorhoofd, snoot er zijn neus in en stopte hem weer in zijn zak.

De man droeg een vormloze grijze pantalon die met behulp van bretels omhoog werd gehouden. De grauwwitte blouse zat deels weggestopt in die pantalon. Een ander deel hing eruit, als kleine lusteloze vlaggetjes.

Gemma wist meteen dat dit Harry was.

Theo liep regelrecht naar hem toe. 'Hé Harry,' groette hij hem vrolijk.

De man schrok en Gemma was bang dat hij van zijn ladder zou

vallen. Gelukkig gebeurde dat niet en Harry draaide zich om naar Theo en Gemma.

'Je zou me nog een hartverlamming bezorgen, knul,' bromde Harry.

'Zo geconcentreerd bezig of een slecht geweten?'

'Mensen van mijn leeftijd hebben geen slecht geweten.' Zijn blik was nieuwsgierig gericht op Gemma.

'Deze dame heeft een vraag voor je,' begon Theo. 'Heb je even tijd?'

'Als er koffie aan zit…'

Theo grijnsde. 'Altijd.'

Ze namen plaats aan een tafeltje en Theo stelde voor dat hij voor koffie zou zorgen. De eerste gasten voor het restaurant liepen ook al binnen. Gemma besefte dat het al tegen etenstijd liep en dat ze zelf ook honger had. De heerlijke geur die vanuit de keuken het restaurant binnenstroomde, speelde daarbij zeker ook een rol. Maar ze had nu belangrijker zaken aan haar hoofd.

Ze keek naar Harry, die haar blik nieuwsgierig beantwoordde.

'Ik zoek gegevens van een man die hier ongeveer acht jaar geleden de winters doorbracht,' begon ze.

'Waarom?' vroeg Harry.

Gemma legde het uit. Ze vertelde over Bram, zijn nalatenschap en haar zoektocht, en Harry luisterde. Af en toe leek het alsof hij was afgeleid, maar Gemma praatte toch maar door.

Ondertussen kwam Theo met de koffie en nam bij hen aan tafel plaats. Hij onderbrak haar niet. Hij kende uiteindelijk het verhaal.

'Er komen hier veel mensen,' zei Harry. 'Heel erg veel mensen. Ze komen en ze gaan. Dag in, dag uit. Ik ken geen namen, geen adressen.' Hij schudde een beetje met zijn hoofd en slurpte een weinig koffie.

'Bram Hogedijk heette hij,' probeerde Gemma toch maar. 'Bram de Klussenman werd hij ook wel genoemd. Hij hielp u vaak met de karweitjes in het hotel, de twee winters die hij hier doorbracht. In ieder geval op zijn goede dagen. Jullie waren bevriend.'

'Bram de Klussenman,' herhaalde Harry hardop.

Gemma zag geen spoor van herkenning bij de oude man.

'Er zat hier een Joost,' zei Harry. 'Hij bracht de winters hier door. Hing veel rond in het Oosterpark. Schoffelde alles om. De gemeentewerkers werden gek van hem.' Harry grijnsde. 'Lustte ook nog wel een borrel, die Joost. Wel meer dan één. Ik weet nog die keer…'

'Bram,' onderbrak Theo hem. 'De man die mevrouw zoekt heet Bram Hogedijk, of Bram de Klussenman.'

'Bram. Natuurlijk.' Er verscheen een peinzende uitdrukking op het gezicht van Harry.

'Heb je Ouwe Rob nog gezien?' vroeg hij toen aan Theo. 'Ouwe Rob heeft een kamer, maar hij is al een paar dagen niet komen opdagen. Lucinda had het daarover. Ik heb zijn afvoer nog gerepareerd en toen was-ie een beetje in de war.'

'Ik kan navraag doen over Ouwe Rob, maar ik wil graag dat je nadenkt over Bram. Hij was hier twee winters volgens Thérèsa en hij hielp je op de dagen dat hij zich goed voelde. Daarom noemde je hem Bram de Klussenman. Het is inmiddels acht jaar geleden, rond de tijd dat we die brand in de keuken hadden.'

'Die brand… Och ja, die brand… Is dat alweer acht jaar geleden?'

'Bram de Klussenman zat toen in het hotel…'

'Hij heeft nog geholpen na die brand,' zei Harry. Hij leek nog in gedachten verzonken en was zich nauwelijks bewust van het belang van die reactie.

'Je herinnert je hem dus?' drong Theo aan.

'Bram de Klussenman. Natuurlijk. Hij was ziek, die Bram. Niet in het begin. Hoewel… Soms ging het slecht met hem, met die Bram. Maar als het niet zo was, dan was-ie pienter. En handig.'

'Maar een derde winter bracht hij niet meer door in het hotel omdat hij te ziek werd,' noemde Gemma, in de hoop meer herinneringen op te halen. 'Hij ging naar een rusthuis in België. Dat vertelde hij je.'

'Dat rusthuis. Maison en nog iets. Ik weet het alweer. Hij wilde daarnaartoe. Greetje had hem dat aangeraden. Ze was er zelf ooit geweest, maar ze kon niet gedijen in de huurwoning waar ze daarna terechtkwam. Greetje hoorde thuis op de straat. Hoewel ze nu in een gesticht zit. Die Greetje. Ze draaide een beetje door.

De jaren gingen een rol spelen. En de alcohol natuurlijk.'

'Bram ging inderdaad naar dat rusthuis,' kwam Theo weer ter zake. 'Maar voor die tijd werkte hij geregeld met jou en praatte hij met jou.'

'Die Bram… Hij zei niet zoveel, hoor. Af en toe, bij een borreltje, dan praatte hij. Maar meestal zei hij niet zoveel.'

'Praatte hij over zijn verleden? Over de tijd voordat hij op straat woonde?' wilde Gemma weten.

'Over zijn verleden? Ik weet niet… eens denken…'

Harry kreeg weer die peinzende uitdrukking op zijn gezicht. 'Over zijn verleden…'

'Hij was getrouwd en had kinderen,' hielp Theo hem.

Het gezicht van Harry lichtte op. 'Verhip, nu je het zegt. Dat heeft hij een keer genoemd. We hadden wat borreltjes achterovergeslagen en toen zei hij dat hij met een prachtige vrouw getrouwd was geweest. Maar ze was overleden. Door zijn schuld, zei hij. Onzin natuurlijk, maar goed, mensen halen zich soms rare dingen in hun hoofd. Hij begon erover te lallen. Hij huilde zelfs. Ik had hem nog nooit zien huilen. Maar als hij zijn vrouw in Harderwijk noemde, jonge jonge…' Harry schudde zijn hoofd.

'Hij woonde in Harderwijk?' reageerde Gemma meteen.

'Hm. Ja. Ik denk het. Ja… Hij had het over het Dolfinarium. Over zijn abonnement waar hij nooit gebruik van maakte. Geen idee wat het met zijn vrouw te maken had, maar goed… Hij had te veel gedronken en lalde er nogal op los. Die Bram…'

'Ik neem aan dat hij geen adres heeft genoemd,' probeerde Theo nog.

'Een adres? Welnee. Ik weet niet waar de beste man woonde.'

Het werd stilaan druk in het restaurant en Gemma voelde dat ze weer onrustig werd. Het was duidelijk dat Harry niet meer wist dan dat wat hij had verteld. Maar misschien was dat voldoende. Met die gegevens kon ze wellicht bij een bank of gemeenschapshuis of iets dergelijks in Harderwijk terecht.

Ze had eindelijk het gevoel dat ze de oorspronkelijke woonplaats van Bram had gevonden.

Maar vandaag kon ze niet veel meer doen. Het werd avond. Winkels en banken waar ze navraag zou kunnen doen waren gesloten en zij was moe. Ze zou nog een dag langer van huis blijven. Maar het zou vast haar laatste dag worden.

Ze was bereid het te accepteren, alleen omdat het einde in zicht was.

Ze bedankte Harry en Theo en wilde vertrekken, maar Theo stond erop haar weg te brengen.

Hij stelde zelfs voor een hotel voor haar te regelen, maar Gemma wilde weg uit de grote stad. Weg van de nare gedachten die hier in haar opkwamen. Ze wilde diezelfde avond nog naar Harderwijk.

Ze vroeg Theo om haar naar het Centraal Station te brengen, maar Theo deed meer dan dat. Hij bracht haar naar de parkeerplaats bij de Arena. Hoewel Gemma had aangegeven dat het niet nodig was, was ze er toch blij mee. Ze was moe en had honger. Ze had behoefte aan een maaltijd en een warm bad. En ze wilde vooral weg uit Amsterdam.

Eenmaal op de parkeerplaats van de Arena bedankte ze Theo hartelijk en ze verzekerde hem dat Lotte contact met hem zou opnemen.

Daarna stapte ze in de auto en reed de parkeerplaats af, richting Harderwijk. Ze wist dat het ongeveer een uur rijden was en overwoog nog even om onderweg een maaltijd te nemen. Ze deed het uiteindelijk niet. Ze reed regelrecht naar Harderwijk.

In het centrum zocht ze naar een hotel. Ze had het gevoel dat ze het verkeer wat ophield, maar het bezorgde haar niet zo veel stress als haar rit door Amsterdam.

Harderwijk kwam vriendelijker op haar over met zijn wisselende huisjes, veelgebruikte kinderkopjes en oude geveltjes. Onvermijdelijk liepen ook hier toeristen rond, al wist ze vrijwel zeker dat het later in het seizoen heel wat drukker zou zijn.

Haar ogen tastten de omgeving af. Het liefst wilde ze een hotel met restaurant, zodat ze vanavond nergens meer naartoe hoefde. Ze vond het in het oude centrum. Weer een hotel dat op een hoek lag, dit keer met een mooie serre eraan. Ze had geen idee of het een duur hotel betrof en op dat moment maakte het haar niet uit. Haar financiële situatie was dusdanig gezond dat ze zich wel wat kon permitteren. Dat was het voordeel van jaren hard werken.

Ze stopte bij het hotel, maakte gebruik van de mogelijkheid de auto in de garage onder het hotel te parkeren en kreeg een prettige, rustige kamer met douche. Het liefst was ze meteen in bed gaan liggen en had ze haar ogen gesloten. Haar lichaam voelde loodzwaar aan en in haar hoofd leek een leger mieren zich te prepareren voor een oorlog. Maar haar maag knorde, dus zou ze naar beneden moeten gaan en een maaltijd moeten gebruiken. Meer dan dat wilde ze niet doen.

Ze koos een tafeltje bij het raam en nam een vegetarisch pastagerecht.

Ze staarde door het raam naar buiten en dacht aan Bram. Hier had hij dus waarschijnlijk gewoond. Ze had geen bevestiging voor die gedachte gekregen, maar ze was er vrijwel zeker van. Hier was het allemaal begonnen: Brams levensloop. In ieder geval vanaf zijn huwelijk. Hier woonde hij met zijn vrouw en kinderen. Hier werkte hij. Tot op de dag dat zijn vrouw stierf. Door zijn schuld, had hij tegen Harry gezegd, die keer dat hij te veel borrels had genomen.

Was dat werkelijk zo geweest?

Het verklaarde waarom hij zijn kinderen achterliet en op straat terechtkwam. Maar hoe kon zijn vrouw gestorven zijn door zijn schuld? Had hij een ongeluk veroorzaakt? Was hij op de een of andere manier nalatig geweest en was ze daardoor gestorven? Of was zijn schuld meer direct geweest? Gemma schudde haar hoofd. Het woordje 'moord' was heel even door haar hoofd gegaan, maar ze verwierp het weer meteen. Als Bram zijn vrouw had vermoord, had hij het niet geformuleerd als zijnde zijn schuld. Althans, ze dacht van niet. En beweerde niet iedereen dat het een goede man was geweest? Aan de andere kant: als er ergens een moordenaar werd opgepakt, beweerde de buurt ook vaak dat het zo onverwacht was. Omdat het altijd zo'n aardige man was geweest die zwaaide.

Gemma schudde opnieuw haar hoofd. Haar fantasie ging weer met haar op de loop. Morgen zou ze naar de gemeente gaan en hopelijk meer te weten komen over Bram. Met een beetje geluk zou ze morgen zelfs de kinderen vinden en hun de brief kunnen aanreiken. Met een beetje geluk kon ze morgen weer naar huis.

Een serveerster bracht haar de pasta en verdween stilletjes nadat ze Gemma een smakelijke maaltijd had gewenst.

Gemma dacht weer aan het meisje in het Vondelpark. En aan Lotte. Als ze eerlijk was, moest ze toegeven dat ze meer dan eens had gedacht dat de opvoeding een rol had gespeeld in de hele ellende. Maar was dat ook zo?

Ze had zich nooit gerealiseerd dat zoiets haar eigen dochters ook kon overkomen. Ze was er eerder van overtuigd geweest dat die kans nihil was. Maar wat als ze zich daarin vergiste? Ze durfde er niet eens aan te denken.

Ze at haar maaltijd te snel omdat ze naar haar kamer wilde. Ze wilde Tom bellen. Even weten hoe het met de meisjes ging. En met het restaurant. Tenslotte had Tom ongetwijfeld niet verwacht dat ze zo lang zou wegblijven. Net zo min als zij. Ze had geen tijdsbestek genoemd toen ze was vertrokken, omdat ze dat niet had gekund. Maar ze had niet verwacht dat ze twee nachten elders zou doorbrengen.

Eenmaal in haar kamer belde ze haar man op zijn gsm, omdat hij waarschijnlijk nog in het restaurant was.

Tom klonk vrolijk en opgeruimd. 'Gemma. Ik vroeg mij al af hoe het ging…'

'En waarom ik nog niet terug was?'

'Minder. Ik had je niet erg snel terug verwacht.'

'Nee?' reageerde Gemma verbaasd.

'Nee. Ik had al het vermoeden dat het geen gemakkelijke zoektocht ging worden. Ik wist het natuurlijk niet, maar aangezien Bram nooit met iemand over zijn verleden sprak, had ik het idee dat er meer achter zat. Zeker toen je die foto's noemde.'

'Je hebt geen idee wat ik de laatste dagen heb meegemaakt,' verzuchtte Gemma.

'Wil je erover praten?'

Gemma twijfelde even. 'Nee, nog niet. Als ik thuis ben…'

'Neem gerust alle tijd die je nodig hebt.'

'Hoe gaat het in het restaurant?'

'Prima. Het personeel is professioneel en alles loopt gesmeerd.'

'Ook met nieuwe gasten?'

'Ook met nieuwe gasten.'

'En zijn er nog klanten geweest voor het bespreken van bijeenkomsten, feesten of koffietafels?'

'Een heer van een bedrijf in Lisse. Hij wil een cursus organiseren en ik heb hem een indicatie van mogelijkheden en prijzen gegeven. Volgende week komt hij de details bespreken.'

'Goed.' Het speet Gemma even dat ze de man niet zelf had kunnen opvangen. Als hij niet tevreden was over het eerste gesprek, zou een tweede gesprek de volgende week niet volgen.

Maar er was niets wat ze daar op dit moment aan kon doen.

'Waar ben je nu?' wilde Tom weten.

'In een hotel in Harderwijk.'

'In Harderwijk?'

'Na Hoenderloo, Malmedy en Amsterdam ben ik hier in Harderwijk aangekomen.'

'Het ziet ernaar uit dat je dan al heel wat zoekwerk hebt verricht.'

'Ja. En ik ben doodop. Maar morgen kom ik naar huis.'

'Weet je dat zeker?'

'Tamelijk zeker.'

'Kijk maar. Ik zie je wel verschijnen. Nogmaals: neem de tijd die je nodig hebt. Wij redden ons hier wel.'

'En de meisjes?'

'Die redden zich ook prima. Ze zijn trots op je.'

'Trots?'

'Omdat je dit nog voor Bram doet. Ze scheppen tegen iedereen op.'

'Wat een onzin,' mompelde Gemma. Maar vanbinnen voelde ze een aangename warmte.

Ze hoorde Tom bijna glimlachen door de telefoon.

'Ik kom zo snel mogelijk naar huis.'

'Kijk maar. Ik zie je wel.'

'Zeker.'

'Let goed op jezelf.'

'Natuurlijk.'

Ze namen afscheid en Gemma bleef nog een poos op bed zitten met de telefoon in haar handen.

Ze dacht aan Tom en aan de kinderen en ze besefte dat ze hen vreselijk miste. Ze voelde zowaar tranen prikken in haar ogen. Het was lang geleden dat ze voor het laatst had gehuild. Heel erg lang geleden.

Met een ruk stond ze op en liep naar de badkamer. Een warme douche zou haar goeddoen.

Toen ze later, na haar douche en na de kop koffie die ze op haar kamer had gemaakt, eindelijk in bed ging liggen, voelde haar lichaam verkrampt aan. Ze probeerde te ontspannen, maar het was een bijna onmogelijke taak. Net als het leegmaken van haar hoofd. Het duurde dan ook lang voordat ze eindelijk in een oppervlakkige, onrustige slaap viel.

9

De volgende morgen zat Gemma al vroeg aan het ontbijt. Ze worstelde met de vraag hoe ze in vredesnaam het voormalige adres van Bram Hogedijk moest achterhalen.

Naar het gemeentehuis gaan was geen optie. Ze was er zeker van dat ze ook hier de gewenste informatie niet zou krijgen. En of ze in een restaurant zoveel mensen zouden kennen als in Hoenderloo... Harderwijk was toch groter.

Opeens dacht ze aan de grote kerk die ze had gezien, hooguit vijftig tot zestig meter van het hotel af. Ze wist dat Bram de diensten in Lomme trouw had bezocht en ze kon dus aannemen dat hij een gelovig man was geweest. Eigenlijk wist ze dat zeker. Zijn opmerkingen hadden dat meer dan eens duidelijk gemaakt.

Het was natuurlijk niet zeker dat hij altijd gelovig was geweest, maar het leek absoluut niet onmogelijk. Misschien moest ze met de predikant gaan praten. Alhoewel... Bram was al minstens tien jaar weg uit Harderwijk, het was de vraag of de huidige predikant Bram gekend had. Maar er zou vast wel een gemeentelid te vinden zijn dat hem wel gekend had.

Blij dat ze een nieuw plan van aanpak had, beëindigde ze haar ontbijt en ging naar haar kamer om zich op te frissen. Daarna twijfelde ze even. Dit was waarschijnlijk de laatste dag van haar zoektocht, ze had tegen Tom gezegd dat ze vanavond naar huis kwam. Als ze niet nog een nacht in het hotel bleef, zou ze vanmorgen al moeten uitchecken. Maar stel dat het haar vandaag toch niet lukte om Brams kinderen te vinden? Dan zou ze misschien nog een nacht moeten blijven. Of stel dat die kinderen niet eens in Harderwijk woonden? Ze overlegde met de receptie, en daar stelde men voor om haar kamer nog een nacht voor haar vast te houden. 'We hebben die vannacht nog niet nodig, en dan kunt u uw tas op uw kamer laten staan en hoeft u daar niet de hele dag mee te sjouwen,' zei de receptionist. 'En mocht u toch besluiten om vandaag te vertrekken, dan kunt u ook vanmiddag afrekenen.'

Blij met die oplossing liet Gemma haar weekendtas op de kamer staan, en daarna begaf ze zich naar de kerk. Na een lichte aarzeling had ze daarbij de brieven voor de kinderen van Bram bij zich gestoken. Het leek erg voorbarig om dat te doen, maar ze vond het een prettig idee om de brieven bij zich te hebben. Voor alle zekerheid.

Ze wist dat het een beetje naïef was om te denken dat de kerk open was op een gewone dinsdagochtend op dit tijdstip, maar ze voelde toch een lichte teleurstelling toen ze werkelijk aan een gesloten deur stond.

Een paar minuten bleef ze besluiteloos staan. Op een bordje bij de ingang was aangegeven dat de kerk om halftwee voor bezichtiging was geopend. Eigenlijk was dat meer dan waar ze op had kunnen hopen, maar het betekende wel weer een verlies van een aantal uren. Het leek haar echter absurd om daarom op te geven. Na die paar dagen maakten een paar uren extra ook niet meer uit. Vooropgesteld dat men haar kon helpen, wat natuurlijk niet zeker was. Maar ze zou het in elk geval die kans nog geven. Ze zou wachten...

Boven haar cirkelden een paar meeuwen, luid krijsend. Ze keek even omhoog, naar de witte lijven die op de luchtstroom dreven. Opeens kreeg ze een mal idee.

Ze wist dat ze het niet zou doen als ze er te lang over zou nadenken, dus draaide ze zich met een abrupt gebaar om en liep de Bruggestraat in, via de Heeraaltszstraat en de Hoogstraat, Strandboulevard Oost op, waar het Dolfinarium lag.

Ze weigerde te luisteren naar haar nuchtere verstand dat haar vertelde dat ze daar in haar eentje niets te zoeken had en liep met grote stappen naar de entree.

Ze was nog te vroeg, zag ze. Maar ze kon door het hekwerk heen alvast een glimp opvangen van het Dolfinarium en voelde dat vreemde stukje opwinding, waarvan ze dacht dat het al ergens in haar jeugd verloren was gegaan. Ze rook de zee, hoorde de meeuwen en de zachte geluiden van dolfijnen en zeehonden op de achtergrond.

Ze was eerder hier geweest, met Tom en de kinderen. Drie of vier jaar geleden. Ze wist het niet meer precies. Maar het was in een tijd geweest waarin ze nog regelmatig gezinsuitstapjes maakten.

De meisjes waren toen nog zo klein geweest. Zo onbevangen. Ze hadden staan springen in de rij bij de entree, opgewonden bij het vooruitzicht eindelijk een echte dolfijn te ontmoeten.

En ze hadden genoten van de shows.

Gemma herinnerde zich nog dat Jill zelfs had gehuild van ontroering bij de dolfijnenshow. En dat de kinderen dubbel hadden gelegen van het lachen toen ze naar die voorstelling met die zeehond hadden gekeken. Jenna had de walrus met zijn trompetter uitentreure geïmiteerd, en ze hadden zelfs roggen gestreeld.

Gemma had genoten van die dag, wist ze nu. Die dag, die zo eindeloos ver weg lag.

Maar het Dolfinarium was nog gesloten en het was erg mal om als een kind hier bij de ingang te wachten totdat het eindelijk open zou gaan.

Ze draaide zich om en liep traag naar de haven van Harderwijk. Het was nog een beetje fris, maar de bijna volledig blauwe hemel beloofde een aangename dag.

Ze ging bij de haven op een bankje zitten en keek naar de deinende bootjes. Hier en daar waren vroege schippers bezig met schoonmaakwerkzaamheden en andere klusjes op de boot. Een jonge man had zijn boot al gestart en stuurde hem de haven uit.

Meeuwen vlogen ijverig op en neer, op zoek naar lekkere hapjes.

Het was prettig om hier te zitten. Het was prettig om een moment lang alles te vergeten. Simpelweg de ogen te sluiten en de zee te ruiken.

Ze voelde zich bijna schuldig zoals ze daar zat.

Thuis werkte Tom om het restaurant draaiende te houden. Haar restaurant. En zij zat hier gewoon niets te doen op een bankje.

Ze voelde dat ze onrustig werd en stond weer op. Maar er was zo weinig wat ze kon doen.

Ze liep weer terug naar het Dolfinarium en zag dat het personeel al voorbereidingen trof voor de opening. Nog wat besluiteloos bleef ze staan.

Een meisje dat plaatsnam achter de kassa lachte vriendelijk naar haar. Gemma lachte terug.

Er wandelden meer mensen richting ingang. Een paar gezinnen met kleine kinderen, een jong stel en een bejaard echtpaar, een groepje giechelende meiden en een enkeling alleen, net als zij.

Inwoners van Harderwijk, vermoedde ze, met een abonnement.

Voordat ze het goed en wel in de gaten had, stond ze vooraan in de rij, die zich nu haastig vormde.

Waarom ook niet, dacht ze toen. Er waren tenslotte meer volwassen mensen die het Dolfinarium in hun eentje bezochten. En ze kon toch niets anders doen.

Ze voelde weer dat kleine stukje kinderlijke opwinding, toen ze besefte dat ze het werkelijk ging doen. Ze had het gevoel dat haar wangen ervan kleurden. Belachelijk natuurlijk, op haar leeftijd. En toch voelde ze die aangename sensatie in haar lichaam.

Toen de poortjes werden geopend en daarmee toegang tot het park mogelijk was, maakte haar hart zowaar een klein sprongetje.

Ze betaalde de entree en liep het park in waar ze een paar jaar geleden met haar kinderen was geweest.

Aarzelend bleef ze net voorbij de souvenirwinkel staan. Ze had wel behoefte aan een kop koffie, maar ze wilde ook de zeehonden zien en de dolfijnen in hun glazen bassins, klaar voor een voorstelling. Ze wilde de roggen zien die haar kinderen hadden gestreeld en misschien zelfs de ziekenboeg voor aangespoelde dolfijnen.

Links van haar hoorde ze het typische geluid van de dolfijnen en spetterde het water op in de mooi aangelegde lagune.

Ze nam haar besluit, liep richting lagune en ging het Odiezee café binnen, waar ze vanuit haar zorgvuldig uitgekozen plek, zo dicht mogelijk bij de immense ramen, onder het drinken van een kop koffie de dolfijnen en walrussen onder water kon bekijken.

Een moment lang vergat ze haar restaurant, haar stress, ja zelfs haar opdracht. Een moment lang zat ze ontspannen op haar stoel, nipte kleine slokjes koffie en keek naar die immense dieren die voorbij het raam zwommen, met hun vriendelijke, speelse uitdrukking.

Ze voelde kinderlijke bewondering voor deze wonderbaarlijke schepsels, die zo veel mensen al zo veel plezier hadden bezorgd.

De tijd vloog voorbij. Na de koffie wandelde Gemma rond over het park. Ze bezocht geen shows, maar keek naar de dolfijnen in de lagune en in de bassins en naar de zeehonden in hun eigen domein. Ze bewonderde de roggen en de haaien, moest een beetje lachen om de walrussen en genoot van de drukte om haar heen.

Alleen als ze blije gezinnen zag met lachende kinderen, voelde ze even die pijnlijke steek. Iets wat ze probeerde te negeren.

Ze schrok een beetje toen ze rond de middag op een terrasje een frietje genoot en opeens zag dat het al bijna halftwee was.

Ze had natuurlijk geen afspraak, maar ze wilde beslist zo vroeg mogelijk in de kerk zijn. De kans was groot dat iemand die Bram gekend had zelf niet aanwezig was en ze nam aan dat het tijd nodig had om zo iemand op te zoeken en een gesprek met hem te voeren. En dan zou ze nog op zoek moeten gaan naar de kinderen. Als men haar al kon helpen…

Ze at snel het restant van haar lunch op, kwam overeind en haastte zich het park uit.

Tegen de tijd dat ze de Grote Kerk bereikte, waren de deuren al uitnodigend geopend en kon ze meteen naar binnen lopen.

Ze was de eerste die de kerk binnenliep en ze zag meteen de man in donker kostuum, die blijkbaar een oogje in het zeil hield en wellicht vragen beantwoordde. Ze liep haastig naar hem toe, een tikje nerveus, en klampte hem met een gedempte verontschuldiging aan.

Hij keek haar vriendelijk vragend aan.

'Ik zou zo graag iemand persoonlijk willen spreken,' zei Gemma. 'Ik weet niet of die mogelijkheid bestaat?'

De man glimlachte. 'Natuurlijk. U kunt een afspraak maken en…'

'Het is eigenlijk nogal dringend,' zei Gemma, nog steeds met die verontschuldiging in haar stem. 'Het betreft informatie die ik nodig heb om de laatste wens van een man uit Harderwijk uit te voeren. Hij heeft hier gewoond, maar hij is al tien jaar weg uit Harderwijk, en is onlangs overleden. Weet u misschien iemand die hem gekend kan hebben en die me iets over hem wil vertellen? Ik ben al dagen onderweg en thuis wacht mijn gezin…'

De man knikte nadenkend. 'De koster van deze kerk heeft vorig jaar zijn vijfentwintigjarig jubileum gevierd, die zou hem wel moeten kennen. Ik kan contact met hem opnemen. Vragen of het uitkomt. Ik weet zeker dat hij u graag helpt als hij die mogelijkheid heeft.'

'Dat zou geweldig zijn,' zei Gemma dankbaar.

'Als u een momentje heeft?'

'Natuurlijk.'

De man in pak verdween stilletjes uit het zicht en Gemma nam plaats in een van de banken van de prachtige kerk.

Ze keek naar de preekstoel en naar de prachtige gewelfschilderingen boven haar.

'Alstublieft, Here. Laat die koster de man zijn die ik zoek en die mij kan helpen deze opdracht tot een goed einde te brengen,' bad ze zacht.

Ze dacht dat ze naar huis wilde, maar helemaal zeker was ze niet meer. Ze vocht met de verwarring in haar binnenste; met dat gevoel dat iedere zekerheid in haar leven, ieder doel, op de tocht was komen te staan.

'Ik ben in de war,' bad ze verder tegen de Here. 'Ik dacht dat ik gelukkig was, dat ik alles voor elkaar had en precies wist wat ik wilde. En nu... Nu weet ik het niet meer. Ik houd van mijn werk, van mijn restaurant, maar ik houd ook van Tom en de kinderen. Dat besef ik nu. Maar er is die verwijdering tussen ons ontstaan en ik weet niet meer hoe ik dat moet veranderen... Ik kan niet terug naar de tijd van voor het restaurant. Ik wil niet terug. Maar ik wil ook niet op deze manier verder. Ik mis Tom en ik mis de meisjes. Ik mis het plezier dat we ooit samen hadden. Ik besefte het niet, maar ik werd steeds ernstiger, een beetje bitter misschien. En het kwam niet alleen door de drukte, maar het kwam vooral omdat ik geen tijd meer had voor de mensen die er werkelijk toe deden: Tom, de meisjes en mijn moeder. Ik begreep het alleen niet. Ik voelde alleen die leegte vanbinnen en dacht dat ik dat kon veranderen als ik een beetje beter mijn best deed, harder werkte. Maar ik geloof dat ik fout zat, Here.' Ze voelde tranen opwellen in haar ogen. Hoe was het mogelijk dat iemand het ene moment een kinderlijk plezier beleefde in een pretpark, en het volgende moment die trieste diepte in het gevoelsleven bereikte. Wat was er mis met haar?

'Zorgen?'

Hij schoof naast haar op het bankje, een al wat oudere man in alledaagse kleding. Maar Gemma begreep meteen dat hij de koster was.

Hij gaf haar een hand en stelde zich voor. 'Kees Bruins. Ik begreep dat u naar mij op zoek was.'

Gemma was zo vol van haar verhaal dat ze vergat zichzelf voor te stellen. 'Ik heb de laatste jaren enorm hard gewerkt en een prachtig bedrijf opgebouwd,' vertelde ze. 'Maar nu ik gedwongen word om rustig aan te doen, ver van mijn gezin en het bedrijf, begrijp ik dat ik ergens van de weg af ben geraakt. Maar ik begrijp niet goed hoe. Of waarom.' Ze keek de koster aan, recht in zijn sympathieke, rustige ogen.

'Omdat het soms gewoon gebeurt, zonder dat we het merken. En dan is het goed om de confrontatie aan te gaan met onszelf. Na te denken over de weg die we ingeslagen zijn en ons af te vragen of het wel de juiste weg is.'

'Ik ben hier met een opdracht.'

'Dat had ik al begrepen. In verband met een overleden man uit Harderwijk?'

Gemma knikte. 'Hij woonde de laatste drie jaar in ons dorp en iedereen mocht hem. Alleen ik...' Ze geneerde zich zowaar. 'Alleen ik mocht hem niet bijzonder. Ik vond hem een bemoeial, omdat hij zich met mijn moeder en met mijn kinderen bemoeide. Maar misschien waren de motieven van mijn mening niet helemaal zuiver. Misschien reflecteerde ik mijn schuldgevoelens over het zelf in gebreke blijven op hem.'

Kees Bruins wachtte rustig af.

'Uitgerekend mij liet hij zijn bezittingen na. Ik begreep het niet. En dat doe ik nog steeds niet. Die bezittingen hadden geen financiële waarde, maar dan nog...'

'Hij had daarvoor ongetwijfeld een reden.'

'Hij schreef mij een brief, voor zijn dood. Ik wist er natuurlijk niets van, maar ik trof de brief aan in de caravan waar hij woonde, in een doos met foto's en nog twee brieven. In die brief verzocht hij mij om de andere twee brieven persoonlijk aan zijn kinderen te overhandigen. Hij was zijn kinderen lang geleden uit het oog verloren, maar schreef niet waar ik moest zoeken. Net zo min schreef hij iets over zijn eigen verleden. Een verleden waar niemand in het dorp iets van wist. Hij vroeg mij alleen die brieven te overhandigen. Ik vond het vreemd en ik moet toegeven dat ik erover heb gedacht het niet te doen. Maar mijn man en mijn twee dochters haalden mij over en zodoende ben ik op weg gegaan, met als enige informatie de naam van het dorp waar hij was voordat hij naar Lomme kwam: Hoenderloo. Via Hoenderloo kwam ik bij een rusthuis in Malmedy, daarna bij een opvang voor daklozen in Amsterdam, en uiteindelijk hier, in Harderwijk, de plaats waar hij vermoedelijk met zijn gezin heeft gewoond. Ik weet alleen niet waar, noch weet ik wat er van zijn kinderen terecht is gekomen. En dat probeer ik uit te vinden. Via u, als dat kan.'

Ze keek hem hulpeloos aan.

'U hebt al een lange weg achter de rug,' concludeerde Bruins.

'Een heel lange weg. Ik verlang ernaar om naar huis te gaan. Uiteindelijk was het in eerste instantie niet eens mijn bedoeling om deze reis te maken.'

'Echt niet?' Bruins keek haar onderzoekend aan.

Gemma twijfelde even en hij glimlachte.

'Ik denk dat u het toch wel zou hebben gedaan. Ondanks uw aanvankelijke weerstand. Ik denk dat dat de reden was waarom de betreffende man u uitkoos: omdat hij wist dat u het zou doen en misschien omdat hij u daarmee iets wilde vertellen. Of laten zien. De werkelijke nalatenschap, om het maar eens zo te zeggen.'

'Ik weet het niet,' mompelde Gemma. Maar ze dacht aan haar verwarring van de laatste dagen. Aan het feit dat ze zich realiseerde dat ze Tom en de meisjes miste. En dat niet alleen…

'Misschien wel,' gaf ze daarom uiteindelijk toe. Het was een vreemde gewaarwording. Zou Bram werkelijk die bedoeling hebben gehad? Ze herinnerde zich ineens dat Bram het in zijn brief over zijn 'daadwerkelijke erfenis' aan haar had gehad. Ook Tom had dat opgemerkt. Zou Bram dat daarmee bedoeld hebben?

'Hij heette Bram Hogedijk,' zei ze. 'Zijn vrouw overleed ongeveer tien jaar geleden en liet hem en twee kinderen achter, die mogelijk net de puberteit achter zich hadden gelaten. Ik weet dat het lang geleden is, dat u met veel mensen te maken heeft en dat Bram wellicht niet eens lid was van deze gemeente of deze kerk bezocht…'

'Bram Hogedijk… Jawel, ik herinner mij hem.'

Gemma keek de koster verbijsterd aan. Ze had het bijna voor onmogelijk gehouden. Na al die tijd…

'Ik herinner mij hem goed,' ging Bruins verder. 'Een echte heer, die Bram. Bram Hogedijk was een succesvol zakenman. Hij stamde uit een aardig gezin: goede mensen die rond moesten komen van een minimuminkomen, omdat de vader vaak ziek was. Er waren twee jongens: Bram en de veel jongere Erik. Bram was de ernstige van de twee, Erik was een vrolijke, luchtige jongen die niet graag verder keek dan de dag van vandaag. Terwijl Bram zijn best deed op school en hard werkte, maakte Erik plezier en greep later iedere kans aan die hij kreeg om te reizen.

Ze waren erg verschillend, die twee. Maar toch waren ze gek op elkaar. Misschien kwam dat omdat Bram zich altijd verantwoordelijk voelde voor zijn jonge broertje. Hun vader stierf toen Bram pas twaalf jaar oud was en Erik vijf. Bram hielp zijn moeder waar hij maar kon en hij voedde zijn kleine broer min of meer op. Hij kwam toch in een soort vaderrol terecht, temeer omdat zijn moeder de dood van haar man nauwelijks kon verwerken en hulpbehoevend werd. Bram bleef voor zijn moeder zorgen toen hij Belinda leerde kennen en later met haar trouwde. Het jonge paar trok bij zijn moeder in. Belinda was pas twintig, maar al in verwachting van de eerste. Belinda kwam van oorsprong uit Zeeland, maar we leerden haar kennen als een bijzondere vrouw. Bram noemde haar Belle. Ze had die wondermooie uitstraling…' De koster keek even voor zich uit en Gemma wist dat hij haar weer voor zich zag.

'Uiteraard zorgden ze ook voor de jonge wildebras Erik. Bram en Belinda kregen een dochter: Vivian. Vivian was twee jaar toen haar oma, de moeder van Bram, stierf. Erik was toen zestien en dreigde een beetje te ontsporen. Bram en Belinda wisten hem echter weer op het goede spoor te zetten en hielpen hem met het zoeken van tijdelijke banen in het buitenland, waar Erik werkervaring wilde opdoen en tegelijkertijd meer van de wereld wilde zien.

Bram had in de tussentijd een eigen bedrijf opgebouwd, een aannemersbedrijf. Het was een gezond, goedlopend bedrijf. Bram hield van zijn bedrijf en van de drukte eromheen en verdiende een goed inkomen voor zijn gezin. Vrije tijd was echter heilig voor hem en hij trok er ook veel op uit met zijn vrouw en dochter. Ruim zes jaar later raakte Belinda in verwachting van de tweede. Ze hadden graag eerder een tweede kind gehad, maar Belinda kampte tussendoor met ernstige gezondheidsproblemen en eigenlijk was het een waar wonder dat ze toch nog in verwachting raakte. Bram zei altijd dat het zo had moeten zijn. Zijn kinderen zouden uiteindelijk een kleine zeven jaar van elkaar verschillen, precies zoals hij en Erik. Bram was erg gelukkig in die tijd.

Vlak voordat zijn tweede kindje, Martin, werd geboren, sloeg het noodlot toe. Erik was toen net terug uit Australië. Het was een regenachtige herfstavond en Erik had een bijeenkomst gehad met wat vrienden. Hij was op weg naar huis, toen hij door onduidelijke oorzaak in een slip raakte. Er kwam een tegenligger die hij niet meer kon ontwijken en een ongeluk viel niet meer te vermijden.

Erik was op slag dood.

Bram was er kapot van. Vlak na Eriks dood werd Martin geboren: een dubbele gebeurtenis waar Bram geen weg mee kon. Maar hij had altijd geleerd om sterk te zijn en dus was hij dat. Hij liet niets merken, praatte er met niemand over, maar ging stug door met het uitvoeren van zijn plichten ten opzichte van zijn gezin. De enige met Wie hij blijkbaar praatte, was God. Want hij kwam vaak hier in de kerk. Ik zie hem zo nog zitten, in de achterste bank, in het uiterste hoekje, alsof hij niet opgemerkt wilde worden. De predikant en ik probeerden in die tijd weleens met hem te praten, maar het was alsof hij een ijzersterk schild om zich heen had gebouwd… Je kwam er niet doorheen. Maar hij zag er verslagen uit. Ik denk niet dat ik dat beeld ooit nog uit mijn geheugen kan wissen.

Ongemerkt werden de dagen dat hij werkte langer en langer. Steeds meer tijd bracht hij door binnen het bedrijf. En dat leverde thuis spanningen op. Maar ook dat was iets waar Bram niet over praatte.

Het verliep allemaal sluipend, bijna ongemerkt. Bram leek zich prima te herstellen van de verliezen die hij had geleden en iedereen, ook ik, kreeg de indruk dat het goed met hem ging.

Als ik er nu over nadenk, besef ik dat het slechts schijn was.

Maar toen...' De koster schudde even zijn hoofd. 'Bram bewoog zich veel in het sociale leven, maakte deel uit van menig bestuur en was een gewaardeerd persoon hier in Harderwijk. Ik weet zeker dat heel wat meer mensen zich Bram Hogedijk nog goed herinneren. En toen werd zijn vrouw ziek. Ze kreeg kanker. Met het inkomen dat hij genoot kon hij de beste artsen inschakelen, en soms leek het erop dat ze erdoorheen zou komen. Dan zag ik haar weer in de kerk en dan zag ik haar weer glimlachen... Maar Belinda verloor de strijd. Plotseling. Van het ene moment op het andere gaf haar lichaam het op. Het proces nam slechts een paar dagen in beslag en toen was het afgelopen. Zomaar. Bram was destijds op zakenreis. Toen hij het hoorde en onmiddellijk huiswaarts keerde, was het al te laat. Wat er daarna exact is gebeurd, weet ik niet. Ik geloof dat zijn kinderen het hem kwalijk namen, maar ze wilden er niet over praten. Ik weet alleen dat hij meteen na de begrafenis het huis aan de kinderen overliet en min of meer op het kantoor van zijn bedrijf ging wonen. Hij zag er slecht uit destijds en ik probeerde vaak met hem te praten. Maar Bram sloot zich volledig voor iedereen af. 'Het gaat goed,' zei hij dan. Terwijl iedereen kon zien dat het niet zo was. Hij verzorgde zich niet meer goed en werd mager... En op een dag verdween hij. Niemand wist precies wat er was gebeurd, maar blijkbaar had hij het bedrijf aan een zakenman verkocht. Bram was nergens meer te bekennen.'

De koster keek weer naar Gemma. 'Ik ken Bram al zijn hele leven, hij woonde bij ons om de hoek en we zaten bij elkaar op school, al zat hij een paar klassen lager. We waren geen vrienden, meer goede kennissen. Maar het zijn vooral die dingen, zoals de dood van zijn vader en dat wat hij voor zijn moeder deed, de dood van zijn moeder en de manier waarop hij een prachtige begrafenis regelde, de dood van zijn broer en zijn stille aanwezigheid op die bank, achteraan in de kerk, en ten slotte de dood van zijn vrouw en zijn verdwijning, die het onmogelijk maken om hem te vergeten. En nu is hij dus zelf ook gestorven.'

Gemma knikte.

'Was hij gelukkig, in uw dorp?' wilde Bruins weten.

Gemma dacht na. 'Hij was tevreden. Ik denk dat ik het dan het beste omschrijf. Hij was een tevreden man, die altijd een hand toestak als iemand die nodig had.'

Bruins knikte, met een zachte glimlach. 'Ik ben blij dat hij zijn rust heeft gevonden.'

'Dat huis…' vroeg Gemma.

'Vijhestraat,' wist Bruins. 'Ik weet het nummer niet meer, maar ik kan je vertellen hoe je er kunt komen en hoe het huis eruitziet.'

'Dat moet voldoende zijn. Wonen de kinderen er nog?'

'Vivian woont er met haar gezin. Martin woont ook in Harderwijk, in een appartement in het Jan van Nassaupark, een complex vlak bij de Oranjelaan.'

Gemma haalde opgelucht adem. Ze kon het bijna niet geloven. Beide kinderen woonden nog in Harderwijk. Zou haar zoektocht dan eindelijk ten einde lopen?

Ze wilde opstaan, maar Bruins hield haar met een zacht hand-gebaar tegen. 'Het zijn goede mensen, die kinderen van Bram. Laat ik dat vooropstellen,' zei hij.

Gemma keek hem vragend aan.

'Maar over hun vader willen ze niet praten. Nog steeds niet. Trek daaruit geen conclusies en beoordeel hen niet.'

'Ze hoeven niet over hun vader te praten. Ik wil hun alleen een brief overhandigen. Niet meer, niet minder.'

'Dat weet ik.' Hij knikte. 'Ik hoop alleen dat u het begrijpt.'

'Ik begrijp het,' zei Gemma. Ze wist niet zeker of dat inder-daad zo was. Ze vond de opmerking wat vaag, maar ze voelde geen behoefte om erop door te gaan. Het was ongetwijfeld al over tweeën en de onrust nam weer bezit van haar lijf. Net als de verwarring. Ze wilde naar huis – althans, dat hield ze zichzelf voor, ook al voelde het af en toe anders – en weer de veiligheid van haar vaste patroon opzoeken. Diep vanbinnen wist ze dat dat niet mogelijk was, maar ze negeerde de stem die dat duidelijk probeerde te maken.

Ze stond op, bedankte de koster voor zijn uitgebreide informa-tie en verzekerde hem dat ze haar plicht ten opzichte van Bram zou uitvoeren. Daarna liep ze de statige kerk uit.

Op straat kleurde de zon de gevels in warme tinten. Gemma haalde diep adem. Het laatste stukje van haar reis was in zicht.

In haar hoofd speelde het verhaal van Bram nog. Maar ze stond zichzelf niet toe om erbij stil te staan. Net zo min als ze stil wilde staan bij de rest van zijn leven, dat zich nu aan haar had ontvouwd. Ze wist niet zeker of ze het niet kon of niet wilde. Ze wist alleen dat het haar het gevoel gaf een indringer te zijn. Omdat ze nu datgene wist dat Bram nooit aan iemand had verteld.

Ze volgde met haastige passen de weg die de koster had aangegeven en stond al snel voor het oude, hoge pand, waar Bram was geboren en getogen en waar hij met zijn gezin had gewoond.

Het was een mooi pand, blijkbaar pas gerenoveerd, maar in oude stijl gelaten. Gemma belde aan en schikte wat aan haar haren. Nog een paar tellen en ze zou oog in oog staan met de dochter van Bram.

In huis hoorde ze een kindje iets roepen. Toen de deur openschoof, verscheen een klein meisje in de deuropening. Ze had blond warrig haar en grote blauwe ogen. Ze keek op naar Gemma, met een ernstige uitdrukking op haar gezichtje. 'Ik ken u niet,' zei ze.

Gemma glimlachte naar haar. 'Dat kan,' zei ze. 'Ik kom alleen iets aan je moeder geven. Is ze thuis?'

Het meisje bleef Gemma met haar grote blauwe ogen aanstaren en knikte. Ergens op de achtergrond hoorde ze een ander kind het geluid van een auto nabootsen. Maar haar aandacht werd getrokken door een lange, magere vrouw, die gehaast naar de deur liep en Gemma vragend aankeek. Gemma herkende haar gezicht van de foto. Vivians gezicht droeg nog steeds een stukje schoonheid met zich mee, maar dat ging enigszins verscholen onder de zorgelijke rimpeltjes en de wat ingevallen wangen.

'De mevrouw komt iets brengen,' zei het meisje. 'Misschien wel een cadeautje.'

'Dat betwijfel ik,' zei de vrouw. Haar stem klonk wat iel. 'Ga maar snel naar je broertje.'

'Maar ik wil weten of ze een cadeautje brengt.'

'Nee, geen cadeautje,' verzekerde Gemma haar.

'Hup Lieke, ga naar Robby,' drong de vrouw aan.

Haar blik bleef op Gemma gericht.

'Ik ben Gemma Klasse en ik kom uit Lomme.'

'Als u iets wilt verkopen, ben ik niet geïnteresseerd,' reageerde de vrouw, nog voordat Gemma verder kon gaan. Ze was erg onrustig en leunde afwisselend van het ene been op het andere. Ze wierp een korte blik over haar schouder. 'Ik kan de kinderen niet te lang alleen laten.'

'Ik kom niets verkopen. U bent toch Vivian Hogedijk?'

'Vivian Leers. Ik ben getrouwd.'

Gemma knikte kort. 'Ik vrees dat ik vervelend nieuws voor u heb. Onlangs is uw vader overleden. Hij woonde zijn laatste jaren in Lomme, maar kreeg verleden week een hartstilstand, waaraan hij overleed.'

Gemma had het gevoel dat ze snel moest praten, als ze de kans wilde krijgen om haar verhaal te doen voordat Vivian de deur voor haar sloot. Vivian maakte onrustige gebaren en haar hand had zich aan de deur vastgeklemd, alsof het om een drijfhout op open zee ging.

Ze was een paar tellen stil toen Gemma haar het nieuws over haar vader had bericht.

'Het spijt me,' zei Gemma.

Vivian keek Gemma aan. 'Voor mij is hij al tien jaar dood,' zei ze daarna. Haar stem trilde.

'Ik heb al begrepen dat er onenigheid is geweest,' zei Gemma. 'Maar uw vader had een laatste wens.' Ze haalde de brief tevoorschijn. 'Hij wilde dat ik u deze brief overhandigde en dat ik mij ervan verzekerde dat u hem las.'

Vivians ogen vernauwden zich. 'Hij geeft ook niet op,' reageerde ze nijdig. 'Zelfs nu niet.'

Gemma keek haar vragend aan, een beetje geschrokken van de harde ondertoon in Vivians stem.

'Hij heeft vaak brieven geschreven. Ik heb ze altijd ongelezen geretourneerd. Hij wist dat ik niets met hem te maken wilde hebben en dat had hij maar te accepteren. Het was zijn eigen schuld. En nu… Nu zal hij dat nog steeds moeten accepteren.'

Ze nam de brief niet aan.

'Hij is dood,' zei Gemma. 'Alles wat hij wilde is het richten van een laatste woord tot u.'

'Ik wil geen brief van hem.' Vivians stem trilde heftig nu en haar bewegingen waren kort en wat ongecontroleerd. Ze keek nog een keer over haar schouder. Er leek een meningsverschil tussen de kinderen te ontstaan. Gemma hoorde hun stemmen toenemen in geluidssterkte.

'Ik heb geen tijd. Niets persoonlijks. Het spijt me.' Vivian sloot de deur voor Gemma's neus en Gemma bleef wat verbijsterd staan.

Ze besefte dat de koster haar hiervoor had willen waarschuwen. Het zijn goede mensen, had hij gezegd. Maar op dat moment twijfelde Gemma daaraan.

Had ze deze hele weg afgelegd om nu de deur voor haar neus dicht te zien gaan? Ze voelde boosheid in zich opwellen, maar draaide zich om en liep weg.

En nu? dacht ze.

Ze stopte de brief weer in haar handtas en zag de brief voor Martin.

Ze zou het kunnen proberen, vond ze. Ze zou naar Martin kunnen gaan en kijken of ze hem de brief kon overhandigen. Mannen waren daar misschien wat gemakkelijker in. En als Martin zijn zus kon overhalen om op z'n minst die brief te lezen, dan was haar taak beëindigd.

Tenslotte hoefden ze alleen maar die brief te lezen. Ze hoefden verder niets te doen.

Ze besloot dat ze het net zo goed kon proberen. Ze had weinig meer te verliezen, vond ze.

Ze had wel zin in een wandeling en ging op weg naar het appartementencomplex dat de koster had genoemd. Ze had zelf geen idee waar ze moest zijn, maar de man die ze in de Vijhestraat de weg vroeg, kon het haar prima uitleggen.

Natuurlijk wist Gemma niet op welk nummer Martin woonde, maar wellicht kon ze de namen bij de brievenbussen lezen en zo zijn exacte adres achterhalen. Ze probeerde zichzelf moed in te praten toen ze naar het Jan van Nassaupark liep, maar erg op haar gemak was ze niet.

Het adres in het Jan van Nassaupark bleek een behoorlijk modern appartementencomplex, zag ze toen ze het bereikte.

Ze bekeek de namen bij de brievenbussen en ontdekte al snel de naam die ze zocht: Martin Hogedijk.

Ze vermoedde dat de man niet thuis was, maar belde toch maar aan. Het verbaasde haar toen ze zijn stem hoorde. De stem had veel weg van die van Bram en dat bracht haar even van haar stuk.

Maar ze herstelde zich snel.

'Gemma Klasse,' stelde ze zichzelf voor.

Ze had verwacht dat hij meer vragen zou stellen, maar dat deed hij niet.

'Komt u maar naar boven,' zei hij op uitnodigende toon. De zoemer gaf aan dat de deur naar de hoofdingang werd geopend en Gemma ging naar binnen. Haastig en gespannen liep ze naar boven, waar een jonge man al in de deuropening op haar wachtte. Hij was wat kleiner dan zijn zus, meende Gemma, en hij had een dikke bos ongekamd, donker haar. Hij had zich een dag of twee niet geschoren, dacht Gemma, maar de beginnende baard stond hem goed. Een aantrekkelijke jonge man, zag ze. Gekleed in een spijkerbroek met slijtagescheuren op de knieën en een ruim shirt.

Gemma zag in een flits ook het bordje op de deur: Martin Hogedijk, fotograaf.

Martin was dus fotograaf. Wellicht had hij daarom meteen de deur voor haar geopend.

'Gemma Klasse?' zei hij met een warme glimlach. Hij strekte zijn hand naar haar uit. 'Martin. Wat kan ik voor u doen?'

'Het betreft een wat gevoelige zaak...'

'Kom binnen,' zei Martin met een uitnodigend gebaar. 'Het lijkt mij niet verstandig om dergelijke zaken in de gang van een complex als dit te bespreken. Ik heb buren die graag precies weten waar ik mij mee bezighoud.' Hij grijnsde.

Gemma glimlachte wat aarzelend terug en volgde hem naar binnen.

Misschien had ze meteen moeten zeggen wat ze kwam doen, maar ze had het gevoel dat ze meer kans op succes had als ze eenmaal binnen was.

Het appartement was modern ingericht en zag er beter verzorgd uit dan ze had verwacht toen ze Martin had gezien.

Hij nam haar mee naar de woonkamer en liet haar plaatsnemen op de rode sofa.

'Werkt u van huis uit?' informeerde Gemma.

'Ja. Dat bespaart de kosten van een duur pand en geeft wat meer vrijheid. Nadeel is het risico dat ik niet thuis ben als iemand onverwacht voor de deur staat. Maar de meesten weten wel mijn nummer te vinden.'

'Het spijt me als ik stoor.'

'Welnee. Ik vond net dat het tijd werd voor koffie. Kan ik u iets aanbieden? Koffie, espresso, cappuccino, koffie verkeerd?'

'Doe geen moeite. Ik...'

'Ik heb een apparaat dat al het werk voor me doet. Een geweldige uitvinding. Kuipjes erin en op de knop drukken en je krijgt de meest fantastische drankjes. Maar ik drink niet graag alleen.'

Gemma wilde nog protesteren, maar zag dat de uitnodiging welgemeend was en gaf toe. 'Een cappuccino zou wel lekker zijn,' zei ze voorzichtig.

'Cappuccino komt eraan,' zei Martin zwierig. Hij verdween naar de keuken en Gemma bleef nerveus achter.

Martin dacht dat ze een klant was en ze had er niets aan gedaan om die illusie te doorbreken. Het voelde verkeerd, bijna alsof ze hem bedroog. Maar ze wilde niet opnieuw een deur voor haar neus dichtgeslagen zien.

Martin kwam vrij snel terug met cappuccino voor hen beiden, ging schuin tegenover haar zitten en richtte zijn blik vragend op haar. 'Vertelt u maar eens wat ik voor u kan doen.'

Gemma haalde diep adem en verzamelde haar moed. 'Ik vrees dat ik naar nieuws voor u heb,' begon ze nerveus. Ze speelde met het kopje in haar hand.

Martins gezichtsuitdrukking werd zorgelijk. 'Heeft het te maken met die vergunning om...'

Gemma liet hem niet uitspreken. 'Nee, nee, niets van dien aard.'

Martin werd bleek. 'Er is toch niets met Lauren?'

'Lauren?' reageerde Gemma ongewild wat verbaasd.

'Lauren. Mijn vriendin.'

'O nee. Nee, absoluut niet. Het betreft uw vader. Hij is onlangs overleden.'

Martin staarde haar een paar tellen aan. Zijn blik werd een beetje harder en hij nam een slok koffie. 'Mijn vader is lang geleden voor mij gestorven.'

'Ja. Dat weet ik. Ik was zojuist bij uw zus, Vivian.'

Martin knikte. Hij leek wat te aarzelen. 'Waarom komt u dat vertellen?'

'Omdat hij mij vroeg om zijn laatste wens te vervullen,' kwam Gemma tot de reden van haar bezoek.

'En dat is?'

Gemma zette haar kopje cappuccino op de tafel, pakte haar handtas en haalde de brief eruit. 'Dat ik u en uw zus een brief zou overhandigen die hij aan jullie had geschreven.'

'En als ik hem dan verscheur?'

'Ik zou erg graag zien dat u hem leest.'

'Waarom? Had u iets met hem?' Hij keek haar onderzoekend aan en ze zag de uitdaging in zijn blik.

'Nee,' antwoordde ze. 'Absoluut niet.'

'Waarom wilt u dan dat we die brief aannemen en lezen?' Hij maakte geen aanstalten om de brief daadwerkelijk aan te nemen.

'Omdat hij het mij heeft gevraagd en omdat ik het als mijn plicht zie.'

Martin glimlachte een beetje vaag. 'Ik denk niet dat mijn zus de brief heeft aangenomen.'

'Nee,' gaf Gemma toe. 'Maar ik hoopte dat u misschien met haar zou kunnen praten.'

Hij had haar tenslotte nog niet de deur gewezen.

Martins grijns werd breder. 'Ik denk niet dat dat zou helpen. Nog even afgezien van het feit dat ik zelf die brief niet wil aannemen.'

'U kunt hem toch op z'n minst lezen,' probeerde Gemma. Ze voelde hoe de teleurstelling weer bezit van haar nam. 'Dat is alles wat ik vraag.'

'Dat zou ik kunnen doen. Als ik dat zou willen. Maar dat wil ik niet.' Zijn grijns bleef zichtbaar. 'Het is niet persoonlijk. Ik heb niets tegen u. Maar ik heb mijn redenen. Net als mijn zus.'

'Hij is dood. Alles wat ik vraag, is dat u de brief aanneemt en hem leest. U hebt daarbij toch niets te verliezen,' probeerde Gemma nog. Maar eigenlijk wist ze dat het een verloren zaak was.

Martin schudde zijn hoofd. 'Nee, ik heb niets te verliezen, maar ik heb mijzelf destijds een belofte gedaan...'

'Wat heeft uw vader in vredesnaam gedaan dat u zelfs zijn brief niet wilt lezen?'

Martin glimlachte weer, maar gaf geen antwoord op die vraag.

'Smaakt de cappuccino?' vroeg hij alleen maar.

'Eh, ja.'

'Fijn. Ik ben echt blij met het ding. Ik heb zelf nooit tijd om koffie te zetten. Of geen zin. Maar ik drink het graag en ik krijg regelmatig klanten op bezoek. Ik dacht dat u ook een klant was.'

'Het spijt me als ik die indruk wekte.'

'Maakt niet uit. Ik heb u zelf het idee aan de hand gedaan. Anders had ik u wellicht niet binnengelaten. En dat zou niet erg gastvrij zijn geweest.'

Gemma zei daar maar niets op en dronk haar cappuccino op.

'U bent fotograaf?'

Martin knikte. 'Ik werk in opdracht, maar maak nooit de standaard foto's. Als ze een alledaagse reportage van een bruiloft of een ander feest willen, dan kunnen ze daar beter iemand anders voor inhuren. Ik heb een uitdaging nodig.'

Gemma knikte. Ze had de foto's op de muren al gezien. Deels natuurfoto's en dieren, deels alledaagse mensen op creatieve wijze in beeld gebracht. Alle foto's waren vanuit een ongebruikelijke hoek genomen. Gemma had weinig verstand van fotografie, maar ze besefte dat de jonge man talent had.

'Ik denk dat u meer te bieden heeft dan dat,' zei ze dan ook.

Martin glimlachte weer. 'Bedankt.'

Gemma vroeg zich af of ze nog over Bram kon beginnen, maar ze besloot dat het geen zin had. Ze had gedaan wat er van haar werd verwacht. Ze had de brieven aangeboden aan de kinderen. Het was niet haar schuld dat ze de brieven niet wilden aannemen. Daaraan kon ze niets veranderen. Ze zou zich erbij neer moeten leggen.

Ze dronk haar cappuccino op en bedankte Martin voor zijn ontvangst en voor de cappuccino.

Daarna vertrok ze.

De hemel was nog steeds blauw en de zon deed nog steeds zijn best toen ze terugliep naar het hotel. Maar het was frisser. De avond was in aantocht.

Gemma realiseerde zich dat ze haar spullen kon pakken en eindelijk naar huis kon gaan. Maar de opluchting die ze had verwacht, bleef uit. Ergens diep binnen in haar knaagde er iets. Onzekerheid, onvrede, verwarring... Ze wist het niet. Maar ze voelde zich niet op haar gemak.

Op weg naar het hotel dacht ze aan Tom en aan de kinderen. En natuurlijk aan haar restaurant. Ze probeerde bezig te zijn met de vraag hoe de zaken er nu voor stonden, of de klanten naar behoren waren geholpen en de voorraden goed in de gaten waren gehouden. En of iemand al bezig was geweest met de keuzelunches voor de volgende week. Maar het lukte haar niet om zich op al die vragen te concentreren. Steeds opnieuw zag ze Bram, Vivian en Martin weer voor zich. Beelden van de gebeurtenissen van afgelopen dagen flitsten voorbij: haar gesprek met de koster, haar gesprekken met Theo, Thérèsa en Harry van het Mobiel Team, haar gesprek met Isabelle Selier van de rustkliniek en de korte conversatie met Elisabeth in Hoenderloo.

Het lukte haar eenvoudigweg niet om die indrukken van zich af te schudden, ongeacht hoe hard ze het probeerde.

En tegen de tijd dat ze het hotel bereikte, wist ze dat ze die dag niet meer naar huis zou gaan.

Ze probeerde zich voor te houden dat de reden lag in het late tijdstip en haar vermoeidheid en dat het hotel uiteindelijk ook al voor een volgende nacht haar kamer had vastgehouden. Maar ze wist dat de werkelijke reden veel dieper lag. Ze wist dat ze nog niet naar huis kon gaan, omdat haar werk hier nog niet gedaan was.

Ze had geen idee hoe ze dat dan zou moeten doen. Ze wist alleen zeker dát ze het moest doen.

10

Gemma had gedurende haar avondmaal doorlopend gepie-
kerd over mogelijke manieren om de kinderen van Bram
over te halen tot het lezen van die brief. Hoe langer ze erover
nadacht, hoe absurder ze het vond dat ze zelfs niet de moeite wilden nemen om de brieven te lezen. Ze hadden toch uiteindelijk
niets te verliezen?

Een goed plan kon ze uiteindelijk niet bedenken, maar toen ze
na het eten een wandeling door Harderwijk maakte, besefte ze
dat ze, zonder er verder bij stil te staan, in de richting van de
Oranjelaan liep.

Natuurlijk was het naïef om te denken dat ze Martin nu wel
kon ompraten. Hij was meer open geweest dan Vivian, maar in
het niet aannemen van de brief van zijn vader was hij zeer beslist
geweest. Waarom had ze dan toch het gevoel dat het zin had om
die kant uit te lopen? Ze wist het zelf niet, maar ze wandelde toch
maar door, regelrecht naar het Jan van Nassaupark.

Bij het appartementengebouw waar Martin woonde, bleef ze
staan. En nu? dacht ze.

Gewoon aanbellen kon leiden tot een botte weigering van zijn
kant. Hij had haar netjes behandeld die middag, maar of hij dat
ook zou doen als ze een tweede keer bij hem op de stoep stond,
betwijfelde ze. Ze speelde heel even met de gedachte om een
andere naam te noemen, maar wat zou ze dan moeten doen als ze
boven kwam en hij zag wie hij het gebouw had binnengelaten?
Het feit dat ze hem dan voor de gek had gehouden, zou er geen
goed aan doen, verwachtte ze. En ze kon dan nauwelijks haar
voet tussen de deur steken om te verhinderen dat hij die, wellicht
terecht, voor haar neus zou sluiten.

Ze liep een poosje op en neer voor het gebouw.

Had Martin het niet over een vriendin gehad?

Hoe oud was Martin nu? Gemma meende dat hij achtentwintig
was, als ze goed had gerekend. Het lag voor de hand dat zijn
vriendin hem regelmatig bezocht. Andersom was wellicht ook
mogelijk, maar aangezien hij aan huis werkte, verwachtte ze dat
de vriendin wat vaker bij hem kwam. Misschien was ze er nu
wel.

Gemma keek naar boven, naar het raam van het appartement van Martin. De kans was klein. Het zou wel erg toevallig zijn.

Maar ze liep toch naar de bel en drukte hem in. Haar hart klopte gejaagd toen ze gespannen wachtte, bang Martins stem te horen. En wat moest ze dan doen? Wegrennen? Als ze niet zo nerveus was geweest, had ze daar waarschijnlijk zelf om moeten lachen.

Maar het was niet Martins stem die ze door de intercom hoorde. Het was een vrouwenstem.

'Ja?' hoorde ze vragen.

'Lauren? De vriendin van Martin?'

'Ja?' Nog steeds die vragende klank in de stem.

'Is het mogelijk u even alleen te spreken? Het betreft een gevoelig en zeer vertrouwelijk onderwerp...'

Lauren leek even te aarzelen.

'Wie is dat?' hoorde ze Martin vragen.

Gemma hield haar adem in.

'Voor mij,' antwoordde Lauren.

'Ik kom naar beneden,' zei ze. Er klonk een korte klik en Gemma wist dat het gesprek was beëindigd. Ze week een beetje achteruit en wachtte af.

Lang hoefde ze niet te wachten. Slechts een paar minuutjes later kwam een jonge vrouw naar buiten. Ze zag er leuk uit, met haar slanke lichaam in een makkelijke legging en een groot shirt, en met haar donkere haren bijeengebonden in een staartje.

Ze zag Gemma meteen staan en haar mond vormde een aarzelende glimlach. 'Ik wed dat u de dame bent die vanmiddag Martin bezocht,' zei ze.

Gemma knikte. 'Gemma Klasse. Martin heeft het dus over mijn bezoek gehad?'

'Ja.'

'Heeft hij de brief van zijn vader genoemd?'

'Ja. Gevoelig onderwerp, zijn vader.'

'Ja. Niet alleen bij hem. Ik ben ook bij zijn zus, Vivian, geweest.'

'Oei.'

'Eh, ja. Ik heb allang begrepen dat er iets mis is gelopen tussen vader en kinderen en het gaat mij verder ook niet aan...'

'Heel erg mis. Ze geven hun vader de schuld van de dood van hun moeder.'

'Was hij schuldig aan de dood van hun moeder?'

'Nee. Maar hij was schuldig aan nalatigheid. Voor zover ik weet. Martin zegt er heel erg weinig over. Hij wil er niet over praten. Wat hem betreft is zijn vader lang geleden al gestorven.'

'Niet alleen wat hem betreft. Ook wat zijn zus betreft.'

'Ja, dat weet ik.'

'Maar ik verwacht ook niet van hen dat ze hun mening bijstellen of hun vader vergeven voor wat hij heeft gedaan, wat dat dan ook precies mag zijn. Ik wil alleen dat ze die brief aannemen en hem lezen. Meer niet.'

'Die brief aannemen en lezen betekent accepteren dat hun vader niet dood was. En dat hij nog contact met hen wilde. Nu weten ze dat allang, want hij heeft het in het verleden vaak genoeg geprobeerd. Hij heeft zelfs aangetekende brieven gestuurd. Maar zowel Martin als Vivian weigerden om die aan te nemen. Ze wilden niets meer met hem te maken hebben en waren vastbesloten om niets meer van hem aan te nemen. En dat willen ze nu niet veranderen.'

'Maar de man is dood.'

'Misschien is dat wel het punt. Misschien zit er ook een stukje angst bij. Want stel dat ze die brief lezen en beseffen dat ze zelf misschien ook te star zijn geweest. Ik weet niet of het zo is. Ik weet tenslotte weinig van die situatie af, maar stel dat het zo zou zijn… Ik geloof niet dat ze daarmee geconfronteerd willen worden. Niet nu nog.'

'Zou het zoiets zijn? Een soort angst?'

'Misschien. Maar goed, het is natuurlijk ook mogelijk dat ze gewoon absoluut niets meer met hem te maken willen hebben, ook al is hij dood.'

Gemma knikte.

'Waarom is het belangrijk voor u?' wilde Lauren weten.

Gemma aarzelde. 'Hij liet mij wat bezittingen na. Die bezittingen hadden weinig waarde, maar ik trof oude foto's en drie brieven aan. Een van die brieven was aan mij gericht en daarin vroeg hij mij om ervoor te zorgen dat zijn kinderen hun brieven in handen kregen.'

'Had u een speciale band met hem? Hadden u en hij…'

'Welnee. Integendeel.'

Gemma zag de kleine frons op het gezicht van de knappe jonge vrouw.

'Ik mocht hem niet bijzonder.'

'En uitgerekend u erfde zijn bezittingen?'

'Ironisch, nietwaar?'

'Ongebruikelijk, in ieder geval.'

'Ik wilde het eerst niet doen, de kinderen zoeken en de brieven bezorgen. Maar mijn man en kinderen haalden mij over. En misschien wist ik diep vanbinnen ook wel dat het iets was wat ik moest doen.'

'Maar u had naar huis kunnen gaan toen duidelijk werd dat de kinderen de brieven niet wilden. U had uw plicht gedaan en naar huis kunnen gaan.'

Gemma glimlachte wat beschaamd. 'Ik heb met die gedachte gespeeld. Maar ik kan het niet doen. Weet u… De afgelopen dagen heb ik een klein beetje inzicht gekregen in het leven dat Bram Hogedijk heeft geleefd. Ik begin hem een beetje te begrijpen. En ik weet dat ik dit gewoon voor hem moet doen.'

Lauren knikte. Ze leek even na te denken. 'Eigenlijk is het ook allemaal onzin.'

Gemma dacht dat Lauren op de brieven doelde en voelde zich wat onzeker.

'Het zijn uiteindelijk volwassen mensen en het verleden is een deel van hun leven, een deel van henzelf,' ging Lauren verder.

Gemma haalde onopvallend opgelucht adem.

'Er zijn problemen geweest, ernstige problemen. Maar ik denk dat het niet werkt om een dergelijke gebeurtenis dood te zwijgen. Om iemand dood te zwijgen. Omdat het toch altijd aan je blijft knagen. Als een hoofdstuk dat je niet helemaal hebt uitgelezen en dat ervoor zorgt dat je het einde van het verhaal niet helemaal begrijpt.'

'Ik denk dat u daar gelijk in heeft,' zei Gemma.

'Hun vader is een deel van hun leven, van hun geschiedenis. Ik vind dat ze die brief moeten aannemen en lezen. Ik vind dat ze moeten weten wat er verder met hun vader is gebeurd en wat hij hun nog wilde zeggen.'

'Dat vind ik ook. Maar ze willen er niets over horen…'

'Maar ik kan daar wellicht mee helpen. En Alfons…'

'Alfons?'

'De man van Vivian. Niet helemaal mijn type, maar in het bezit van een flinke portie nuchter verstand. Ik weet dat Vivian met hem ook niet over haar vader wil praten en ik weet dat hij dat onzin vindt. Ik denk dat hij ook van mening is dat ze niet kinderachtig moet doen, maar dat onderdeel in haar leven gewoon moet afsluiten.'

'Maar hoe kunnen jullie daarmee helpen? Door Martin en Vivian om te praten?'

Lauren schudde haar hoofd. 'Dat mag u doen. Maar we kunnen ervoor zorgen dat ze naar u luisteren. We kunnen gewoon ergens bij elkaar komen, morgenavond bijvoorbeeld, en er dan voor zorgen dat ze naar u luisteren, die brief aannemen en hem lezen.'

Gemma knikte langzaam. 'Dat klinkt als een goed idee. Ik weet niet of we erin slagen, maar het is een poging waard. We zouden ergens kunnen gaan eten…'

'Ergens eten is een goed idee. Ik kan Martin gewoon meenemen voor een etentje en Alfons kan datzelfde doen met Vivian.'

'Is er een restaurant dat u kunt aanbevelen?'

'Ik hoop dat u van pannenkoeken houdt.'

Gemma keek haar vragend aan.

'In verband met de kinderen,' verklaarde Lauren. 'Vivian en Alfons kunnen op een dergelijke korte termijn vast geen kinderopvang regelen, dus is een pannenkoekenrestaurant wellicht het makkelijkste. Ik stel Papa Beer voor. Daar houden ze de kinderen wel bezig en kunnen we praten. Het ligt vlak bij het Dolfinarium en is voor u en voor Vivian en Alfons niet te ver weg.'

Gemma knikte. 'Ik regel het wel. Als u Martin zover krijgt…'

Lauren grijnsde. 'Reken maar.'

'Wat Alfons betreft…'

'Hij werkt voor assurantiekantoor Fina op de Burgemeester de Meesterstraat. Ik weet geen nummer, maar het is vlak voor de kruising met de Flevoweg. Een wit gebouw met van die grote ramen. De naam Assurantiekantoor Fina staat met grote blauwe letters op de gevel. U kunt het niet missen. Hij moet morgen de hele dag werken en als u hem thuis opzoekt, is de kans groot dat Vivian in de deuropening verschijnt. Dus u kunt hem het beste op zijn werk bezoeken.'

Gemma knikte. 'Dan zal ik dat doen.'

'Ga tegen twaalf uur. Dan heeft hij bijna middagpauze en zal hij meer tijd nemen om u te woord te staan. Hij handelt niet graag privézaken tijdens werktijd af. Wat dat betreft is hij erg strikt.'

Gemma knikte dankbaar. 'Bedankt,' zei ze.

'Bedank me morgen maar. Als het lukt om hen bij elkaar te krijgen en er geen drama's ontstaan.'

'Zit dat er dan in?'

'Van Martins kant niet, denk ik. Hij is eigenwijs en kan weglopen. Maar een scène schoppen doet hij niet. Vivian raakt echter erg gemakkelijk over haar toeren.'

'Ik begrijp het. We zullen dan maar op een goede afloop hopen.'

'Laten we dat maar doen.'

Gemma nam afscheid van Lauren en liep met iets meer rust in haar lichaam terug naar het hotel.

Morgen zou ze Alfons proberen over te halen en een tafel boeken bij Papa Beer. Als Lauren het goed had – en Gemma was geneigd te denken dat de jonge vrouw een goed inzicht in de mensen om haar heen had – zou Alfons niet al te veel problemen opleveren.

Het was alleen afwachten wat er zou gebeuren als Martin en Vivian zouden ontdekken dat ze haar daar zouden treffen. Maar het scheelde enorm als ze er niet alleen voor stond.

Onwillekeurig dacht ze dat Bram Lauren zou hebben gemogen. Ze wist niet precies waarom ze dat dacht, alleen dat het zo was. Zij mocht Lauren in ieder geval nu al graag.

De volgende ochtend ontbeet ze op haar gemak en ze maakte een wandeling door Harderwijk, alvorens ze naar de Burgemeester de Meesterstraat ging.

Toen ze de vorige avond teruggekomen was van het Jan van Nassaupark, had ze nog even met Tom gebeld en zelfs de meisjes gesproken. Ze had wel gemerkt dat de meisjes trots op haar waren, maar ze leken zich verder prima te redden zonder haar. En niet alleen de meisjes. Tom scheen het ook prima te doen. Zijn eigen werk lag nu even stil, maar de kinderen kwamen niets tekort en in het restaurant liep alles als altijd. Mede dankzij het betrouwbare personeel, had hij gezegd.

Gemma wist niet of werkelijk alles op rolletjes liep in het restaurant, zoals Tom haar wilde doen geloven, maar op de een of andere manier kon ze zich daar niet meer zo druk om maken. Het leek allemaal zo eindeloos ver weg. Af en toe dacht ze nog aan de gesprekken die ze vlak voor haar vertrek met Tom had gevoerd en vooral aan de opmerking die hij had gemaakt over hun relatie. Ze probeerde daar niet te veel aan te denken, maar af en toe hamerde het gewoon in haar hoofd en dan werd ze bang.

Ze wilde Tom niet kwijt. Ze wilde de meisjes niet kwijt.

En ze begreep dat zij hen wellicht nog meer zou missen dan andersom. Omdat ze er de laatste tijd toch al zo vaak niet voor hen was geweest. En dat gold niet alleen Tom en de meisjes…

Gemma schudde de gedachten snel van zich af en concentreerde zich op de bedrijven in de Burgemeester de Meesterstraat. Vlak voor de kruising met de Flevoweg, precies zoals Lauren had gezegd, ontdekte ze het kantoor.

Ze aarzelde niet toen ze naar binnen liep. Ze was nu zo ver gekomen dat ze er niet eens meer over wilde nadenken. Het was drie minuten voor twaalf en dus een perfecte tijd om iemand lastig te vallen die geen tijd van zijn baas wilde verspillen.

Ze liep meteen naar de balie, waar een jong, mollig meisje met rode wangen papieren in een map deed.

Ze keek op toen Gemma naderde en vormde haar mond meteen in een vriendelijke lach. 'Wat kan ik voor u doen?' vroeg ze welgemeend.

Automatisch glimlachte Gemma terug. 'Ik zou heel erg graag mijnheer Leers spreken. Alfons Leers.'

Het meisje wierp een haastige blik op de klok. 'U bent net op tijd,' zei ze. 'Zijn lunchpauze begint zometeen en met dit weer gaat hij graag even naar buiten. Hebt u een afspraak?'

'Nee. Maar het is dringend.'

'Ik zal kijken wat ik voor u kan doen,' zei het meisje met nog steeds dezelfde hartelijkheid. 'Een momentje.'

Ze pakte de telefoon en drukte twee cijfers in. 'Alfons? Er is hier een mevrouw...' Het meisje keek Gemma vragend aan.

'Gemma Klasse,' zei Gemma.

'Een mevrouw Klasse die je graag wil spreken. Het is dringend, zegt ze. ... Weet ik niet. ... Goed. ... Ja, is goed.'

Het meisje verbrak de verbinding en richtte haar aandacht weer op Gemma. 'U kunt doorlopen. Daar die deur door, en dan het laatste kantoor aan de linkerkant.'

Gemma bedankte het meisje en liep de aangegeven richting uit.

Het was een vrij nieuw kantoor, zag ze, geschilderd in frisse kleuren en met een zichtbaar slijtvaste grijze vloerbedekking. Aan de wanden hingen moderne schilderwerken in opgewekte kleuren. Gemma had geen idee wat ze moesten voorstellen, maar het kleurgebruik was aardig. Al zou ze zelf nooit voor moderne kunst kiezen.

Ze klopte op de deur toen ze het kantoor van Alfons bereikte, en op zijn 'binnen' trad ze zijn domein binnen, dat aanmerkelijk groter was dan ze had verwacht. Er was een comfortabel ogende zithoek en Alfons zelf zat achter een groot hoekbureau met achter hem open kasten met indrukwekkende boekwerken.

Alfons zelf zag er wat minder indrukwekkend uit. Hij was misschien net zo lang als zijn vrouw, mogelijk ook iets kleiner, smal, en gehuld in een grijs kostuum. Zijn gezicht was wat lang en zijn ogen klein en koel. Zijn mond slapjes. Hij was geen knappe man, maar hij zou ongetwijfeld zijn goede kanten hebben. Zonder daartoe echt een reden te hebben, besloot Gemma dat hij vast erg goed was in zijn werk.

Ze liep naar hem toe en stak haar hand naar hem uit. 'Gemma Klasse,' zei ze.

'Alfons Leers. Wat kan ik voor u doen?'

'Het is een persoonlijke kwestie.'

'Die indruk had ik al.'

Gemma kon niet aan hem zien of hem dat irriteerde of boeide. Het gezicht van de man bleef vlak en beleefd afwachtend.

'Ik heb gisteren uw vrouw bezocht. Ik weet niet of u daarvan weet?'

Alfons schudde zijn hoofd, langzaam en bedachtzaam.

'Ik kom uit Lomme en de laatste jaren heeft Vivians vader in ons dorp doorgebracht. Hij is onlangs gestorven.'

'Ik begrijp het,' zei de man. 'Vivian praat niet over haar vader.'

'Nee, dat weet ik. Ik weet dat er iets is gebeurd waardoor zowel Vivian als Martin niet meer met hun vader wilden praten. En dat is nu precies de reden waarom ik hier ben. Bram Hogedijk had namelijk een laatste wens. Hij wilde nog één keer het woord tot zijn kinderen richten via een brief. Hij vroeg mij om die brief aan zijn kinderen te overhandigen en erop toe te zien dat ze hem lazen. En dat was de reden waarom ik uw vrouw gisteren bezocht.'

'Dan begrijp ik waarom ze er niet over heeft gepraat,' zei Alfons.

'Ze wil hem niet lezen.'

'Daar ging ik al van uit. En ze weet hoe ik erover denk.'

'Hoe denkt u erover?'

'Dat het tijd wordt om de zaak af te sluiten. Ze beweert dat haar vader voor haar dood is, maar in haar hoofd speelt hij nog steeds een grote rol. Als dat niet zo was, zou ze niet van streek raken als zijn naam valt en dan zou ze niet zo krampachtig proberen om iedere link naar hem van zich af te gooien. Ik weet niet wat er destijds precies is gebeurd, want daarover wil ze niet praten. Ik weet alleen dat ze het gewoon moet afsluiten.'

'Iets dergelijks zei Lauren ook,' vertelde Gemma. 'Ik heb haar gisteren gesproken. Martin wilde de brief ook niet aannemen, net zo min als Vivian.'

'Het lijken wel kleine kinderen,' gromde Alfons.

'Ze zullen hun redenen hebben. Maar ik wil mijn plicht uitvoeren ten opzichte van Bram.'

'Natuurlijk wilt u dat,' zei Alfons. Gemma wist zeker dat Alfons dat meende. Hij leek haar een man voor wie het vanzelfsprekend was om opgelegde plichten na te komen.

'Ik heb uw hulp nodig.'

Alfons wachtte af. Nog steeds onderging zijn gezichtsuitdrukking geen verandering. Misschien gebeurde dat nooit bij hem.

'Ik betwijfel of ik haar kan overhalen.'

'Misschien niet. Maar met uw hulp en die van Lauren kan ik dat wellicht. Ik zou u graag met Vivian, en de kinderen natuurlijk, willen uitnodigen voor een etentje vanavond. Lauren komt dan ook met Martin en dan wil ik nog een keer proberen om Vivian en Martin ervan te overtuigen dat ze de brief kunnen aannemen en lezen, zonder verdere verplichtingen.'

'Ik weet niet of dat gaat lukken,' zei Alfons. 'En ik weet niet of het een goed idee is om de kinderen mee te nemen. Ze zijn nog wat klein voor een diner in een restaurant.'

'Ik wilde een tafel bij Papa Beer bestellen. Ik denk dat ze dat wel kunnen waarderen. Bovendien worden ze dan een beetje beziggehouden, volgens Lauren.'

'Papa Beer? Ja, dat wel. Dat doen ze graag. Maar of het lukt om Vivian te overtuigen...'

'Het is een poging waard.'

Hij knikte. 'Ze moet zich maar eens volwassen opstellen,' vond Alfons resoluut. En Gemma wist dat ze in hem een medestander had gevonden.

'Om zes uur?' vroeg ze.

Alfons knikte. 'Om zes uur zijn we er.'

'Bedankt.'

Hij knikte beleefd en stond op, als teken dat wat hem betreft het gesprek beëindigd was.

Gemma verliet het kantoor, opgelucht en nerveus tegelijk. Want ze was natuurlijk blij dat ze een nieuwe kans kreeg en dat ze hulp daarbij zou krijgen, maar ze was ook bang voor een nieuwe ontmoeting en voor de mogelijke reacties van Martin en Vivian.

Ze liep met haastige stappen terug, richting boulevard. Ze zou een tafel reserveren bij Papa Beer en dan werd het een kwestie van afwachten.

Wellicht kon ze in de loop van de middag nog een keer door het oude centrum van Harderwijk wandelen en die kruiden- en natuurtuin bezoeken die ze daar had gezien. Het was heerlijk weer. Hoewel er meer bewolking was dan de vorige dag, was het zacht en stond er slechts weinig wind.

De tuin had nu in het voorjaar vast veel moois te bieden. Bovendien zou het haar afleiden van de taak die haar te wachten stond en de verwarring die ze de laatste dagen over haar eigen leven voelde.

11

Gemma was ruim op tijd in Papa Beer, maar ze ging niet aan de gereserveerde tafel bij het raam zitten. In plaats daarvan koos ze een plekje in een onopvallende hoek en wachtte ze af.

Ze was bang dat Martin en Vivian meteen zouden omdraaien als ze haar in het restaurant zagen zitten en het was nog maar de vraag of Lauren en Alfons dat dan konden verhinderen.

Ze had voor zichzelf een kopje koffie besteld en hield haar ogen gericht op de deur.

Vivian, Alfons en de kinderen kwamen als eersten.

Het meisje, Lieke, was opgewonden en huppelde voor haar ouders uit. Vivian had het jongetje, Robby, op haar arm toen ze binnenkwamen, maar ze zette hem op de grond en keek wat gespannen toe hoe hij zijn zus probeerde bij te houden.

Gemma kon niet horen wat ze tegen elkaar zeiden, maar ze zag dat Alfons de leiding op zich nam, een kort gesprekje voerde met een ober en Vivian en de kindjes begeleidde naar de gereserveerde tafel.

Ze hadden nog maar net plaatsgenomen toen Martin en Lauren binnenkwamen.

Heel even vroeg Gemma zich af of Vivian en Martin wisten dat ze elkaar hier zouden treffen, maar uit hun reactie op te maken, waren ze daarover niet verrast.

Martin keek even om zich heen bij binnenkomst, zag zijn zus en haar gezin, grijnsde en liep meteen naar hen toe. Lauren volgde hem op de voet.

Gemma zag dat Lauren vluchtig om zich heen keek, waarbij hun blikken elkaar ontmoetten. Lauren glimlachte kort bij wijze van groet en ging met Martin aan de tafel zitten.

Gemma vermoedde dat Lauren en Alfons al hadden aangegeven dat ze met z'n allen hier zouden eten, maar ze wist vrijwel zeker dat niemand haar had genoemd. Het gaf haar het gevoel een toneelspeelster te zijn in een of ander drama.

Ze keek nog even toe hoe iedereen een menukaart in handen kreeg en de kinderen een kleurplaat onder hun neus kregen. Toen haalde ze diep adem om nog wat restjes moed te verzamelen en liep vervolgens met gestrekte rug naar de tafel.

Vivian zag haar het eerst. Haar gezicht betrok en haar rechteroog trok een paar keer nerveus samen. Gemma wist dat Vivian niet blij was haar hier te zien. Temeer omdat ze niet met Alfons had gesproken over het bezoek.

Gemma dwong zichzelf tot een vriendelijke glimlach.

Op dat moment keek Martin ook om. Hij had allang gezien dat er iets was wat zijn zus van streek maakte.

In eerste instantie drukte zijn gezicht verbijstering uit. Maar al snel veranderde dat in een klein lachje. Martin vond het hele spel blijkbaar ook wel iets amusants hebben. Wat uiteraard niet wilde zeggen dat hij zich zou laten overhalen. Misschien juist niet.

Gemma liep naar hen toe en groette hen vriendelijk.

'Het spijt me dat ik een nieuwe ontmoeting op deze manier via jullie partners heb geregeld, maar ik wilde jullie beslist nog een keer spreken en dat kon alleen zo,' begon ze.

Vivian keek naar Alfons en opende daarbij haar mond in een zwak, geluidloos protest.

Martin keek naar Lauren. Hij zuchtte, schudde zijn hoofd en liet toen een scheef lachje zien.

Lauren glimlachte charmant terug.

Alfons bleef onbeweeglijk.

'Eerlijk gezegd zijn jullie dus hier op mijn uitnodiging. Ik zou het erg op prijs stellen als jullie samen met mij deze maaltijd willen gebruiken. Ik beloof jullie dat ik morgenvroeg uit Harderwijk vertrek.'

'Ik heb niets tegen u,' begon Martin. 'Dus waarom niet?' Hij haalde zijn schouders op. 'Al zou ik het prettiger vinden als we elkaar gewoon kunnen tutoyeren. Ik voel mij zo oud en formeel op deze manier en daar heb ik een hekel aan.'

Gemma glimlachte toegeeflijk. 'Natuurlijk. Fijn dat u, sorry, je, er zo over denkt.'

'Ik weet niet of je er straks ook nog zo over denkt. Als je missie mislukt... Of ben je daarom niet hier?'

Gemma glimlachte alleen maar en keek naar Vivian. Het was echter Alfons die antwoord gaf.

'Wij nemen de uitnodiging uiteraard ook aan.'

'Maar Alfons...' protesteerde Vivian.

'Wil je weer naar huis?' vroeg Alfons, met een stem die luid genoeg was om de kinderen mee te laten genieten.

'Nee, mama, niet naar huis. Ik wil hier blijven en een hele grote pannenkoek eten,' protesteerde Lieke meteen. 'En ik wil Papa Beer zien.'

'Papa Beer zien,' papegaaide Robby enthousiast.

'Maar...'

'We blijven hier,' besliste Alfons. Hij vouwde de kaart open en keek naar de mogelijkheden die het pannenkoekenrestaurant bood.

Gemma besloot dat ze nog niets zou zeggen. Ze wilde Vivian en Martin de kans geven om aan het idee te wennen dat ze hier was en ze wilde het pannenkoekmaal voor de kinderen niet bederven.

Ze richtte haar aandacht op de menukaart en bestelde uiteindelijk een pannenkoek met spek, appel en kaas.

De anderen maakten ook een keuze en toen de ober de drankjes had gebracht, wachtte hun een tijd die ze gezamenlijk door moesten zien te komen, ondanks de wat gespannen stemming.

Gemma begon luchtig over haar eigen dorp te praten. Ze probeerde althans luchtig te klinken en ze hoopte werkelijk dat de spanning in haar stem niet al te duidelijk merkbaar was.

Ze vertelde dat ze in Lomme was geboren en opgegroeid en dat het dorp ondanks de mooie oude kern nog niet bekend was bij toeristen. Iets waar ze zelf geen problemen mee had. Ze vond het een heerlijk dorp zoals het was. Ze vertelde ook over haar restaurant en over Tom en de kinderen. Ze merkte dat Martin al snel helemaal ontspannen was, al herkende ze ook iets van uitdaging in zijn houding. Vivian probeerde beleefd deel te nemen aan het gesprek, maar was verschrikkelijk gespannen. De zenuwtrek van haar oog was nu duidelijk zichtbaar en haar bewegingen waren gejaagd. Ze lette meer op de kinderen dan nodig en had blijkbaar moeite met het vinden van een comfortabele houding. Doorlopend was ze op haar hoede, als een hinde die een groepje leeuwen in het gras had ontdekt.

Gemma deed alsof ze het niet merkte en toonde zich verheugd toen de pannenkoeken werden gebracht.

De kinderen kraaiden van blijdschap.

Gemma zag dat Vivian niet veel at. Ze prikte wat in haar pannenkoek, maar at er nauwelijks van. Ze geloofde dat Alfons gelijk had toen hij had beweerd dat het verleden nog aan Vivian vrat. Ze geloofde niet dat de vrouw anders zo gespannen zou zijn.

Misschien was het inderdaad beter voor haar om zich daaroverheen te zetten.

Toen ze bijna klaar waren met eten, bracht Gemma het onderwerp voorzichtig ter sprake. 'Jullie vader, Bram, hield ook van Lomme. Hij bracht de laatste drie jaar van zijn leven bij ons door en hij kende bijna iedereen in ons dorp. De mensen mochten hem.'

'Misschien omdat ze hem niet kenden,' ontschoot het Vivian. Haar stem klonk schel.

'Ik denk dat niemand hem echt goed kende,' zei Gemma bedachtzaam. 'Hoewel hij als klusjesman overal kwam en altijd een helpende hand bood, wist niemand iets over zijn achtergrond, over zijn verleden.'

'Als klusjesman?' reageerde Martin verbaasd.

Gemma knikte. 'Ik heb al begrepen dat hij hier een groot bedrijf had...'

'En je hebt al begrepen dat we niet over hem willen praten,' bemoeide Vivian zich ermee, een haastige blik op de kinderen werpend. De kinderen hadden echter geen aandacht voor haar. Ze hadden hun pannenkoek op en Papa Beer in eigen persoon was het restaurant binnengewandeld en liep recht op hen af.

Hij had een grappige, waggelende manier van lopen en Gemma vroeg zich af of de man in dat Papa Beer-pak de hele dag, elke dag opnieuw, in dit pak rondliep bij wijze van beroep. Het leek haar nogal vermoeiend.

Maar de kinderen vonden het prachtig.

'Vivian, doe niet zo kinderachtig. Je vader is overleden,' reageerde Alfons.

'Mijn vader is al tien jaar dood voor mij. En voor Martin.' Ze keek naar Martin, duidelijk steun zoekend bij hem.

'Als dat zo was, zou je niet zo van streek raken iedere keer als iemand zijn naam noemde,' bracht Alfons ertegen in. 'Dus je kunt op z'n minst even naar Gemma luisteren.'

Martin had weer dat scheve lachje op zijn gezicht. 'Ik vrees dat ik ook moet luisteren. Anders wacht mij een oorlog met Lauren.'

'Reken maar,' zei Lauren met een lach.

'Jullie vader leefde dus zijn laatste drie jaar bij ons in Lomme en verdiende een klein beetje geld met het uitvoeren van klusjes. Maar dat was eigenlijk niet zijn belangrijkste werk. De reden dat iedereen hem mocht, was het feit dat hij altijd een luisterend oor bood als iemand dat nodig had. Dat hij altijd met raad en daad klaarstond...'

Vivian liet een minachtend geluid horen, maar zei verder niets.

'Zoals ik al zei, mocht bijna iedereen hem. Een enkeling uitgezonderd. Zoals ik.'

Gemma was zich bewust van de verbaasde blikken.

'Ik vond hem een bemoeial,' bekende Gemma. Ze keek niemand aan, maar staarde voor zich uit. 'Hij ontfermde zich over mijn moeder nadat mijn vader was gestorven, en zij mocht hem erg graag. Het was Bram voor en Bram na en daar had ik moeite mee. Ik heb nooit echt stilgestaan bij de vraag waarom het mij irriteerde. Ik denk dat ik mijzelf voorhield dat hij ongeoorloofd mijn familie binnendrong. Niet alleen via mijn moeder, maar ook via mijn kinderen. Want ook zij mochten hem graag en gingen naar hem toe met problemen als hun vader niet beschikbaar was. Er waren zelfs momenten dat ik ervan overtuigd was dat hij het deed om mij op mijn tekortkomingen te wijzen. Maar als ik erover nadenk...'

Ze zweeg even en keek nu de aanwezigen aan met een flauwe glimlach. 'Ik heb de laatste dagen erg veel tijd gehad om erover na te denken.' Ze haalde diep adem. 'Als ik erover nadenk, vraag ik mij af in hoeverre ik mijzelf iets wijsmaakte. Of het niet vooral mijn eigen schuldgevoel was dat ik op Bram projecteerde. Omdat ik noch de tijd, noch het geduld had om naar mijn moeders eindeloze verhalen over mijn vader te luisteren. Omdat ik zelden de rust had om bij mijn dochters te zitten en te luisteren naar de typische kinderproblemen waar ze mee kampten. Ik had tenslotte een bedrijf. Een restaurant. Toen ik het een paar jaar geleden overnam, was het stervende. Er kwam geen mens meer. Ik heb het met hard werken opgebouwd tot een bloeiend bedrijf en vrijwel alle feesten, koffietafels, cursussen en andere bijeenkomsten in de hele regio worden in mijn restaurant gehouden. Ik doe daarnaast catering en ik zorg dat ik overal zelf de hand in heb. Het bedrijf is zo opgebloeid onder mijn handen dat mij werd verzocht om een soortgelijk bedrijf in Lisse over te nemen, waarvan de eigenaar was gestorven en waar ook allang geen mens meer kwam. Ik was er trots op.' Ze zweeg een paar tellen en frunnikte aan haar shirt.

'Ik had geen tijd om stil te staan bij de prijs die ik voor mijn succes betaalde. Ik had ook geen tijd, en nog veel minder behoefte, om stil te staan bij de reden waarom Brams bemoeienissen mij zo irriteerden. Noch wilde ik stilstaan bij mijn ergernissen over de mooie verhalen die de mensen over hem vertelden op de dag dat hij werd begraven. Want zelfs toen had ik het druk. De koffietafel werd in mijn restaurant georganiseerd en er waren veel gasten die hem een laatste eer hadden gebracht. Ik dacht dat het daarmee afgelopen was, maar ik had er niet méér naast kunnen zitten. Eerst kwam er dat gesprek met Tom, mijn man. Een ruzie eigenlijk. Nu was het niet meer Bram die mij, mogelijk onbewust, confronteerde met mijn tekortkomingen, maar nu zei Tom hardop wat er mis was. Hij gaf zelfs aan dat hij zo niet verder wilde. En dat nam ik hem kwalijk. Want nog steeds weigerde ik te geloven dat ik een verkeerde weg was ingeslagen.'

Ze laste weer een kleine adempauze in. Ze vond het moeilijk om erover te praten. Eigenlijk was ze dit niet van plan geweest. Ze had alleen over Bram willen praten, maar op de een of andere manier was ze bij zichzelf uitgekomen. Ze wist niet waarom ze dit alles vertelde aan mensen die het waarschijnlijk niet eens wilden weten. Misschien deed ze het wel vooral voor zichzelf.

'De volgende dag kwam een notaris mijn restaurant binnen en die vertelde mij dat Bram mij had aangewezen als erfgename. Ik begreep er niets van. Ik dacht dat er een vergissing in het spel was. Maar de notaris vergiste zich niet en de erfenis bestond uit een oude caravan, waar Bram die laatste drie jaar gewoond had, en een oude auto.

In de caravan vond ik een doos met foto's. Een aantal foto's was in het dorp genomen, maar veel foto's waren van lang daarvoor. Bram als jonge kerel in pak, met belangrijk ogende mensen; Bram met een mooie vrouw met lang blond haar en een dromerige glimlach, poserend voor de fotograaf; Bram met zijn gezin, met jullie twee; Bram in sjofele kleding met sjofele mannen rondom een vuurtje... Ik wist niet wat ik er allemaal van moest maken. Ik wist niets van het verleden van Bram. Hij praatte daar nooit over. Met niemand. Daarom wist ook niemand dat hij ooit getrouwd was geweest en twee kinderen had. Ik begreep het pas toen ik de foto's zag. En de brief las. Er lagen namelijk drie brieven in die doos. Een van die brieven was aan mij gericht. Het was vreemd om een dergelijke brief te lezen, omdat het duidelijk werd dat hij rekening had gehouden met de mogelijkheid dat hij van het ene moment op het andere kon sterven, terwijl het toch een onverwachte hartstilstand was. En het was vreemd omdat hij uitgerekend mij die brief had geschreven. In die brief vertelde hij dat hij geen contact meer had met zijn kinderen. Hij vond het erg, had geprobeerd om het te herstellen, maar zonder succes. Daarom vroeg hij mij om jullie de brieven te overhandigen die ik nu dus bij mij heb. Hij wilde dat ik ze persoonlijk overhandigde en dat ik erop toezag dat jullie de brieven lazen.'

Gemma nam weer een kleine pauze en keek de anderen aan.

'Ik begreep niet hoe hij dat van mij kon verwachten en ik was eigenlijk niet van plan om het te doen. Maar mijn man was een andere mening toegedaan, net als mijn dochters. Een van mijn meisjes wees er mij zelfs op dat het mijn plicht ten opzichte van Bram en van God was om dat te doen.'

Ze glimlachte. 'Ik ging op weg,' zei ze. 'Niet alleen leerde ik zoveel meer over Bram tijdens mijn reis... Ik raakte erdoor behoorlijk in de war. Want voor het eerst nam ik voldoende afstand om mijn leven vanaf de zijlijn te bekijken. De verwarring voel ik nog steeds, maar ik heb inmiddels wel geleerd dat de reden dat ik Bram niet zo mocht vooral met mijn eigen schuldgevoel te maken had. Met mijn eigen gevoel van tekortkoming. Dat ik hem de schuld gaf van mijn gevoelens van ongemak en onvrede. En dat ik niet weet hoe ik nu verder moet...'

Ze stokte even. 'Maar dat is niet jullie probleem.'

Ze haalde de brieven uit haar handtas en keek Vivian en Martin een voor een aan. 'Deze reis heeft enorm veel van mij gevergd en veel verwarring gebracht, en de dingen zullen niet meer zijn als voorheen. Ik weet nog niet of ik daar boos om ben of juist dankbaar voor moet zijn. Ik weet het werkelijk niet. Maar ik weet wel dat ik mijn plicht wil vervullen. Niet alleen voor Bram, maar ook voor mijzelf.

Alles wat ik van jullie vraag is het aannemen en lezen van die brief. Ongeacht waarom en hoe erg jullie je vader haten. Het is slechts een brief en het zijn slechts woorden van een man die gestorven is. Wat heb je te verliezen?'

'Vaste grond onder de voeten?' noemde Lauren. Ze schraapte haar keel en keek Vivian en Martin aan. 'Dat is het toch? Jullie hebben afstand genomen van jullie vader en beloofd dat jullie nooit meer iets met hem te maken wilden hebben. Jullie hebben ieder verzoek van zijn kant om contact te maken afgewezen en volgehouden dat hij voor jullie dood was. Als jullie werkelijk geen enkel gevoel meer ten opzichte van de man koesterden, dan zou het lezen van die brief niets voorstellen, nietszeggend zijn. Maar als er een klein beetje gevoel is blijven hangen, een klein beetje twijfel... Dan kan die brief schuldgevoelens oproepen. De vraag of jullie resolute besluit rechtvaardig is geweest. En iedere twijfel daaraan kan pijnlijk zijn. Omdat er niets meer goed te maken is.'

'Onzin,' reageerde Vivian meteen. 'Hij heeft alles aan zichzelf te danken. Ik wil niets meer met hem te maken hebben. Toen niet en nu niet. Hij is lang geleden voor mij gestorven.' Haar stem klonk een paar tonen te hoog en trilde een beetje. Haar vingers klauwden nerveus in het tafellaken, maar ze scheen het zelf niet in de gaten te hebben.

Papa Beer was in de buurt. Hij leek in de gaten te hebben dat er een gevoelig onderwerp werd besproken en nam de kinderen mee voor een spontaan dansje in het restaurant. Gemma hoorde hen giechelen, maar haar blik was op Vivian gericht.

'Onzin,' bemoeide Alfons zich ermee. 'Lauren heeft gelijk. Als hij werkelijk dood was voor jou en emoties uitgesloten waren, dan had je er geen problemen mee als hij werd besproken. Dan waren er niet zo veel emoties bij betrokken. Je hebt nu de kans om alles werkelijk achter je te laten, dus moet je dat doen. Je bent een volwassen vrouw... Stop met het reageren als een kind.'

Vivian keek hem nijdig aan. 'Je weet er niets van. Je was er niet bij. Martin?'

Martin reageerde echter niet. Zijn scheve lachje was verdwenen en hij staarde een beetje in het niets.

'Wat heeft hij dan in vredesnaam gedaan?' vroeg Lauren. 'Heeft hij jullie mishandeld? Misbruikt?'

Gemma onderdrukte een rilling.

'Verwaarloosd. Erger dan dat.' Vivian gilde bijna.

'Erger dan mishandeling? Erger dan misbruik?' vroeg Lauren.

'Door zijn schuld is mama gestorven.'

'Wat heeft hij dan gedaan dat hij de dood van je moeder op zijn geweten had?' wilde Alfons weten.

'Ik wil er niet over praten.'

'Door zijn schuld stierf onze moeder alléén,' mengde Martin zich erin. Hij haalde diep adem. 'Hij heeft ons niet mishandeld of misbruikt. Hij zou er niet eens de tijd voor hebben gehad. Hij was er namelijk nooit.' Hij klonk cynisch. 'Hij had ook een bedrijf.' Hij keek Gemma aan. 'Dat was het enige wat voor hem telde. In het begin ging het nog wel, maar al snel bracht hij al zijn tijd daar door. Onze moeder voelde zich vaak eenzaam, al klaagde ze nooit. We wisten het wel. Vroeger al. En toen werd ze ziek. Ernstig ziek. Ik weet niet hoelang ze het al wist, maar ik weet dat onze vader dat pas veel later hoorde. En nog drong het niet tot hem door waar hij mee bezig was. Alleen het bedrijf telde. Toen moeder toch nog onverwacht van de ene op de andere dag heel slecht werd, was hij op zakenreis. Ze vroeg naar hem, wilde hem nog een laatste keer zien… Maar niemand kon hem bereiken. Moeder stierf na een paar dagen van bittere ellende, met alleen ons aan haar zijde. Die avond kon mijn oma, de moeder van onze moeder, hem eindelijk bereiken. Maar het was toen al te laat. Moeder was dood. Ze was alleen gestorven.'

'Ze heeft het opgegeven omdat hij niet om haar gaf,' bracht Vivian met schelle stem naar voren.

'Was dat zo?' stelde Gemma. Ze keek Martin en Vivian aan.

'Ze had kanker. De dokter kon niets meer voor haar doen,' zei Martin. 'We hadden alleen niet verwacht dat het opeens zo snel kon gaan.'

'Ze zou langer hebben geleefd als hij…' Vivian maakte haar zin niet af. Haar stem brak en ze veegde nerveus haar haren naar achteren.

'Haar toestand verslechterde onverwacht,' haalde Lauren aan.

'Hij wist dat ze ernstig ziek was. Hij had moeten zorgen dat hij bereikbaar was,' vond Martin. 'Onder die omstandigheden...'

'Hij was nooit bereikbaar,' sneerde Vivian.

Martin gaf daar maar geen antwoord op en wierp Gemma een haastige blik toe.

Gemma merkte het niet meteen op. Ze liet de woorden van Vivian en Martin goed tot zich doordringen.

'Dus jullie vader werkte zo'n beetje dag en nacht en had nooit tijd voor jullie of voor jullie moeder,' vatte Alfons op vlakke toon samen. 'Jullie voelden je verwaarloosd en toen jullie moeder plotseling slechter werd, jullie vader niet bereikbaar was en zij dus moest sterven zonder die laatste wens in vervulling te zien gaan om hem nog een keer te zien, hebben jullie hem afgewezen.'

'Hij liet ons in de steek,' vond Vivian. 'En het was zijn schuld dat mama stierf. Dat ze op die manier stierf. Zonder haar laatste wens in vervulling te zien gaan. Dus waarom zouden wij zijn laatste wens wel in vervulling laten gaan?'

'Misschien voor jezelf,' zei Lauren. 'Om het af te sluiten.'

'Ik heb met de koster van de Grote Kerk gepraat,' begon Gemma voorzichtig.

'Verzachtende omstandigheden,' mompelde Martin.

'Vergeet het maar,' gromde Vivian.

'Jullie vader is pas zo hard gaan werken toen zijn broer onverwacht stierf,' zei Gemma toch.

'Dat is geen excuus. Daar kwam de koster toen ook mee...'

'Nee, het is geen excuus. Maar het verklaart waarom hij die kant op is gegaan. Zijn ouders stierven en daarna ook zijn broer, op zesentwintigjarige leeftijd. Die broer had een speciale plek in zijn hart. Hij had altijd voor hem gezorgd. Toen hij stierf, kon jullie vader dat niet verwerken. Ik denk dat het daar al fout liep. Hij probeerde te vergeten door zich op zijn werk te storten.'

'Hij had hulp kunnen zoeken,' meende Martin.

'In die tijd was het nog niet zo gebruikelijk dat je hulp zocht in een dergelijke situatie. Vooral van mannen werd vaak verwacht dat ze zich sterk hielden.'

Het was een paar tellen stil.

'Het maakt het niet goed,' zei Vivian.

'Nee,' zei Gemma. 'Het maakt het niet goed en dat wist hij. Het was allemaal te ver gegaan en de prijs die hij moest betalen, was veel te hoog. Hij kon het niet verwerken. Hij werd ziek.'

'Dat weet ik. Maar hij ging gewoon door met werken,' meende Martin. 'Hij ging er zelfs wonen toen hij in de gaten had dat hij was vervreemd van ons. En dat we hem niet meer moesten.'

'Ja, hij ging op kantoor wonen, bij zijn werk. Maar het ging niet goed met hem en hij werd steeds zieker. Waarom hij geen hulp zocht destijds, weet ik niet, maar ik denk dat hij vond dat hij het verdiende. Dat hij misschien wel dood wilde. Maar hij ging niet dood. Hij vertrok. Ik vermoed dat hij destijds al behoorlijk in de war was. Hij ging naar Amsterdam en leefde daar een tijdlang op straat. Volgens de mensen met wie ik heb gepraat en die hem kenden, had hij momenten waarop hij redelijk helder was en momenten waarop het uitgesproken slecht met hem ging. Maar hij overleefde die jaren op straat. Totdat het helemaal misliep, hij dat inzag en zich liep opnemen in een rusthuis in de Belgische Ardennen. Hij meldde zich daar lichamelijk en psychisch doodziek aan en bleef drie jaar onder behandeling. Pas daarna was hij sterk genoeg om weer een eigen leven op te bouwen. Eerst twee jaar op kamers bij een oude dame in Hoenderloo die hulp en gezelschap nodig had en de laatste drie jaar in ons dorp, in Lomme, waar hij blijkbaar toch een beetje zijn plekje vond. Al is hij jullie duidelijk nooit vergeten.'

Martin en Vivian wierpen elkaar een korte blik toe.

'En toch was het verkeerd,' mompelde Vivian. Weer veegde ze nerveus haar haren weg.

'Dat ontken ik niet,' zei Gemma. 'Het is altijd verkeerd als je de dingen waar het werkelijk om gaat in het leven uit het oog verliest. Maar het gebeurt gemakkelijk en ongemerkt. En voordat je het weet...' Ze zweeg een paar tellen en sloeg haar ogen neer. 'Ik begrijp nu waarom hij mij uitkoos. Ik wilde geen hulp van hem. Maar hij zag iets van herkenning. Iets waar hij wat aan wilde doen. Ik zou niet naar hem hebben geluisterd, dus deed hij het zo. Maar hij kon niet weten dat hij zo vroeg zou sterven. Ik begrijp dus toch niet...'

Ze praatte vooral in zichzelf.

'Was het zijn hart?' vroeg Martin. Hij schraapte zijn keel.

Gemma knikte.

'Hij had zijn eerste hartaanval vlak voor de begrafenis van onze moeder,' zei Martin. 'Ze wilden hem in het ziekenhuis niet laten gaan om bij de begrafenis te zijn, maar hij deed het toch. Ons maakte het niet uit. We waren zo kwaad. Wat ons betrof…'

Hij maakte de zin niet af, maar Gemma wist wel wat hij bedoelde.

'Dan denk ik dat hij het heeft geweten,' zei Gemma. 'Bram praatte nooit over zichzelf. Klaagde nooit. Maar ik denk dat hij het heeft geweten. Al die ellende, het ziek zijn…'

Het was een paar tellen stil. Gemma speelde met de brieven in haar hand en overhandigde ze toen aan Vivian en Martin.

'Alsjeblieft,' zei ze. 'Ik kan jullie niet dwingen om ze te lezen. Ik kan het alleen maar vragen. Als jullie het niet voor hem doen, doe het dan voor mij.'

Een paar tellen was het muisstil.

Toen vormde Martins mond weer dat schuine lachje. Hij keek even naar boven. 'Goed dan, jij wint,' mompelde hij. Hij pakte de envelop aan en vouwde hem open.

Vivian leek even te aarzelen en deed toen hetzelfde.

De andere drie wachtten rustig af, terwijl Papa Beer de kinderen weer terugbracht naar de tafel en een fluisterend bedankje van Lauren in ontvangst nam.

Vivian begon te huilen toen ze de brief las. Martin slikte moeizaam.

Toen ze klaar waren met lezen, keken ze elkaar aan.

'Ik weet het niet,' zei Martin. 'Ik weet niet wat ik ermee moet. Dat stuk van hem dat we missen… Ik weet het nog niet.'

Gemma deed haar voorstel zonder erover na te denken. 'Waarom gaan jullie niet met mij mee?' vroeg ze. 'Waarom gaan jullie niet met mij mee en volgen we de weg die jullie vader destijds is gegaan?'

Martin en Vivian keken haar vragend aan.

'We gaan naar Amsterdam, waar jullie vragen kunnen stellen aan Harry, de conciërge van het passantenhotel waar jullie vader de winters doorbracht, en aan Thérèsa, die hem probeerde te helpen. Daarna naar het rusthuis in Malmedy, waar Isabelle Selier jullie over jullie vader kan vertellen. En ten slotte nog naar Hoenderloo en Lomme.'

'Waarom zouden we dat doen?' vroeg Martin.

'Om de laatste vragen in te vullen en de gaten te dichten. Om het af te sluiten.'

'Dat gaat niet,' protesteerde Vivian meteen. Ze veegde haar tranen met een fel gebaar weg. 'Ik heb de kinderen en ik kan niet zomaar weg.'

'Ik let op de kinderen,' bracht Alfons er meteen tegen in.

'Je moet naar je werk.'

'Ik heb genoeg vrije dagen.'

'Maar ik…'

'Misschien moeten we dat maar doen, zusje,' zei Martin echter.

'Waarom?' Het klonk bijna smekend.

'Voor onszelf. Omdat het is zoals Alfons en Lauren beweren. Omdat het nooit werkelijk afgesloten was. Ik heb me vaak genoeg afgevraagd waar hij was, al gaf ik dat niet toe. Jij ook. Dat weet ik gewoon. En ik denk dat mama het zo zou willen. Want ze hield van hem.'

'Ik kan niet…' probeerde Vivian nog een keer.

'Natuurlijk wel. Twee daagjes. Hooguit drie.'

Vivian aarzelde nog. Ze tikte nerveus met haar vingers op het tafelblad, keek schichtig rond en richtte toen haar blik op Martin. 'Je laat me toch niet met rust als ik het niet doe.'

'Híj laat je niet met rust als je het niet doet. We zijn nu zover dat we hebben geaccepteerd dat hij niet dood was en toch nog het laatste woord had… Dan kunnen we net zo goed alle gaten opvullen en er een afgesloten geheel van maken.'

Lauren kneep haar vriend bemoedigend in de arm.

'Misschien kan ik dan verder,' mompelde hij. Hij wierp Lauren een korte blik toe.

Lauren glimlachte, een beetje aarzelend.

'Goed,' reageerde Gemma. 'Dat is dan afgesproken. Morgenvroeg meteen?'

'Ik kan zo snel niets regelen…' protesteerde Vivian weer. Ze friemelde onrustig met haar haren en bewoog nerveus.

'Alfons regelt de zaken thuis,' bracht Martin ertegen in. 'Ik heb ook afspraken staan en zal ook wat zaken moeten regelen. Maar dat moet dan maar. Gemma wil ongetwijfeld haar reis afsluiten en ook wij kunnen het net zo goed meteen doen, voordat we ons bedenken en de rest van ons leven stiekem vragen blijven stellen.'

Vivian keek schichtig om zich heen, maar Alfons pakte haar hand vast in een liefdevol gebaar, wat Gemma onwillekeurig verbaasde.

'Doe het nu maar,' zei hij.

'Ik vrees dat we morgen dan op een onmenselijk tijdstip uit ons bed moeten?' vroeg Martin aan Gemma. Hij toonde weer dat scheve lachje van hem.

Gemma knikte en glimlachte terug. 'Om acht uur vertrekken?'

'In vredesnaam dan maar,' verzuchtte Martin.

Lauren stompte hem vriendelijk. 'Stel je niet aan. Je overleeft het echt wel.'

'Zeg jij.'

'Ja, dat zeg ik.'

Toen Gemma later die avond in haar hotelbed lag, dacht ze na over het gesprek met de kinderen van Bram. Ze had geen idee waarom ze het voorstel had gedaan om Brams gangen nog een keer te volgen. Misschien was het wel een verlangen om ook voor zichzelf alles af te sluiten; het gevoel dat het iets was wat ze nog moest doen.

Ze had Tom die avond nog gebeld, vlak voordat ze naar bed was gegaan. Ze had hem uitgelegd dat haar thuiskomst nog even op zich liet wachten en waarom dat zo was. Tom had het niet alleen geaccepteerd. Hij had zelfs aangegeven dat hij het goed vond dat ze dat deed. Iets van bewondering had ze in zijn stem gehoord. En iets van afwachting.

Zelf werd ze nog steeds in beslag genomen door verwarring en het onvermogen om goed na te denken over de dingen die waren gebeurd en gezegd. Al voelde ze diep vanbinnen wel dat ze nooit meer de draad kon oppakken waar ze hem een paar dagen geleden had losgelaten, om gewoon op dezelfde voet verder te gaan. En dat beangstigde haar.

12

Om acht uur de volgende morgen zat Gemma met Vivian en Martin in de auto van Bram. Het was vreemd om met twee mensen op pad te gaan die ze nauwelijks kende, maar het voelde toch goed.

Vivian oogde gespannen. Haar lippen waren dusdanig stevig op elkaar geklemd dat het leek alsof ze iets vasthield. De zenuwtrek bij haar oog was nog sterker aanwezig dan de vorige avond en haar bewegingen waren krampachtig. Ze zei niet zoveel. Ze had Gemma alleen wat kortaf gegroet, toen ze stijfjes had plaatsgenomen in de auto van haar vader.

Martin was weer helemaal zichzelf geweest. Althans, die indruk had hij gewekt: hij oogde ontspannen en charmant. Gemma had geen idee of onder dat ongedwongen uiterlijk ook een gespannen persoon schuilging. Ze geloofde niet dat ze daar achter zou komen, maar het leek haar niet onmogelijk.

Ze vroeg zich ook af of de auto nog altijd naar Bram rook. Dat was niet meer zo, voor zover ze zelf kon beoordelen. Maar zij reed al een paar dagen rond in die auto en kon aan de geur gewend zijn geraakt. Voor de kinderen kon het anders zijn.

Geen van Brams kinderen zei er iets van en ze gingen op weg naar Amsterdam.

Onderweg werd er nauwelijks gepraat. Martin maakte een paar nietszeggende opmerkingen over het weer en het verkeer, maar Vivian staarde alleen door het raampje naar buiten en zei niets.

De rit verliep vlotjes en net als de vorige keer koos Gemma ervoor om de auto bij de Arena te parkeren en met de metro de weg te vervolgen.

Nog steeds werd er weinig gepraat, maar Gemma vond dat ook niet nodig. Ze vond de stilte op dat moment prettig. In haar hoofd gebeurde meer dan genoeg. Ze kon daar niet zo heel erg veel bij hebben.

Ze begeleidde Vivian en Martin eerst naar het Vondelpark, in de hoop Thérèsa daar te treffen. Thérèsa was een van de mensen die Bram had gekend na zijn leven in Harderwijk. Gemma wilde dat ze elkaar leerden kennen. Omdat Thérèsa Bram op zijn slechtst had gezien en omdat Bram in Thérèsa's hart een speciaal plekje had.

De weg naar het Vondelpark, naar de ingang die ze met Theo had genomen, was geen probleem. De weg naar het bewuste beeld, waarachter het team de vorige keer zijn werk deed, vond ze wat minder prettig. Ze wist niet zeker of er nu meer daklozen rondliepen dan de vorige keer, maar ze wist wel dat het haar nu meer opviel. Misschien omdat ze dit keer zonder Theo hier was. Ze zag oude, vermoeide gezichten en magere, geharde gezichten. Ze zag lichamen gehuld in lompen; sommige gebogen, andere provocerend. Maar ze probeerde er niet op te letten.

Ze merkte dat Vivian uitgesproken bang was. De vrouw probeerde zo veel mogelijk een positie te kiezen tussen Martin en Gemma in en staarde vrijwel doorlopend gespannen naar de grond.

Heel even was Gemma bang dat het team niet ter plekke zou zijn. Het was uiteindelijk een mobiel team. Maar toen ze het beeld bereikten, zag ze vrijwel meteen Thérèsa bij de sokkel staan, in gesprek met een meisje, wier magere lichaam verscholen ging onder een heel assortiment oude lompen. Ze had een grauw ingevallen gezicht, kringen onder de ogen, vettig haar; ze zag eruit alsof ze al jaren geen badkamer meer had gezien.

Terwijl ze met Thérèsa praatte, bewoog ze aan één stuk door. Haar voeten verplaatsten zich doorlopend en haar hele lichaam leek te deinen. Onwillekeurig keek Gemma of ze de dochter van Lotte in haar herkende. Maar dit meisje en de dochter van Lotte hadden niets gemeen.

Thérèsa zag Gemma, Martin en Vivian staan. Haar gezichtsuitdrukking veranderde van verbazing naar blijdschap en ze gaf met een teken aan dat ze heel even moesten wachten.

Ze sloot haar gesprek met het meisje zonder zichtbare haast af en liep naar Gemma. Haar mond had een zachte lach gevormd.

'De kinderen van Bram?' vroeg ze meteen.

Gemma knikte.

'Je hebt ze gevonden. Geweldig.'

Thérèsa bekeek Martin en Vivian met interesse. Vivian wist zich geen houding te geven, maar Martin glimlachte naar haar.

'We hebben het haar niet gemakkelijk gemaakt,' zei hij.

'Dat wil ik graag geloven. Aangezien ik Bram kende… Jullie vader.'

'Dat hoorden we van Gemma. Ze belde eergisteren bij mij en mijn zus aan om de brief van onze vader af te leveren en erop toe te zien dat we hem lazen. Maar we weigerden allebei. Dus schakelde Gemma de hulptroepen in: onze partners. Ze lokte ons in een hinderlaag en wist ons alsnog te strikken. En of dat niet genoeg was, stelde ze ook nog voor om de voetsporen van pa te volgen…'

'Wat jullie aannamen omdat er die gaten waren…' vulde Thérèsa aan.

Martins lach werd breder.

'Zo gaat dat,' zei Thérèsa. 'Soms gedragen we ons als kleine kinderen, die de handen voor de ogen houden en ervan uitgaan dat datgene wat ze niet zien, er ook niet is. Maar diep vanbinnen weten we beter. Gebeurtenissen in ons leven maken ons tot degenen die we zijn. We kunnen het ontkennen en doen alsof het niet bestaat, maar we weten wel beter. Uiteindelijk is er maar één manier om verder te kunnen: gebeurtenissen accepteren en proberen te begrijpen, zodat we weer vooruit kunnen.'

'Sommige dingen vallen niet te begrijpen,' zei Vivian nu.

Thérèsa keek haar onderzoekend aan. 'Misschien niet,' gaf ze toe. 'Maar dat weet je pas als je het hebt geprobeerd.'

Martin keek om zich heen. Zijn blik gleed over het beeld, de struiken en bomen en de mensen die daar rondliepen of in het gras zaten.

'Hier heeft hij dus een tijd doorgebracht?'

Thérèsa knikte. 'Toen ik hem de eerste keer zag, was hij er slecht aan toe. Hij zag het niet meer zitten. Ik weet niet precies waarom hij hierheen kwam, maar ik weet dat het zijn wens was om simpelweg op te houden met bestaan. Hij zei weleens dat hij naar zijn vrouw wilde gaan, maar hij kon zich niet tot zelfdoding aanzetten. Hij deed het niet. Uiteindelijk had God hem het leven gegeven en was God ook de Enige Die het mocht nemen, zei hij. Maar hij wilde net zo min leven. Vandaar zijn keuze om zich onder de daklozen, de anonieme mensen in de maatschappij te mengen, denk ik.

Hij had het niet gemakkelijk, die Bram. De mentaliteit op

straat is hard en hij was een eenvoudig man, zonder agressie. Hij was anders dan de anderen. Daarom dacht ik vaak aan hem, zelfs toen hij was verdwenen. Echt praten deed hij niet. Hij leefde erg op zichzelf, in zijn eigen wereld. Soms zag hij ook dingen die er niet waren, zoals de keer dat hij opeens soldaten zijn kant op zag komen. Hij was dan zo bang…' Thérèsa staarde voor zich uit.

'Maar soms waren er goede momenten… Dan zei hij ook niet zoveel, maar dan kwam hij naar mij toe en straalde hij die dankbaarheid uit… Ik probeerde hem vaak zover te krijgen dat hij zich liet helpen, maar hij wilde niet echt. Alleen van het passantenhotel maakte hij gebruik tijdens de winters. Dan hielp hij Harry. Maar voor de rest…' Ze zweeg en staarde weer een paar tellen recht voor zich uit.

'Ik vroeg hem weleens waarom hij geen hulp zocht, zodat hij zijn leven weer kon oppakken en verder kon. Hij was tenslotte niet verslaafd aan drugs of alcohol. Hij was in de war, maar niet ongeneeslijk… Dan antwoordde hij dat hij dat niet verdiende. Dan keek hij om zich heen, naar de andere daklozen. Vooral naar de jonge mensen. Dan zag ik dat het hem pijn deed. 'Ik verdien het niet,' zei hij dan, 'maar al die jonge mensen… Waarom?' Meer zei hij dan niet, maar ik hoorde de vraag die erachter school. Waarom zij? Waarom zo veel ellende en pijn? En onrechtvaardigheid? Ik kon hem geen antwoord geven op die vraag.'

'Had hij het weleens over ons?' wilde Martin weten.

'Nee. Hij praatte niet over zijn verleden.'

'Hij wilde het vergeten,' zei Vivian.

Thérèsa keek haar aan. 'Of schaamde hij zich?' vroeg ze zich hardop af.

Twee jongens verderop trokken haar aandacht. Ze gedroegen zich provocerend naar iedereen toe, maar hun blikken waren op haar gericht. Er waren meer hulpverleners aan het werk, maar zij bleven gefixeerd op Thérèsa.

'Ik moet weer aan het werk,' zei Thérèsa met een verontschuldigend gebaar.

Gemma en Martin knikten begrijpend en bedankten haar. Vivian maakte slechts een afwezige indruk.

Ook toen ze het park uit liepen, zei ze niets. Martin trouwens ook niet. Hij keek alleen om zich heen, alsof hij alles goed in zich wilde opnemen.

Vanuit het Vondelpark ging het drietal naar het passantenhotel. Gemma trof Harry dit keer buiten al aan, waar hij het kozijn van een raam schilderde. Er zat meer verf op zijn kleding dan op het kozijn, maar hij zou het ongetwijfeld ooit af krijgen, nam Gemma aan. Maar wanneer? Tijd speelde voor Harry allang geen rol meer.

Harry toonde zich verheugd toen hij Gemma zag. Meteen daarna viel zijn blik op Martin en Vivian.

'De koters?' vroeg hij.

Gemma glimlachte en knikte. Harry herinnerde zich haar bezoek. En Bram. De frisse lucht deed zijn geheugen blijkbaar goed. Hij zag er helder uit.

'Die Bram...'

'Hij was hier in de winter, nietwaar?' begon Martin.

'Die Bram... Ja, in de winter was hij hier. Verstandig van hem, want een manneke als Bram zou het op straat dan niet hebben volgehouden. Ik ook niet trouwens. We zijn niet van dat soort hout gemaakt, mannen als hij en ik. Daarom kwam hij in de winter naar het hotel. Dan huurde hij hier een kamer. Het is niet duur, weet je. En je hebt een dak boven je kop en warme maaltijden. Op zijn goede dagen hielp hij mij. Hij heeft jullie daarbij een keer genoemd.

We hadden een paar borreltjes genomen die keer... Bram lustte graag een borreltje. Hij was geen alcoholist, hoor, en het kwam zelden voor. Maar als je hem er eentje aanbood, weigerde hij het niet. En gelijk had-ie. Maar die ene keer had hij er meer op en toen noemde hij zijn vrouw en kinderen. Jullie dus. Het deed hem pijn, Bram de Klussenman, zoals we hem noemden. Het deed hem pijn dat hij jullie niet meer zag.'

'Waar praatten jullie dan over?' wilde Martin weten.

'Over het weer, over het werk dat gedaan moest worden en over borreltjes. En natuurlijk over de mensen die hier rondliepen. We waren net een stel oude roddeltantes, Bram en ik. Je kon wel met hem lachen, hoor, op zijn goede dagen. Hij zei nooit iets verkeerds over de mensen, maar hij had leuke uitspraken en grappige namen voor de mensen. Maar alleen op zijn goede dagen. Dat waren er niet zoveel. Op het laatst helemaal niet meer. Hij had problemen met zijn hart, geloof ik. Precies weet ik het niet, want hij praatte er niet over, maar je zag het aan hem. Hij zag er slecht uit, toen die laatste winter begon. Mager en grauw. Doodziek. En in de war was-ie ook. Met af en toe een helder moment. Het zal wel zo'n moment zijn geweest dat-ie naar België is vertrokken. Hij zei het wel, dat-ie naar dat rusthuis wilde gaan. Maar ik wist toen niet of hij het werkelijk had gedaan. Hij kon in die tijd het ene moment helder zijn en het volgende moment denken dat-ie Napoleon was of zoiets. En zijn gezondheid, hè...' Harry schudde zijn hoofd. 'Maar hij heeft het toch gedaan, die rakker.' Hij grijnsde.

'Ik denk dat hij nu daarboven vanuit de hemel op ons neerkijkt.' Harry keek even naar boven, alsof hij Bram werkelijk verwachtte te zien.

'Bedankt,' zei Vivian onverwacht.

Harry keek haar vragend aan, maar ze verklaarde haar opmerking niet. Ze richtte haar blik gespannen op Gemma. 'Zullen we verdergaan? Ik kan niet zo goed tegen de drukte hier.'

Gemma knikte. Ze keek naar Martin, die aangaf dat het wat hem betrof ook prima was.

Voordat ze vertrokken keek Martin nog een keer om zich heen, zoals hij dat ook in het Vondelpark had gedaan. Alsof hij nog één keer de omgeving in zich op wilde nemen.

Daarna gingen ze terug naar de Arena en namen plaats in de auto om richting België te rijden.

13

Gemma reed regelrecht naar het imposante Maison de Repos des Hautes Fagnes. Ze hoopte dat Isabelle beschikbaar was, aangezien ze zonder afspraak kwam binnenvallen. Maar de eerste keer had ze ook impulsief aan de poort gestaan en ook toen had Isabelle haar vriendelijk te woord gestaan.

'Het lijkt wel een landhuis,' mompelde Vivian.

Martin zei niets. Hij bekeek alleen de omgeving, zoals hij in Amsterdam om zich heen had gekeken.

Gemma drukte de bel in en een vriendelijke stem vroeg wie ze was.

Gemma noemde haar naam en gaf aan dat ze graag Isabelle nog een keer wilde spreken over Bram Hogedijk. Het duurde slechts een paar seconden totdat de poort openschoof.

Nadat Gemma de auto had geparkeerd, kwam Isabelle haar al bij de entree tegemoet.

'Gemma! Ik had niet verwacht je zo snel terug te zien,' begon ze. Ze keek naar Vivian en Martin en glimlachte. 'Ik zie dat het je gelukt is.'

Gemma knikte.

'Kom binnen, alsjeblieft... allemaal. Geweldig om u te ontmoeten.'

Ze opende de voordeur wat verder en liet het drietal binnen. Met een bevallig gebaar wees ze een zithoek aan waar ze konden plaatsnemen en ze vertrok zelf naar de keuken om koffie te halen.

'Geweldig om u te ontmoeten,' herhaalde ze nog een keer toen ze zich weer bij hen had gevoegd. Ze had een sierlijk koffiekannetje en kopjes op het tafeltje gezet, naast een schaaltje Belgische bonbons.

Ze wees even op de bonbons. 'Hij hield hiervan,' zei ze met een klein lachje. 'Phelin hield van Belgische bonbons.'

'Phelin?' vroeg Martin.

Isabelle glimlachte opnieuw. 'Uw vader, Bram, heette hier Phelin. Naar Orphelin. Weeskind. Zijn eigen keuze. Ik denk omdat hij alleen in het leven stond, omdat alle banden waren verbroken.'

'Phelin.' Martin herhaalde de naam, alsof hij hem proefde.

'Het was zijn eigen schuld,' zei Vivian. Het klonk vrij heftig en het leek alsof ze daar zelf van schrok.

Isabelle liet weer dat minzame lachje zien. 'Ik geloof niet dat Phelin, jullie vader, dat ooit anders heeft gezien. Het was een soort boetedoening, dacht ik weleens. Ik wist toen natuurlijk nog niets van jullie bestaan, maar ik had wel begrepen dat hij met een schuldgevoel kampte. Daarom dacht ik dat het een soort boetedoening was: de manier waarop hij leefde. Toen hij binnenkwam was hij doodziek, lichamelijk en psychisch. We namen hem natuurlijk meteen op toen hij daar ellendig in elkaar gedoken aan de poort stond, maar hij wilde meteen weer vertrekken. Hij noemde het een vergissing en beweerde dat hij het niet verdiende. Ik zou graag beweren dat het ons lukte om hem te overtuigen, maar zo was het niet helemaal. Hij wilde weglopen, maar zakte in elkaar. Bewusteloos. We hebben hem naar binnen gebracht en verzorgd. Hij leed aan een onduidelijke virusinfectie en hij was sterk vermagerd. Daarnaast had hij hartklachten. Het leek er een tijd op dat hij het niet zou halen, maar op de een of andere manier kwam hij er toch weer bovenop. Ik denk dat het ook zo bedoeld was.

Het duurde echter lang voordat hij weer sterk genoeg was om het bed te verlaten, en tegen die tijd was hij psychisch ook een beetje tot rust gekomen. Hij bleek geweldig goed naar andere mensen te kunnen luisteren en daarmee kreeg zijn leven wellicht weer een beetje zin.

Hij herstelde langzaam maar zeker, had altijd een luisterend oor voor andere patiënten en hielp met het verrichten van kleine klusjes. Het eerste jaar had hij zonder meer nog momenten waarin het psychisch even niet ging, maar de goede dagen kwamen steeds frequenter en duurden langer. Totdat hij op een bepaald moment daadwerkelijk was genezen.

En zelfs toen duurde het nog even voordat hij de stap durfde te nemen om terug te gaan naar het echte leven. Maar uiteindelijk ging hij toch, richting Veluwe, begreep ik. Het deed me goed te horen dat hij nog een paar mooie jaren heeft gehad. Zijn hart haperde ook na zijn genezing nog af en toe, weet u. De jaren op straat hebben hem zeker geen goed gedaan. Maar hij heeft toch nog een tijd kunnen genieten. Dat is fijn.'

'In ons dorp was niemand op de hoogte van zijn hartproblemen,' zei Gemma.

'Phelin klaagde nooit. Ik denk dat hij het niet belangrijk vond.'

Gemma dacht aan de brief die voor haar en de kinderen in de caravan klaar had gelegen en ze besefte dat Bram steeds had geweten dat zijn tijd beperkt was. Ze had geen moment bij die mogelijkheid stilgestaan. Hij had zo gezond geleken.

'Ik neem aan dat hij het nooit over zijn verleden had?' zei Martin.

'Niet met mij en niet met de andere bewoners, voor zover ik weet. De psycholoog die hem destijds behandelde weet ongetwijfeld wel wat er is gebeurd, maar ik betwijfel of dat voor jullie toegevoegde waarde heeft.'

'Waarschijnlijk niet,' gaf Martin toe.

Isabelle schonk koffie in voor iedereen.

'Blijven jullie een nacht in Malmedy?' wilde ze weten.

'Nou... Misschien is dat een goed idee,' reageerde Gemma een beetje twijfelend. Ze keek naar Vivian en Martin.

Martin knikte. Vivian staarde nog wat star voor zich uit.

'Ik denk het wel,' zei Gemma.

'Mooi. Maak een mooie autotocht voordat het donker wordt. Geniet van de omgeving. Phelin deed dat ook. Toen het beter met hem ging, hield hij mijn personeel gezelschap als ze bijvoorbeeld naar Malmedy gingen. Hij vond het heerlijk om de omgeving te bewonderen. Hij wandelde tijdens zijn laatste maanden hier ook erg veel. Bram hield van de natuur.'

'Dat is nieuw,' zei Martin met een klein lachje. 'Ik ken hem alleen als zakenman, altijd druk in de weer.'

'Misschien was dat wel het punt,' zei Isabelle. 'Soms moet iemand afdalen tot een ongekende diepte om te ontdekken dat de zaken die er werkelijk toe doen, binnen handbereik zijn. Een momentje.'

Ze stond op, liep naar de balie in de hal, pakte een kleine map en kwam weer terug, om hem Martin te overhandigen.

Martin opende hem wat verbaasd en keek naar de plattegrond die de map bevatte.

'Voor als u de omgeving wilt bekijken,' verduidelijkte Isabelle. Ze nam een slokje koffie. 'Uw vader hield van de Ardennen en van Malmedy.'

Ze vertelde nog een paar anekdotes over Phelin en andere bewoners terwijl ze de koffie opdronken en een klein uurtje later verlieten Gemma, Martin en Vivian het rusthuis weer.

'Aangename plek,' meende Martin.

Gemma knikte. Ze was het volkomen met Martin eens. Het Maison en zelfs Isabelle straalden een serene rust uit, die zelfs haar goed deed.

Ze stapten in de auto, maar Gemma wachtte even voordat ze startte. Ze twijfelde en keek naar Martin.

'Misschien moeten we dat maar doen,' zei Martin, zonder dat ze haar vraag had gesteld. 'Misschien moeten we maar door de omgeving rijden.'

'Het is al laat en we weten de weg hier niet...' protesteerde Vivian zwak.

Maar Martin wuifde haar bezwaar wat lacherig weg. 'We hebben een goede kaart en we gaan geen enorme omweg maken. We bekijken alleen de omgeving een klein beetje.'

Vivian was het er niet mee eens, maar haar protest was geluidloos.

Gemma startte de auto en volgde de kleine wegen op Martins aanwijzingen. Slechts een klein deel van de route werd in beslag genomen door de wegen waarover ze waren gekomen, Route Malmedy en Rue de Chefosse. Maar al snel namen ze een smallere weg, Cheneux, reden voorbij de camping De l'Eau Rouge, volgden de Rivage tot aan de bekende Route de Spa, onder de snelweg door, via de Avenue du Pont de Warche richting Malmedy. Er was weinig verkeer, waardoor Gemma de mogelijkheid zag om zich heen te kijken.

De natuur was hier werkelijk adembenemend, vond ze. Natuurlijk had ze er eerder het een en ander van opgevangen, maar het was niet tot haar doorgedrongen zoals het dat nu deed. Martin zei niet veel, maar keek om zich heen zoals hij steeds had gedaan. Alsof hij alles in zich op wilde nemen.

Gemma kon niet zien wat Vivian deed, maar ze vermoedde dat ook zij toch iets van de omgeving zag. En wellicht ook onder de indruk was.

Zonder te twijfelen reed Gemma meteen door naar Hotel L'Esprit-Sain. Ze had daar tenslotte eerder de nacht doorgebracht en dat was haar goed bevallen.

Ze trof dezelfde brunette aan bij de balie toen ze het hotel met Martin en Vivian binnenliep en ze kon twee kamers boeken. Martin zou zijn eigen domein hebben en zij zou de kamer met Vivian delen. Ze hadden het geluk dat de toeristen de kleine stad nog niet volledig hadden overgenomen.

Ze had ondanks de lange weg die ze hadden afgelegd nog niet echt veel met Vivian gepraat. Meer dan een nietszeggende conversatie met Martin had ze ook nog niet gevoerd, maar Martin leek vooral in beslag genomen door de gesprekken en de plaatsen waar ze kwamen. Bij hem was het een ontspannen zwijgen. Vivian daarentegen wekte een nerveuze, stramme indruk. Het kwam een beetje op Gemma over alsof de vrouw zich volledig had afgesloten. Ze leek in zichzelf gekeerd, terwijl haar handen doorlopend onrustig ergens mee bezig waren. Ze plukten pluisjes van haar trui, wreven door haar haren of friemelden gewoon een beetje in elkaar. Slechts af en toe kwam er een reactie van haar en die klonk altijd min of meer paniekerig, ongeacht wat ze zei.

Maar Gemma had besloten haar met rust te laten, haar niets op te leggen en haar gewoon de tijd te geven. Ze kon zich voorstellen dat er veel in haar hoofd gebeurde. Ze hoefde alleen maar naar zichzelf te kijken om dat te begrijpen, en zij was niet eens een dochter van Bram.

Ze namen hun intrek in de aangewezen kamers en gingen daarna met z'n allen naar het restaurant om een gezamenlijke maaltijd te gebruiken.

Ze hadden hun bestelling gedaan en een glaasje wijn genomen, toen Martin begon te praten.

'Morgen komt deel twee van de ongelooflijke reis van mijn vader,' zei hij. Hij glimlachte een beetje. 'Je zou zo een boek kunnen schrijven onder die titel.'

'Hij heeft inderdaad een hele weg afgelegd,' vond Gemma. 'Zowel letterlijk als figuurlijk.'

'Wat hield hem in leven, denk je?' vroeg Martin.

'Zijn geloof,' zei Gemma zonder aarzeling.

Martin dacht daar even over na en knikte. 'Ja... Daar heb je, denk ik, gelijk in.'

'Ik denk zelfs dat hij met een reden in Lomme terecht is gekomen,' ging Gemma verder. 'Ik begreep er eerst niets van. Niets van zijn komst in uitgerekend ons dorp en niets van de opdracht die hij uitgerekend mij had gegeven. Maar nu geloof ik dat het een en ander duidelijk wordt. Ik denk dat het de bedoeling van God was dat zijn weg naar Lomme leidde en dat hij mij leerde kennen en me die opdracht gaf. We weten nu dat hij al lang hartproblemen had en dat hij erg ziek was. Maar hij had blijkbaar nog een opdracht te vervullen en dat heeft hij gedaan met die brief aan mij.'

'Waarom precies jou?' wilde Martin weten.

'Omdat ik dezelfde fouten dreig te maken als hij.'

'Ten opzichte van je gezin?'

Gemma knikte.

'En nu?'

Gemma aarzelde. 'Eerlijk gezegd weet ik het niet meer. Het leek allemaal zo eenvoudig. Ik bouwde dat restaurant op tot een goedlopend bedrijf, waar ik goed verdiende en waar ik alles in kwijt kon van mijzelf. Ik hield – en houd nog steeds – van dat restaurant en van mijn werk. Het liep zelfs zo goed dat ik een tweede bedrijf kon opzetten in een nabijgelegen dorp, en het was voor mij niet meer dan vanzelfsprekend om dat aanbod aan te nemen.

Dat mijn man problemen had met het feit dat ik veel weg was, legde ik naast mij neer. De beperkte tijd die ik nog maar voor mijn meisjes had, ook. Want ik deed het toch goed? Ik werkte toch hard voor mijn gezin en leidde een eerlijk leven? En toen stierf papa. Ik hield van hem en had het er moeilijk mee. Mijn moeder ook. Haar band met mijn vader was enorm sterk. Maar ik had geen tijd om er lang bij stil te staan. Ik had mijn werk. En hard werken betekent ook dat je niet te veel nadenkt. Misschien kiezen we daar in bepaalde situaties dan onbewust voor. Natuurlijk ging ik geregeld naar mijn moeder en probeerde ik te luisteren naar haar verhalen, maar ik had nooit erg veel tijd. Bovendien vond ik dat ze te veel in het verleden bleef hangen, met haar verhalen over papa en het doorbladeren van de albums. We moeten tenslotte verder, nietwaar?' Ze keek Martin en Vivian aan. Vivian keek niet naar Gemma, maar rommelde een beetje met haar glas. Gemma wist echter zeker dat ze luisterde.

'Maar Bram was er voor mijn moeder. Hij had alle tijd van de wereld. Hij luisterde naar haar, bekeek foto's met haar, bad met haar en bezocht zelfs regelmatig met haar het graf van papa.

En dat niet alleen. Hij was er ook voor mijn dochters, als ze weer hun kinderproblemen hadden, mijn man aan het werk was en ik geen tijd had. Ze waren gek op Bram en ik vrees dat ik daarom moeite had met hem. Zonder daarop uit te zijn, wees hij mij op mijn tekortkomingen. Zo voelde het in ieder geval. En daar was ik nijdig om. Want ik wilde erin blijven geloven dat ik het allemaal goed deed. Willen we dat niet allemaal?' Ze zweeg even en nam een klein slokje wijn.

'Maar na zijn dood kreeg ik een woordenwisseling met mijn man Tom. Tom gaf aan dat hij niet meer verder wilde op deze manier. Ik was kwaad op hem. Temeer omdat hij dan ook nog onze dochters bij zich wilde houden. Begreep hij dan niets, vroeg ik mij af. Maar nu...' Ze aarzelde weer.

'Nu begrijp ik het beter. Ik begrijp waar het fout ging, maar ik heb geen idee hoe ik verder moet. Ik wil het restaurant en mijn werk niet opgeven. Maar ik wil Tom en de kinderen ook niet opgeven. Ik vrees dat ik vooral verwarring voel. Maar dat is waarschijnlijk de bedoeling. En het zou mij niet verbazen als die verwarring bij jullie nog groter is dan bij mij. Want dat is een minstens even belangrijke reden dat hij naar Lomme kwam: om in het reine te komen met zijn eigen kinderen via mij.'

Een ober bracht het eten en het bleef een tijd stil aan tafel.

'Ik had geen idee dat het hem zo beroerd ging,' zei Martin toen. Hij keek voor zich uit. 'Ik had het idee dat hij gewoon was vertrokken uit Harderwijk en met het geld uit het bedrijf een nieuw leven had opgebouwd met een andere vrouw en misschien zelfs andere kinderen. Dat hij gewoon verder was gegaan.'

'Hij is verdergegaan. Maar niet op die manier.'

'Nee, niet op die manier.'

Hij keek peinzend voor zich uit. 'Ik dacht destijds dat mijn moeder niet zo belangrijk voor hem was. Niet zo belangrijk als zijn werk.'

'Soms besef je pas het belang van mensen om je heen als ze wegvallen,' zei Gemma. Ze dacht aan Tom.

Martin knikte langzaam en scheen weer even weg te zinken in zijn eigen gedachtewereld.

Vivian zei niets. Ze bleef in zichzelf opgesloten en concentreerde zich alleen op haar eten.

Na de maaltijd namen ze nog koffie en bleven ze een poosje zitten.

'Een leuke vriendin heb je,' zei Gemma tegen Martin. Ze mocht de jonge vrouw werkelijk.

Martin knikte met een klein lachje. 'Pittige meid. Ik neem aan dat ik dat ook nodig heb.'

'Is dat zo?'

'Ja. Ze is biologe, weet je.'

'Mooi beroep. Ik had haar al intelligent ingeschat.'

'Dat is ze. Mooi, intelligent en met een goed karakter. Voldoende pit om met een man als ik overweg te kunnen...' Zijn vingers gleden over de bovenrand van zijn koffiekop. 'Ik weet niet of ik het belang van haar pas inzie als ze wegvalt. Ik denk dat ik dat nu al inzie. Misschien vanwege het risico dat ze wegvalt.'

'Is dat risico er dan?'

'Misschien... Ze wil een toekomst, vastigheid. Ze zegt het niet met zoveel woorden, maar ik weet dat het zo is. En dan doel ik dus op onze relatie. Ik had haar al lang ten huwelijk kunnen vragen, maar ik heb het nog niet gedaan.'

'Waarom niet? Ik heb het idee dat je wel van haar houdt.'

'Angst? Onzekerheid? Ik weet het niet precies. Ik stel het steeds uit. Tegelijkertijd ben ik bang haar te verliezen.'

'Misschien is het dat wel. Je hebt je moeder verloren. Je hebt je vader min of meer verloren.'

'Misschien. Misschien is het ook de angst om teleur te stellen, zoals mijn vader bij mijn moeder en bij ons heeft gedaan.'

'Misschien wel. Maar ik denk dat je risico's moet nemen in je leven. Van iemand houden houdt altijd automatisch een risico in. Omdat je je daarmee kwetsbaar opstelt. Bij het aangaan van een levenslange verbinding is dat risico alleen nog maar groter. Maar geen risico nemen betekent ook afzien van een waardevolle ervaring, van een waardevolle band.'

Martin knikte. 'Ik geloof dat ik mij daar redelijk bewust van ben.' Hij richtte zijn aandacht op Vivian. 'Je zegt maar weinig, zus.'

Vivian haalde wat stijfjes haar schouders op.

'Je bent altijd erg boos op hem geweest,' ging Martin verder.

'Wie zegt dat ik dat nu niet meer ben?'

'Ik neem aan dat die boosheid niet opeens weg is. Zelf heb ik ook nog dat wrevelige gevoel vanbinnen, maar ook een stuk... verwarring, denk ik.'

'Het is zoals het is. Hij begroef zich destijds in zijn werk en liet mama en ons aan ons lot over, zelfs toen mama zo ziek werd.'

'Ze wilde niet dat hij thuisbleef,' noemde Martin.

Gemma keek hem vragend aan.

Hij liet dat scheve lachje weer zien en haalde zijn schouders op. 'Ze vond het onnodig. Haar ziekte kon jaren in beslag nemen en ze wist hoe belangrijk het bedrijf voor hem was. Bovendien merkte ze weleens lacherig op dat ze gek van hem zou worden als hij de hele dag om haar heen hing.'

'Ze had hem bij zich willen hebben toen het opeens slechter met haar ging,' bracht Vivian hem kribbig in herinnering.

'Toen wel. Omdat ze wist dat ze niet meer zo veel tijd had,' zei Martin.

'Maar hij kwam niet.'

'Hij was niet te bereiken. Wetend dat zijn vrouw een ernstige ziekte had, had hij daar nauwkeuriger mee moeten omspringen; ervoor moeten zorgen dat we hem op een andere manier konden bereiken. Dat heeft hij niet gedaan. Dat is ook een van de dingen die wij hem misschien nog het meest kwalijk namen. Maar onze woede was waarschijnlijk nog niet half zo erg als zijn woede tegenover zichzelf.'

'Achteraf gezeur,' vond Vivian.

'Klopt. Hij zou het zelf ook zo omschrijven. Ik weet niet wat hij jou schreef in die brief, maar ik weet dat hij het in mijn brief nog noemde. Naast dat fonds... Hij schreef dat hij zelf niet begrijpt waarom hij niets heeft ondernomen destijds.'

'Misschien omdat hij er niet aan wilde denken dat het mis kon gaan,' zei Gemma.

'Belachelijk,' vond Vivian. 'Hij wist dat ze ernstig ziek was.'

'Ja. Maar soms sluiten we liever onze ogen. Wat we niet zien, is er niet. Ontkenning is een manier om dat te doen.'

Gemma dacht weer aan zichzelf. Aan de manier waarop ze tegenover zichzelf had ontkend dat haar misnoegen tegenover Bram veroorzaakt werd door haar eigen schuldgevoel. En hoe ze had ontkend dat er problemen waren ontstaan in haar huwelijk.

Martin keek door het raam naar buiten. 'Misschien kom ik over een tijd hier terug,' zei hij. 'Met Lauren.'

Gemma keek hem onderzoekend aan.

Hij haalde weer zijn schouders op en lachte zijn scheve lachje. 'Voelen wat hij heeft gevoeld. Toen hij weer in het leven stapte.'

Gemma knikte. Ze dacht dat ze het wel begreep.

Ze gingen die avond redelijk vroeg naar bed. Het was een zware dag geweest, waarin ze veel indrukken hadden opgedaan en veel informatie te verwerken hadden gekregen. Ieder van hen was aan rust toe.

Vivian sliep bij Gemma op de kamer. Ze maakte nog steeds die in zichzelf gekeerde indruk, maar toen ze eenmaal in bed lagen en in de veiligheid van het schemerdonker waren gehuld, begon ze toch te praten.

'Is het gemeen van ons?' vroeg ze.

'Jullie woede ten opzichte van jullie vader?'

'Onze woede. Het feit dat we de deur naar ons hart voor hem sloten.'

'Het is begrijpelijk,' vond Gemma.

'Misschien…'

'Jullie voelden je in de steek gelaten door jullie vader. Al veel eerder. En toen jullie moeder ziek werd, groeide dat gevoel. Omdat jullie als tieners werden geconfronteerd met ziekte en de dood en jullie vader er niet voor jullie was. Dat moet heel erg moeilijk zijn geweest.'

'Ik was boos op mama als ze het voor hem opnam als we er

iets over zeiden.'

'Natuurlijk. Omdat je het niet begreep.'

'Zou zij het hebben begrepen? Dat het te maken had met de dood van die broer?'

'Ze heeft ongetwijfeld geweten dat het een grote rol speelde.'

'Maar hij had toch hulp kunnen zoeken?'

'Ja, dat had hij kunnen doen.'

Het was een tijdje stil.

'Deze hele trip… Ik wou dat ik er niet aan was begonnen,' zei Vivian. Ze bewoog onrustig in haar bed.

'Waarom niet?' wilde Gemma weten.

'Wat heeft het voor nut? Hij is dood.'

'Misschien doe je het niet alleen voor hem.'

'Ik doe het zeker niet voor mij. Het voelt absoluut niet prettig. Martin en ik hadden besloten ieder contact te verbreken en papa verdween. Wij hadden ons leven en alles ging zijn gangetje, totdat jij opdook met die brief. We waren beter af geweest als we die brieven nooit hadden gekregen.'

'Is dat werkelijk zo?' vroeg Gemma. 'Ik begrijp je wel, maar ik vraag mij af of alles met betrekking tot je vader werkelijk een afgesloten hoofdstuk was.'

'Ja, dat was het.' Het antwoord kwam te snel en te schel.

'Ik denk het niet,' zei Gemma. 'Ik denk dat de brief weinig bij je had opgeroepen als dat werkelijk zo was geweest. Ik denk dat er nog te veel vragen waren, maar dat het nadenken daarover weer nieuwe vragen opriep, die je niet kon beantwoorden en die je misschien een onbehaaglijk gevoel gaven. Daarom wilde je er niets meer mee te maken hebben. Maar daarmee los je niets op. Want het blijft ergens diep vanbinnen aanwezig en het vreet aan je. Daarom is het belangrijk om het te begrijpen en het een plaats te geven.'

'Alsof ik papa ooit zou willen begrijpen.'

'Misschien niet, misschien wel. Maar dat is een beslissing die je later kunt nemen.'

'Ik wou dat hij die brieven nooit had geschreven…'

'Dat heb ik de laatste dagen ook meer dan eens gedacht. Vooral omdat ik degene was die eropuit moest om jullie te vinden en daarmee met een heleboel zaken werd geconfronteerd die ik eigenlijk liever ontweek. Omdat ik dacht dat het goed ging zoals het ging. Nu weet ik dat het niet zo was. Misschien wist ik dat ook voorheen, maar ik koos ervoor om het te negeren. Maar dat kan ik nu niet meer. Wat ik dan wel moet doen… Ik heb geen idee.'

Gemma staarde voor zich uit. Het was een beangstigend idee dat ze niet meer terug kon naar het leven van vroeger. En opeens zag ze op tegen het einde van haar reis. Want nu was er natuurlijk de verwarring, maar ze hoefde nog niets te ondernemen. Maar eenmaal thuis werd het onvermijdelijk dat ze beslissingen nam. Daarop voelde ze zich nog helemaal niet voldoende voorbereid.

'Alsof hij vroeger nog niet genoeg problemen veroorzaakte,' mompelde Vivian. Bijna alsof ze ook de gedachtegang van Gemma had gevolgd.

'En alsof dat fonds daar iets aan verandert.'

Ze zweeg een paar tellen. 'Hij heeft geld in een fonds vastgezet voor mij en voor Martin. Hij heeft destijds veel geld verdiend bij de verkoop van zijn bedrijf en slechts een deel daarvan opgemaakt. De rest heeft hij in een fonds vastgezet. We kunnen daar altijd aan komen, Martin en ik. Dacht hij werkelijk dat hij ons om kon kopen?'

'Misschien wilde hij jullie niet omkopen, maar vond hij gewoon dat jullie daar recht op hadden.'

'Jij bent zijn erfgename volgens de papieren. Jij hebt daar recht op. Maar jij krijgt alleen die oude caravan en die rammelauto. Dat klopt toch niet? Dat geeft toch een gevoel van onrechtvaardigheid? Vooral omdat hij nogal wat van je verlangde…'

Gemma dacht daar even over na en schudde toen haar hoofd. 'Nee, dat is geen onrechtvaardigheid. Ik denk dat ik mij bijzonder ongemakkelijk had gevoeld als hij mij dat geld had nagelaten. Dat zou voor mijn gevoel onrechtvaardig zijn geweest omdat hij kinderen had. Dat zou bij mij een bittere smaak in de mond hebben veroorzaakt.'

'Maar het gaat om een behoorlijk bedrag…'

'Ik heb het niet nodig.'

Het was een paar tellen stil. 'Ik ook niet,' besloot Vivian. 'Ik wil zijn geld niet.'

Gemma hoorde hoe Vivian zich omdraaide in bed, blijkbaar met de bedoeling te slapen.

Maar dat het nog lang duurde voordat haar dat werkelijk lukte, kon Gemma horen aan de onrustige bewegingen in het bed naast haar. Vooral omdat ze zelf de slaap ook niet kon vatten.

14

Gemma was vroeg wakker de volgende dag. Het was pas half-zeven toen ze haar ogen opende en weer even samenkneep vanwege het binnenvallende licht. Vivian had het gordijn wat aan de kant geschoven en stond in haar nachthemd bij het raam.

Gemma kwam overeind en Vivian keek geschrokken om.

'Sorry, ik wilde je niet wakker maken.'

'Geen probleem. Ik ben altijd vroeg wakker. Bovendien hebben we nog een lange dag voor de boeg.'

Vivian glimlachte wat nerveus. 'Ik geloof niet dat Martin al wakker is. Martin is nooit erg vroeg.'

'Misschien moeten we daar dan maar eens verandering in brengen,' zei Gemma met een klein lachje. 'Dan kunnen we op ons gemak ontbijten en op weg gaan. Het is ruim drie uur rijden naar Hoenderloo.'

'En ik wil graag vanavond weer thuis zijn,' zei Vivian. De zenuwtrek bij haar oog was weer zichtbaar.

Gemma knikte alleen maar. Ze stond op, pakte haar kleding en ging zich douchen. Terwijl ze onder de douche stond, hoorde ze Vivian in de kamer op en neer lopen. Tussendoor liep ze even de kamer uit, hoorde Gemma, maar alleen om daarna haar route binnen de kamer weer te hervatten. Het maakte Gemma nerveus, zodat ze haar douche afbrak zonder de tijd ervoor te nemen, en ruimte maakte voor Vivian.

'Ik heb Martin net al gewaarschuwd,' zei Vivian haastig. Ze ging de badkamer in en had verbazingwekkend weinig tijd nodig voor haar douche. Slechts enkele minuten later was ze klaar voor het ontbijt.

De vrouwen begaven zich naar de ontbijtzaal, waar ze als eersten aanwezig waren. Martin voegde zich pas tien minuten later bij hen, met de slaapvouwen nog in zijn gezicht en de haren verward.

Hij gaapte uitgebreid terwijl hij ging zitten. 'Wat een onmenselijke tijd,' mompelde hij.

'Hele volksstammen staan op dit tijdstip op,' maakte Vivian duidelijk. 'Zelfs vroeger dan dat.'

'Ben ik blij dat ik niet tot die volksstammen behoor,' gromde

Martin. Hij stond op om koffie te halen. Het zou nog even duren voordat hij zich ertoe kon zetten om iets te eten.

'Dat heb je met dat freelancegedoe,' zei Vivian ontstemd toen ze als eerste klaar was met het ontbijt en onrustig op haar stoel schoof. 'Geen regelmaat.'

'Heerlijk,' vond Martin.

'Waardeloos,' vond Vivian. Ze schoof nog wat onrustig heen en weer en haar ogen tastten nerveus de omgeving af, alsof ze iets zocht.

'Ontspan,' maande Martin. 'Een kwartier eerder of later maakt niet uit.'

'Jij hebt gemakkelijk praten. Jij hebt geen kinderen, geen verantwoordelijkheid.'

'Ik heb mijn werk.'

'Freelance.' Het klonk wat spottend. 'Dat is geen echte verantwoordelijkheid.'

'Ik verdien er aardig mijn brood mee.'

'Verbazingwekkend genoeg wel.'

'Dus…'

'Het is niet hetzelfde als een huishouden met kinderen.'

'Alfons zorgt voor de kinderen en ik weet zeker dat je huishouden op rolletjes loopt als je er niet bent. Hij is daar ongetwijfeld goed in.'

'Je klinkt spottend.'

'Ik bedoel het niet zo. Nou ja, een beetje misschien. Maar niet echt gemeen. Misschien is het wel jaloezie.' Hij grijnsde.

'Alfons heeft zijn werk. Hij kan niet zomaar een paar dagen wegblijven, zoals jij.'

'Hij heeft genoeg vrije dagen. Dus kan hij dat makkelijk.'

'Je snapt er niets van.'

'Misschien niet, zus.' Hij grijnsde weer. Het leek erop dat hij haar een beetje plaagde, maar Vivian kon het niet waarderen. Ze keek hem wat nijdig aan terwijl hij nog een broodje pakte, maar hij scheen het niet eens te merken.

Gemma was blij dat Martin de tijd nam voor zijn ontbijt. Dat gaf haar de gelegenheid om op haar gemak verder te eten, zonder daarbij door schuldgevoelens overheerst te worden. Zij had minder haast dan Vivian. Misschien omdat ze een klein beetje opzag tegen haar thuiskomst.

Al zou ze dat niet willen zeggen en al schaamde ze zich daarvoor. Temeer omdat thuis haar dochters wachtten.

Om halfnegen zaten ze in de kleine auto van Bram en verlieten ze het schilderachtige Malmedy.

De weg die voor hen lag was lang en het kostte Gemma meer moeite dan voorheen om zich te concentreren. Haar gedachten dwaalden doorlopend af naar alle gesprekken die ze de laatste dagen had gevoerd en naar de indrukken die ze had opgedaan. Het maakte haar onrustig.

Vivian was in een nerveus stilzwijgen vervallen, maar Martin ging een gesprek aan over België, en de Ardennen in het bijzonder, over de toeristen en over een familielid dat ooit een caravan op een Belgische camping had staan, die hij tijdens een overstroming was kwijtgeraakt aan de rivier.

Gemma vond het prettig dat hij praatte. Ze vond het vooral prettig dat hij daarbij gevoelige onderwerpen terzijde liet. Martin zorgde voor dat kleine beetje ontspanning in de sfeer dat ze zo hard nodig had. Al wist ze vrijwel zeker dat er ook heel wat in zijn hoofd omging.

Onderweg stopten ze nog een keer om koffie te drinken bij een wegrestaurant. Het was een voorstel van Martin waar ze blij mee was, omdat ze het zelf niet had durven doen. Alleen al omdat ze wist dat Vivian geen tijd verloren wilde laten gaan. Maar nu was Vivians nijdige blik bij het voorstel gelukkig niet voor haar bestemd geweest en Martin trok er zich niets van aan.

De pauze die ze namen was kort, maar evengoed aangenaam. Daarna vervolgden ze hun weg tot in het beboste gebied van de Veluwe.

Gemma reed rechtstreeks door naar de woning van Elisabeth Werding-Lottenheim op de Delenseweg in Hoenderloo. Ze hoopte dat de vrouw aanwezig was. Ze had het gevoel dat Vivian een zenuwtoeval zou krijgen als ze hier zouden moeten wachten.

Ze parkeerde de auto voor het huis, stapte uit en liep naar de voordeur, gevolgd door Martin en Vivian.

Ze belde aan en wachtte een tijd. In eerste instantie vreesde ze dat er niemand thuis was en ze voelde de spanning al in haar maag. Maar toen ze een tweede keer aanbelde, hoorde ze al snel iemand in de gang richting voordeur lopen.

Enkele tellen later keek ze recht in het gezicht van Elisabeth. De uitdrukking op het gezicht van de vrouw veranderde van vragend naar een onzekere afwachting.

Gemma nam meteen het woord. 'Sorry dat ik u nog een keer lastigval. Ik heb inmiddels de kinderen van Bram Hogedijk gevonden en volg met hen de levenswandel van hun vader, omdat ze hem destijds uit het oog zijn verloren, en daarmee eventuele gaten in zijn levensloop kunnen worden opgevuld. Bij wijze van afsluiting…'

'Jullie zijn dus zijn kinderen…' zei Elisabeth. Nu verscheen er ook een sprankje nieuwsgierigheid op haar gezicht. Ze keek naar Martin en Vivian.

'Vreemd eigenlijk… Ik heb nooit geweten dat hij kinderen had. Hij praatte niet over het verleden, ziet u…' Dat laatste klonk enigszins verontschuldigend.

'Nee, dat heb ik meer gehoord.'

'Ik weet ook niet waarom…' Er klonk nu een duidelijke aarzeling in haar stem.

'Misschien omdat wij een gesloten hoofdstuk vormden. Niet op zijn initiatief, maar op dat van ons,' bekende Martin.

'O, oei… Ik…' Ze kleurde een beetje.

Weer was er die aarzeling. Toen opende ze met een onverwacht haastig gebaar de deur verder. Alsof ze bang was zich te bedenken. 'Kom binnen. U bent vast al een poos onderweg.'

Gemma wilde de uitnodiging afslaan omdat ze het gevoel had dat Elisabeth zich daartoe verplicht voelde, maar Martin was haar voor en nam het aan.

Hij trad als eerste naar binnen, nieuwsgierig om zich heen kijkend. Vivian zag eruit alsof ze liever was weggerend, maar volgde haar broer toch met kleine dribbelpasjes en haar blik op de grond gevestigd. Gemma bleef geen andere keuze dan ook naar binnen te gaan.

'Let niet op de rommel,' zei Elisabeth, terwijl ze hen naar een grote woonkamer leidde. Het vertrek had grote ramen die voor een heldere lichtinval zorgden en was klassiek gemeubileerd. Van rommel was geen spoor te bekennen.

Terwijl ze plaatsnamen op de duur ogende sofa en fauteuils,

liep Elisabeth haastig door naar de keuken om koffie te zetten, zoals ze mompelde.

Als Gemma al had willen protesteren, dan had ze daartoe nauwelijks de kans gekregen. Het leek erop dat de vrouw met het zetten van koffie wat tijd voor zichzelf wilde vrijmaken. Wellicht om haar eigen houding te bepalen.

Het duurde bijna tien minuten voor ze de woonkamer weer binnenkwam met een dienblad met koffie in charmante kopjes met roosjes.

Ze zette voor ieder een kopje neer en ging daarna, nog steeds wat aarzelend, zitten.

'Ik kende hem niet zo heel goed,' begon ze meteen. Ze keek niemand in het bijzonder aan. 'Ik heb hem wel een paar keer ontmoet en hij was heus aardig, maar echt kennen...'

Het was een paar tellen stil. Niemand stelde vragen.

'Ik bedoel... Hij was uiteindelijk op kamers bij mijn moeder. Zij kende hem natuurlijk erg goed. En ik kwam heus wel bij mijn moeder. Het was niet zo dat ik er niet zo vaak kwam... Maar ja, ik kwam dan echt voor mijn moeder en Bram deed dan zijn eigen ding...'

Gemma herkende de verontschuldigende en verdedigende toon in de stem van de vrouw, die ze ook bij zichzelf vaak genoeg had gehoord. Ze voelde de neiging om de vrouw gerust te stellen door te zeggen dat ze het begreep.

Maar ze deed het niet. In plaats daarvan stelde ze een vraag die voor Brams kinderen van belang kon zijn, als ze werkelijk wilden weten hoe hun vader de laatste jaren had geleefd, en hoe hij was geweest.

'Hij woonde bij uw moeder in en voerde werkzaamheden in en rondom huis uit om zijn huur te betalen, nietwaar?'

'Zo zou u het kunnen zeggen.'

Gemma hoorde iets van opluchting, maar toch ook nog een restje spanning.

'Mijn moeder was al op leeftijd en niet meer zo sterk. Ik deed natuurlijk wat ik kon, maar ik had mijn eigen gezin, mijn werk... Ik had destijds nog een baan bij een bank. Ik kon natuurlijk niet altijd bij haar zijn, al had ik dat wel gewild. Het ging gewoon niet. En de werkzaamheden hier...' Ze maakte een kort gebaar om zich heen. 'Het was erg veel. Het huis was toen nog niet in deze staat. Mama hield niet van modernisering en ze wilde geen bedrijf aannemen om haar huis te laten renoveren. Ze zag er het nut niet van in, hoewel ze het goed kon betalen. Ze was een beetje eigenwijs, vrees ik, zoals je wel vaker ziet bij mensen op leeftijd. Daarom was hier zo veel werk. En dan wilde ze beslist nog wat dieren hebben en eigen groente verbouwen, dat soort dingen.'

Elisabeth zuchtte diep. 'Terwijl ze het eigenlijk niet meer kon en iemand anders daarvoor in huis moest halen. Terwijl dat echt niet nodig was.'

'Misschien vond ze het prettig om iemand in huis te hebben,' zei Gemma. Haar moeder had het prettig gevonden om Bram om zich heen te hebben, al had hij niet bij haar gewoond. Ze had zijn aandacht prettig gevonden. Aandacht waar Gemma destijds noch de tijd, noch het geduld voor had kunnen opbrengen.

'Ik bezocht haar echt wel zo vaak ik kon,' reageerde Elisabeth meteen op verdedigende toon.

'O, natuurlijk. Maar u kon niet altijd hier in huis zijn, met uw eigen gezin en huishouden,' hielp Gemma haar een beetje. 'Maar u weet hoe dat gaat met oudere mensen. Het huis is te groot, het werk te veelomvattend, maar ze willen niet weg...'

'Ik heb haar zo vaak geadviseerd om zo'n leuke aanleunwoning te betrekken. Ze kon het zo gemakkelijk hebben.'

'Mensen van die generatie doen dat niet graag. Niet als ze gewend zijn om 'buiten' te wonen. En in haar situatie was een kamerbewoner, in de vorm van een aardige en behulpzame man, een goede oplossing. Niet alleen omdat ze dan iemand in huis had die het zware werk voor haar kon doen, maar ook omdat ze dan niet alleen in huis was. Je hoort tegenwoordig nare dingen...'

'Houd op, ik weet er alles van. Ik maakte mij er vaak genoeg zorgen over. Daarom wilde ik ook dat ze zo'n leuke aanleunwoning betrok.'

'Maar ze koos voor een kamerbewoner.'

'Ja. Dat had ze eerder ook eens gedaan. Ik vond het niets. Je weet tenslotte niet wat je in huis haalt. Maar ze was blij met Bram.' Ze keek even naar Martin en Vivian. 'Ze was blij met jullie vader. Hij was aardig, werkte hard…'

Ze nam een slokje koffie.

'Toen moeder doodging, moest ik beslissen wat ik met het huis deed. Ik heb hier altijd graag gewoond en mama zou ook hebben gewild dat ik hier ging wonen.' Weer die verdedigende klank in haar stem. 'Maar ik had een gezin en niet genoeg plaats. Bram zei dat hij het begreep.'

Gemma vroeg zich af hoe Bram zich had gevoeld. Al die tijd had hij zich ingezet voor de moeder en had hij alle werkzaamheden uitgevoerd. Misschien had hij zich zelfs aan Hoenderloo gehecht. En opeens werd hem verzocht om te vertrekken, toen de oude dame overleed. Onwillekeurig vroeg ze zich meteen ook af hoe hij zich had gevoeld onder haar kritiek, haar houding tegenover hem. Het bezorgde haar een akelig gevoel. Bijna alsof ze de eenzaamheid van de man kon voelen, ondanks de mensen die hem later zo hadden gemogen. Want was er ooit nog wel iemand werkelijk in zijn leven geweest, zoals alleen familie dat kon zijn? Wat ze nu zag, was een andere kant van Bram Hogedijk, heel anders dan hoe ze hem kende.

Ze had hem altijd als een man gezien die gemakkelijk contact maakte met mensen, dingen zei die anderen wilden horen en op die manier een plaatsje voor zichzelf vrijmaakte in een gemeenschap. Iemand die gewoon zijn eigen gang ging en deed wat hij wilde.

Maar was het wel zo eenvoudig geweest?

Aanvankelijk was Bram dus een succesvol zakenman geweest, die de dood van zijn broer niet had kunnen verwerken en was doorgeslagen in zijn arbeidsdrift. Een man die een onmenselijke prijs daarvoor betaalde, aangezien het hem blind maakte voor de dingen waar het werkelijk om ging in het leven, iemand die fouten maakte en daar de rest van zijn leven voor moest betalen. Een man die op dreigde te geven, maar zijn weg terug vond, de wending accepteerde die het leven had genomen en zijn schuldgevoel in zijn hart meedroeg tot de allerlaatste dag.

Voor het eerst besefte Gemma dat de man, ondanks de mensen om hem heen die hem waardeerden, een diepe eenzaamheid met zich mee had gedragen.

Het was een besef dat haar pijn deed. En dat haar opnieuw confronteerde met de reden van de opdracht die uitgerekend haar was opgelegd. Want ook zij was ongemerkt de zaken uit het oog verloren die het leven de moeite waard maakten.

Ze slikte moeizaam.

Elisabeth was na de bekentenis dat ze in feite Bram had verzocht een ander thuis te zoeken, haastig overgegaan op het samenvatten van de klussen die Bram voor haar moeder had gedaan en datgene wat hij ervoor had teruggekregen. Alsof ze de nadruk wilde leggen op het toch wel zakelijke karakter van de overeenkomst, die waarschijnlijk niet zo zakelijk was geweest als ze wilde doen voorkomen.

Vivian stelde geen vragen, zoals te verwachten viel. Ze zat op het puntje van de stoel, haar kopje stijf in haar handen, en nam zo nu en dan een haastig slokje koffie. Haar ogen gleden af en toe onrustig door de kamer en ontweken de blikken van de anderen.

Martins vragen hadden weinig om het lijf en hij stelde ze meer uit beleefdheid. Gemma merkte wel dat Elisabeth Martin mocht. Ze begreep het wel. Martin had een ongedwongen manier om met mensen om te gaan. Het was niet moeilijk om je bij hem op je gemak te voelen.

Heel af en toe zag ze zijn blik kort afdwalen en een starende houding aannemen, waaruit ze kon opmaken dat hij wel degelijk aan zijn vader dacht en vocht met zijn gevoelens. Maar als je hem voor een eerste keer trof, zou je het niet merken.

Meteen na de koffie bedankte Gemma de vrouw en nam ze als eerste het initiatief om te vertrekken. Een voorbeeld dat door Martin en Vivian graag werd gevolgd.

Toen ze weer buiten stonden, haalde Gemma diep adem en ze nam de geur van het weelderige groen om hen heen in zich op. Martin keek rond en deed hetzelfde.

Zijn blik was wat starend toen ze weer in de auto stapten en naar het centrum van Hoenderloo reden om een lunch te gebruiken in De Krim.

'Vader heeft wel indruk gemaakt,' zei Martin toen ze zaten te eten.

'Of het een goede indruk was, kun je je afvragen,' zei Vivian, terwijl ze in haar eten prikte. 'Dan had die dochter hem wel laten blijven. Hoewel... Ik zou ook geen bijna vreemde man in mijn gezin willen opnemen.'

Ze schraapte haar keel. 'Ik snap ook niet dat papa dat verwachtte. Hoewel... Zo was hij toch ook? Altijd maar denken dat iedereen voor hem klaarstond. Dat alles vanzelfsprekend was...' Ze schraapte nog een keer haar keel, kneep haar ogen een seconde dicht en prikte weer in haar eten. Ze keek noch Martin, noch Gemma aan, waardoor het leek alsof ze in zichzelf praatte.

'Schuldgevoel,' zei Martin.

Gemma keek hem aan. Vivian ook, zij het slechts vluchtig.

'Ze schaamt zich omdat ze hem eruit zette, terwijl hij veel voor haar moeder had gedaan. Want de verhouding was ongetwijfeld niet zo zakelijk als ze wilde doen voorkomen.'

'Wie zegt dat?' reageerde Vivian. 'De vrouw zocht iemand om werkzaamheden uit te voeren en bood daarvoor in de plaats kost en inwoning. Dat kostte haar ongetwijfeld minder dan iemand in dienst nemen.'

'Het was een oudere vrouw alleen en haar dochter had weinig tijd, en misschien ook niet zo heel erg veel zin, om al te vaak op bezoek te komen. Het ligt voor de hand dat de vrouw zich dan soms wat eenzaam voelde en dat ze meer zocht dan alleen iemand die de klusjes opknapte. Het is onwaarschijnlijk dat er tussen hen geen vriendschapsband ontstond. Als de verhouding werkelijk alleen zakelijk was, had Elisabeth zich ook niet zo verdedigend opgesteld.'

'Onzin,' vond Vivian. 'Elisabeth verdedigde zich niet.'

'Dat weet ik niet,' mengde Gemma zich in het gesprek. 'Ik denk dat het voor de oudere dame erg prettig was om iemand in huis te hebben die niet alleen de klusjes deed, maar die ook met haar praatte en haar gezelschap bood. Iemand die luisterde als ze over vroeger vertelde...'

'Haar dochter deed dat ongetwijfeld ook,' vond Vivian.

'Dochters hebben niet altijd zoveel tijd. Of misschien denken ze dat ze niet zoveel tijd hebben. En ze hebben niet altijd evenveel geduld. Ze willen niet altijd eindeloos luisteren naar verhalen over vroeger. Ze hebben het allemaal al gehoord en hebben hun eigen leven... En dan is er opeens iemand anders die dat wel doet; die wel tijd heeft, die wel luistert. En dat kan een dochter dan schuldgevoelens bezorgen. Schuldgevoelens die dan weer irritatie oproepen omdat het zo veel gemakkelijker is om boos te worden op iemand die er voor je moeder is, terwijl je eigenlijk het gevoel hebt dat je dat zelf moet doen, dan dat je die schuldgevoelens toelaat. Een gevoel dat alleen sterker wordt als de moeder komt te overlijden. Geloof me, ik weet waarover ik praat.'

Vivian keek Gemma aan. Ze wilde iets zeggen, maar bedacht zich, wendde haar blik af en prikte weer in haar eten.

Martin knikte alleen maar, in gedachten verzonken.

15

Voor het laatste deel van de reis namen ze de tijd. Onderweg dronken ze nog koffie en Gemma ontweek de drukke weg en reed binnendoor. Ze kon tal van excuses daarvoor verzinnen, maar ze wist eigenlijk wel dat ze slechts haar thuiskomst uitstelde.

Uiteindelijk reed ze dan toch Lomme binnen. Ze voelde een wirwar van emoties. Natuurlijk was er de blijdschap dat ze haar meisjes weer in haar armen zou kunnen sluiten, en natuurlijk was ze ook blij dat ze Tom weer zou zien. Maar het bracht ook een gevoel van spanning met zich mee. Uiteindelijk waren er problemen geweest en kon ze niet vergeten dat Tom haar duidelijk had gemaakt dat hij op de huidige voet niet verder wilde.

Ze zag ook het restaurant weer en voelde de drang om als eerste daar een kijkje te nemen. Om zich ervan te overtuigen dat alles liep zoals het moest lopen en om weer meteen het roer in handen te nemen.

Bijna deed ze het. Het leek wel alsof ze zich op het laatste moment pas bewust was van haar passagiers en van het feit dat zelfs die paar dagen weg en alle verwarring die haar reis teweeg had gebracht, werd verdrukt door haar bijna pijnlijke verlangen om de draad weer daar op te pakken waar ze hem had laten vallen en op de oude voet verder te gaan, ongeacht hoe vaak ze zichzelf de laatste dagen had voorgenomen om dat niet meer te doen.

Ze dwong zichzelf om door te rijden naar haar eigen huis, schuin tegenover het restaurant.

Er was nog niemand thuis. De kinderen waren ongetwijfeld bij een vriendinnetje en Tom was vast in het restaurant.

Gemma pakte haar tas uit de auto met een weeïg gevoel in haar maag en liep voor Martin en Vivian uit de woning binnen.

Martin keek op zijn gemak rond toen ze binnenkwamen, maar Vivian concentreerde zich zoals meestal op de grond.

'Mooi huis,' vond Martin.

Gemma knikte. Ze liep meteen door naar de keuken om koffie te zetten en zichzelf daarmee wat tijd te gunnen om rustig te worden. Iets wat niet echt wilde lukken.

'Ik had meteen door kunnen rijden naar de caravan van jullie vader,' zei ze op een wat verontschuldigende toon. 'Maar ik wilde eerst Tom en de kinderen laten weten dat ik terug was. Het leek mij wat vreemd voor hen als ze wel de auto zagen, maar ik niet kwam opdagen.'

'We hebben de tijd,' zei Martin.

'Nou... Ik heb mijn gezin. Alfons heeft het druk en de kinderen kunnen soms zo bewerkelijk zijn en ik weet niet...' ratelde Vivian.

'Alfons redt zich wel met de kinderen,' onderbrak Martin haar. 'Bovendien is het vandaag zaterdag en heeft hij hoe dan ook vrij. Het kost hem dus niet eens een vakantiedag. Laten we nu eerst rustig wat drinken en Gemma de kans geven om haar meiden en Tom weer te zien. Uiteindelijk is ze al dagen onderweg voor ons, voor onze pa.'

'Ik heb er anders niet om gevraagd,' mompelde Vivian.

'Gemma nog veel minder,' zei Martin.

'Maar hoe moeten we dan vanavond naar huis? Hier op die dorpen is het openbaar vervoer zelden dusdanig geregeld dat er goede aansluitingen zijn 's avonds en het is best mogelijk dat we een flinke omweg moeten nemen of vaak moeten overstappen.'

'Jullie krijgen uiteraard gewoon de auto van jullie vader mee,' zei Gemma. 'Tom en ik hebben een auto, dus wij hebben een extra auto niet nodig. We schrijven hem over op jullie naam.'

'Ik hoef de auto niet,' mompelde Vivian.

Martin glimlachte slechts.

Ze waren net klaar met de koffie toen Tom de woning binnenkwam.

Hij leek even verbaasd toen hij de huiskamer binnenliep en Martin en Vivian naast Gemma aantrof. Maar zijn mond vormde al snel een glimlach.

'Ongetwijfeld de kinderen van Bram,' zei hij. Daarna keek hij naar Gemma. 'Fijn dat je terug bent.'

Er klonk nog een beetje afwachting in zijn stem. Hij kwam ook niet naar haar toe om haar te kussen zoals hij dat vroeger zou hebben gedaan. Misschien omdat ze dat al ergens lang geleden hadden afgeschaft.

Maar Gemma zag bij hem hetzelfde stukje spanning dat ze zelf ook voelde. Tom wachtte nog een beetje af.

Ze dwong zichzelf tot een glimlach en knikte. 'Het was niet gemakkelijk, maar ik heb hen gevonden. En meegenomen op de route die hun vader destijds heeft afgelegd.'

Tom knikte. Hij liep naar Martin en Vivian toe en gaf hun een hand.

'Niet gemakkelijk,' zei hij. 'Zoiets kan veel losmaken. Maar daarover hoeven we nu niet te praten. Het loopt al tegen vijf uur en ik neem aan dat jullie wel wat lusten.'

'We willen niet tot last zijn,' begon Vivian onrustig. Ze keek naar buiten, alsof ze verwachtte dat daar iemand op haar wachtte.

'Jullie zijn niet tot last. Ik kan gewoon het menu van de dag in het restaurant halen. Dat is zo gebeurd…'

'Hoef je daar dadelijk niet te zijn? Aangezien het tussen vijf en zes nog weleens druk kan worden?' Gemma had die vraag niet willen stellen, maar het was eruit voordat ze het in de gaten had. Misschien omdat ze het een onprettig idee vond dat niemand het restaurant in de gaten hield.

'Welnee,' zei Tom luchtig. 'Ik heb Jessie voor wat meer uren aangenomen. Ze weet precies wat er moet gebeuren en samen met de andere personeelsleden houdt ze de tent wel aan het draaien. Geen zorgen. Ik ga er vanavond wel weer heen.'

'Ik kan ook…' begon Gemma. Maar Tom keek haar op die bepaalde manier aan, waardoor ze abrupt haar zin afbrak. 'Ik kan vanavond dan met Martin en Vivian naar de caravan gaan,' zei ze toen. Dat was niet wat wat ze oorspronkelijk had willen zeggen en Tom wist dat.

Hij glimlachte alleen en knikte. 'Doe dat maar.'

Op datzelfde moment kwam de tweeling met veel kabaal achterom de kamer binnen.

'Mama,' riepen ze verheugd. Ze renden naar Gemma toe en omhelsden haar. Het voelde onbeschrijfelijk goed voor Gemma. Het drong nu pas ten volle tot haar door hoezeer ze de meisjes had gemist. En hoe prettig het was om hun armen om haar nek te voelen en hun geur op te snuiven.

Pas na het eerste welkom leken de meisjes zich bewust van de aanwezigheid van de twee gasten.

'Wie zijn dat?' wilde Jenna weten. Ze keek naar de gasten.

Jill schopte tegen haar scheen. 'Dat mag je zo niet vragen.'

'Dit zijn Vivian Leers-Hogedijk en Martin Hogedijk, de kinderen van oom Bram,' vertelde Gemma.

'Je hebt ze gevonden,' zei Jenna verheugd.

Jill liep netjes naar hen toe en gaf hun beleefd een hand. Jenna volgde het voorbeeld, na een duwtje in de rug van Tom.

'Jullie papa was hartstikke aardig,' zei Jenna. 'Hij heeft mij eens geholpen toen Carolien van de hoek mij steeds pestte en hij heeft ook samen met mij een thuis gezocht voor Pluis, een zwerfkatje dat ik uit de struiken tegenover Wies Leermans had gehaald. En we konden hem altijd alles vertellen...'

'Fijn om te horen,' zei Martin beleefd.

Vivian snoof alleen even.

Terwijl ze hun koffie dronken, stelde vooral Jenna de nodige vragen. Ze wilde weten waar Gemma precies was geweest, of mensen die op straat leefden allemaal gemeen en misdadiger waren en of ze altijd uit de vuilnisbak aten en of ze heel vaak naar het Dolfinarium waren geweest toen ze nog jong waren en of ze ook zo hard moesten lachen om de zeehonden. Jill stelde ook vragen, maar wilde eigenlijk vooral weten hoe Martin en Vivian woonden en of ze ook van dolfijnen hielden. Ze maakte duidelijk dat zij het geweldige dieren vond en dat het haar speet dat ze nooit meer naar het Dolfinarium waren geweest, waarop Martin haar spontaan uitnodigde om een keer met haar zus en ouders naar Harderwijk te komen om hem te bezoeken en samen naar het Dolfinarium te gaan.

Gemma was zich bewust van de aarzelende blik die haar dochter haar daarop toewierp en van de onzekerheid in haar stem toen ze zei dat mama het altijd heel erg druk had.

Martin wierp Gemma daarop een korte blik toe.

'Ik denk dat ze vast wel een keer vrij kan maken om met jullie naar Harderwijk te komen,' zei hij.

Gemma voelde zich wat ongemakkelijk, maar ging er verder niet op in. Net zo min reageerde ze op de taxerende blikken die Tom haar toewierp. Ze voelde te veel verwarring en te veel spanning om een luchtige houding aan te nemen.

Toen Tom met de meisjes naar het restaurant ging om eten te halen, voelde ze opnieuw die pijnlijke neiging om met hem mee te gaan, om het restaurant weer te betreden. Maar ze gaf er niet aan toe. Ze bleef zitten en wachtte tot hij met volle handen terugkwam, geholpen door de meisjes.

Op het eten was in ieder geval helemaal niets aan te merken, ontdekte Gemma. De kwaliteit was precies zoals ze het graag had. En dat stelde haar in ieder geval een beetje gerust.

Zoals gewoonlijk at Vivian evengoed niet veel, wat haar een reactie van Jenna opleverde.

'U moet veel meer eten, hoor. U bent veel te mager en dat is niet goed. Mama is ook te mager omdat ze zich altijd zo druk maakt, maar u bent nog veel magerder. Straks waait u nog weg.'

Martin kon wel lachen om die opmerking.

Vivian probeerde het ook, maar het viel haar niet mee. 'Ik heb gewoon niet zo heel veel honger,' bekende ze.

'Dan moet u gaan wandelen. Daar krijg je honger van. Of zwemmen.'

Gedurende de rest van de maaltijd was het ook voornamelijk Jenna die het gesprek op gang hield. Ieder dreigde een beetje voor zichzelf weg te zinken in een eigen gedachtewereld, maar Jenna bood daartoe niet zo heel veel gelegenheid.

Het luchtte Gemma bijna op toen de meisjes boven gingen spelen en Tom naar het restaurant moest.

'Misschien kunnen we nu beter naar de caravan gaan,' stelde ze voor. 'Het is nu nog vroeg genoeg.'

'Durf je de meisjes alleen thuis te laten?' vroeg Vivian, toch wat verbaasd.

Gemma knikte. 'Tom is hiertegenover in het restaurant en dus in de buurt. De kinderen kunnen zo naar hem toe gaan als er iets is en dat zullen ze ook echt wel doen. Ze zijn het gewend.'

Ze liep voor broer en zus de woning uit en stapte in de auto voor een laatste ritje.

Het was niet ver naar de camping en ze had erheen kunnen lopen. Maar ze nam de auto omdat het voor haar gevoel beter aansloot bij deze laatste fase.

Ze stapten niet meteen uit toen ze de caravan bereikten. Gemma parkeerde de auto voor de caravan, zette de motor af, maar bleef nog even zitten.

Ze wist niet precies waarom. Het leek alsof ze moed verzamelde, terwijl ze toch eerder de caravan had betreden. Martin en Vivian maakten ook geen aanstalten om uit te stappen. Vivian keek niet eens naar de caravan, maar plukte stofjes van haar jas. Martin keek wel naar de caravan, maar het duurde even voordat hij iets zei.

Er ging een zucht aan vooraf. 'Zullen we dan maar?'

Gemma knikte. Ze was uiteindelijk de eerste die uitstapte. Martin volgde haar vrijwel direct. Vivian bleef nog even zitten, maar toen ze de caravan binnenliepen, hoorde Gemma ook Vivian uitstappen.

'Niet direct een riante villa,' merkte Martin op toen hij in de caravan rondkeek. 'En dan te bedenken dat hij een goedlopend bedrijf vroeger zo belangrijk vond omdat hij dan de luxe kon betalen waar hij zo veel waarde aan leek te hechten.'

'Die luxe was blijkbaar belangrijker dan zijn familie,' merkte Vivian bitter op. Ze was vlak na hen toch binnengekomen. Haar vinger gleed over de smalle richels in de caravan, alsof ze een controle op de aanwezigheid van achtergebleven stof uitvoerde.

'Misschien was dat ook het excuus dat hij aanvoerde om zijn veelvuldige afwezigheid door werk goed te praten,' zei Gemma. Ze dacht aan zichzelf. Hoe vaak had ze zowel tegen haar gezin, haar moeder en vrienden, als tegen zichzelf gezegd dat de vele uren die ze in haar werk stak nodig waren om iedereen dat te geven waar ze recht op hadden; om goed te kunnen leven.

'Alsof iemand daar intrapte,' mompelde Vivian.

'Hijzelf misschien een tijdlang,' zei Gemma. 'Mensen zijn wonderlijk bedreven in het goedpraten van hun eigen handelingen en dat logisch te laten klinken.'

'Vertel mij wat...' mompelde Martin. Gemma en Vivian keken hem even aan, maar hij gaf geen verklaring.

Hij liep door de caravan en keek in de kastjes, zonder dat hij daarbij een doel voor ogen leek te hebben.

Gemma liep naar de kast in het voorste deel van de caravan en pakte de doos met foto's eruit.

Ze zette hem op de tafel en keek Martin en Vivian aan. 'Dit liet hij ook na. Ik denk dat het jullie toebehoort.'

Martin en Vivian keken een paar tellen zwijgend naar de doos. Martin ging als eerste zitten en schoof de doos naar zich toe. Hij pakte de eerste foto van Bram en zijn vrouw en Martin en Vivian in puberleeftijd. Hij keek er een tijd naar en ging toen ook de andere foto's zwijgend bekijken.

Vivian bleef een paar tellen besluiteloos staan. 'Alsof ik die wil,' mompelde ze. Ze keek hoe Martin met stijgende interesse de foto's bekeek, twijfelde nog even en ging toen tegenover hem zitten. De eerste foto pakte ze met zichtbare tegenzin op. Alsof iemand haar daartoe dwong. Maar al snel verloor ze zichzelf ook in de beelden uit een ver verleden.

Gemma stond wat aarzelend in de kleine keuken. Ze wilde hen nu niet storen, omdat het bijna een inbreuk op hun privacy leek als ze dat deed.

Daarom zette ze uiteindelijk maar thee, voorzag iedereen van een kop en nam plaats op het hoekje van de bank, naast Vivian. Pas toen ze haar vragen stelden over de bewoners van Lomme op de foto's, nam ze deel aan het ophalen van herinneringen. Al waren haar herinneringen aan Bram spaarzaam.

'Hij is oud op de laatste foto's,' vond Martin. Het was Gemma eerder nooit opgevallen, maar nu Martin het noemde, besefte ze dat hij gelijk had. 'Ik herken hem aan zijn ogen en aan zijn mond,' zei Martin. 'Maar hij was hier al een oude man. Terwijl hij eigenlijk pas zesenvijftig was.'

'Hij had veel meegemaakt en was erg ziek geweest,' zei Gemma. 'En hij is nooit helemaal daarvan opgeknapt, weten we nu.'

'Nee, dat is hij niet. Hij heeft het nooit genoemd? Die problemen met zijn hart?'

Gemma schudde zijn hoofd. 'In ieder geval niet tegenover mij. Maar ook niet tegenover de anderen, denk ik. Dan was zijn dood niet voor iedereen onverwacht geweest.'

'Nee, ik denk het ook niet,' gaf Martin toe. Hij keek naar de foto waar Bram met Flip Doornbos een enorme vis liet zien, die ze blijkbaar net hadden gevangen in het Bossermeer.

'Ze mochten hem, nietwaar?' vroeg Vivian nu. Dit keer keek ze Gemma recht aan.

Gemma knikte. 'Bram was iemand die altijd tijd had om naar een ander te luisteren. Hij scheen altijd op het juiste moment op de juiste plaats te zijn, luisterde en gaf een wijs advies. Hij heeft menig mens hier geholpen. Hij heeft ook mijn moeder geholpen.'

Vivian knikte. 'Wrang,' zei ze toen. 'Wrang dat uitgerekend de man die nooit tijd had voor zijn eigen vrouw en zijn eigen gezin, wel die tijd kon opbrengen voor anderen.'

'Ik kan mij voorstellen dat het zo voelt,' zei Gemma voorzichtig. 'Ik denk eerlijk gezegd dat hij dat zelf ook inzag.'

'Hij schreef daarover in zijn brief,' zei Martin. Hij bekeek een foto van Bram, te midden van wat andere dorpelingen tijdens een of ander feestje. 'Hij probeerde zichzelf niet goed te praten. Hij schreef over zijn obsessie voor werk en hoe hij daarbij in de fout was gegaan en zo veel leed had veroorzaakt. Hij schreef dat het hem de rest van zijn leven pijn heeft gedaan dat hij het destijds niet had ingezien. Dat hij zo veel pijn heeft veroorzaakt, voordat het eindelijk tot hem doordrong. Hij nam de volledige schuld op zich en gaf aan dat hij ons begreep.'

'Het is gemakkelijk om dat in een brief te schrijven,' reageerde Vivian schamper.

'Misschien wel,' gaf Gemma toe. 'Maar ik denk dat hij zich wel degelijk bewust is geweest van zijn fouten. Ik denk dat het tot hem doordrong toen jullie moeder stierf en dat hij daarom een tijd het gevoel heeft gehad dat hij het niet verdiende om te leven. Maar Bram was ook een gelovig man en ergens moet hij die rem hebben gevoeld in het proces van zelfverwaarlozing en wachten op de dood. Hij was een gelovig man en hij heeft die manier van opgeven wellicht op een bepaald moment ervaren als een vorm van zelfmoord. Ergens heeft hij de overtuiging gekregen dat hij nog leefde met een reden, is hij aan het werk gegaan om op te knappen en heeft dát gegeven aan de mensen om hem heen, wat hij jullie en jullie moeder heeft ontzegd. Niet omdat hij dacht dat hij het daarmee goed kon maken, want dat idee had hij volgens mij niet. Temeer omdat hij zijn verleden als een zware steen in zijn hart met zich meenam zonder er anderen mee te belasten, zonder vergeving en begrip te zoeken bij anderen en zonder dat als excuus te gebruiken. Ik denk dat hij het deed omdat hij het belang ervan inzag en misschien zelfs omdat hij het als een van God gekregen taak zag.'

'Misschien omdat hij het leuk vond,' zei Martin. Hij keek

Gemma aan. Er lag een lichte uitdaging in zijn ogen.

Gemma glimlachte. 'O, ik denk zeker dat hij het uiteindelijk prettig vond om met de mensen te praten. Om opgenomen te worden in de gemeenschap. Want dat is het hele punt... Je ontdekt zoiets pas als je het werkelijk doet.'

'Hij had het eerder kunnen ontdekken,' zei Vivian. Ze gooide de foto's met een woedend gebaar van zich af. 'Ik weet niet wat ik hier doe. Ik weet niet waarom ik met deze onzin akkoord ben gegaan. Die hele zoektocht naar zijn verleden... Wat heb ik daarmee te maken? Hij liet ons en mijn moeder in de steek toen we hem het hardst nodig hadden en we hebben hem daarom uit ons leven verbannen. Terecht.' Ze keek fel naar Martin. 'Ben je soms vergeten hoe het was?'

'Nee,' zei Martin met rustige stem. 'Natuurlijk ben ik het niet vergeten.'

'Daar lijkt het anders op. Met al je begrijpende opmerkingen en je interesse in de foto's. Maakt het alles wat papa heeft gedaan minder erg?'

Gemma zag Vivians mond een paar keer vertrekken. Vivian toonde de neiging om te huilen, maar ze vocht ertegen.

'Hij had er moeten zijn voor ons en voor onze moeder,' zei Martin rustig. 'Hij wist dat ze ziek was en hij had bereikbaar moeten zijn. Zijn obsessie voor werk door de dood van zijn broer was geen excuus. Hij had hulp moeten zoeken. Dat heeft hij niet gedaan. Hij heeft zich op zijn werk gestort ten koste van alles. Dat hebben we hem kwalijk genomen en dat heeft ons doen besluiten om ieder contact met hem te verbreken.'

'Precies. Dat bedoel ik. Wat doen we dan hier?'

'Je kunt niet zomaar iemand vergeten zonder je ooit af te vragen hoe het verder is gegaan. Het is als een los eindje van een draad...'

'Wie zegt dat het niet kan?' reageerde Vivian dwars.

'Kan het wel dan?' vroeg Martin. Hij keek Vivian met een intens onderzoekende blik aan.

Gemma zag dat Vivian met zichzelf vocht.

'We hadden hier nooit moeten komen,' zei ze.

Ze keek nog een keer naar de foto's en toen naar Gemma. Er stonden tranen in haar ogen.

'Hoe moet ik leven met het feit dat we misschien verkeerd handelden toen we hem buitensloten en geen kans meer gaven?' 'Is dat niet ons grootste probleem?' vroeg Martin. 'Dat we ons afvragen of het goed was wat we deden?'

'Misschien is dat niet iets wat jullie je moeten afvragen,' zei Gemma. Ze aarzelde. 'Jullie waren diep gekwetst en Bram begreep dat. Misschien wel beter dan we ooit zullen beseffen.' Ze dacht aan het feit dat hij uitgerekend haar met deze opdracht had opgezadeld na zijn dood. Uitgerekend degene die dezelfde fout dreigde te maken.

'Ik denk dat jullie zelf moeten aanvaarden wat hij allang heeft aanvaard. Dat dat de enige manier is om in het reine te komen. Weten dat hij jullie besluit respecteerde, maar dat hij altijd om jullie is blijven geven. En dat hij het begreep.'

'Maar waarom later bij anderen dat doen wat hij thuis had moeten doen?' vroeg Vivian zich af. Haar stem klonk iel en brak een beetje. 'Alsof hij het daarmee goed kon maken.'

'Nee, niet goedmaken,' meende Gemma. 'Ik zou het eerder een verkregen inzicht willen noemen. Het begrip voor de werkelijke waarden in het leven.'

'Hij maakt het ons niet gemakkelijk,' zei Martin. Zijn scheve lachje was weer zichtbaar. 'Toen niet en nu niet.'

'Misschien was dat ook niet zijn bedoeling,' zei Gemma.

Vivian huilde nog steeds. Geluidloos, bijna mimiekloos. Maar de tranen liepen over haar wangen terwijl ze naar de foto's staarde.

'Heeft hij soms nog een borrel achtergelaten?' vroeg Martin.

Gemma knikte. Ze stond op, pakte een fles Jägermeister uit de koelkast en zocht twee glaasjes in de andere kastjes.

'Je doet niet mee?' vroeg Martin

Gemma schudde haar hoofd. 'Ik wil jullie eigenlijk alleen laten. Voor een uurtje of wat langer…'

Vivian protesteerde dit keer niet. Ze zat wat hulpeloos op haar bankje, als een ziek vogeltje, terwijl Martin drank voor hen beiden inschonk.

Martin knikte. 'Misschien blijven we vannacht wel hier.'

'Jullie kunnen ook bij mij logeren,' bood Gemma aan. De caravan bood weinig plaats, hoewel twee slaapplaatsen zeker realiseerbaar waren, aangezien het oorspronkelijk een vierpersoons-caravan was.

'Bedankt. Maar ik denk dat we vannacht hier blijven.'

Gemma knikte en legde de sleutels op de tafel.

'Van de auto van jullie vader. We zullen hem zo snel mogelijk op jullie naam zetten, maar het postkantoor is natuurlijk gesloten. We zullen tot maandag moeten wachten…'

'Er is geen haast bij,' zei Martin. 'Ik weet eigenlijk niet eens wat we met dat vehikel aan moeten.' Hij glimlachte. 'Wil je er niet mee naar huis?'

Gemma schudde haar hoofd. 'Het is niet zo ver naar mijn huis en een wandeling zal mij goeddoen. Het maakt het hoofd leeg, zeggen ze altijd. Dus daar hoop ik dan maar een beetje op.'

'Onze pa heeft niet alleen onze wereld op de kop gezet,' meende Martin.

'Nee,' gaf Gemma toe. 'Niet alleen jullie wereld.'

Ze nam afscheid en liep naar buiten. Er stond een frisse wind, maar het was niet echt koud.

Gemma nam de avondlucht in zich op en begon te lopen. Haar tempo lag hoog. Ze probeerde iedere gedachte uit haar hoofd te bannen, maar slaagde er niet in.

Ze was bang voor een echt gesprek met Tom en voor alles wat voor haar lag. Ze kon zich niet herinneren ooit zo bang te zijn geweest. Misschien vroeger, toen ze nog niet die zelfverzekerd-heid had gehad die haar de laatste jaren zo eigen was geworden en die ze dankte aan het restaurant. Was het daarom zo moeilijk voor haar om over een oplossing na te denken? Was het daarom zo dat ze toch nog steeds vaak dacht dat ze deze hele reis in Brams verleden achter zich kon laten en gewoon op de oude voet verder kon gaan, zelfs als ze wist dat ook zij dan een hoge prijs moest betalen?

Ze wist het niet.

16

Toen Gemma thuiskwam, was Tom er ook weer. Hij wilde net met de meisjes naar boven gaan om hen voor te bereiden op het slapengaan.

Hij bleef midden in de kamer staan toen Gemma binnenkwam en keek haar wat verbaasd aan. 'Zijn Martin en Vivian al naar huis?'

Gemma schudde haar hoofd. 'Ze wilden de nacht in de caravan van Bram doorbrengen.'

'O. Dat verbaast me een beetje. Vooral gezien Vivians houding.'

'Er zit veel oud zeer.'

'Daar kan ik mij wel iets bij voorstellen.'

'Ik denk dat het goed is als ze met z'n tweeën daar de avond en de nacht doorbrengen en met elkaar praten.'

'Ik denk het ook.' Zijn gezicht kreeg heel even een peinzende uitdrukking. Maar hij herstelde zich meteen. 'Ik wilde net de meiden naar bed brengen.'

'Dat kan ik ook doen,' probeerde Gemma.

'Nee, papa moet ons brengen,' bracht Jenna er meteen tegen in. 'Hij leest altijd voor met van die stemmetjes…'

Gemma voelde een pijnlijke steek in haar borst, maar liet het niet merken. 'Is het goed als ik meeloop?' vroeg ze.

'Tuurlijk, mams,' antwoordde Jill meteen toegeeflijk.

Gemma volgde het drietal op een afstandje toen ze naar boven gingen. Ze keek toe hoe Tom de kinderen hielp met het poetsen van de tanden en het wassen, hoe hij erop toezag dat het goed gebeurde en aanwijzingen gaf. Ze keek naar het geduld waarmee hij hun haren ontwarde en probeerde uit te leggen waarom sommige volwassen kinderen ruzie kregen met hun ouders, zoals de kinderen van Bram. Hij kwetste niemand in zijn verklaring en legde nergens een schuldvraag neer. Alleen al daarom bewonderde Gemma hem.

Ze volgde hen toen hij hen naar bed bracht en bleef in de deuropening staan toen Tom de kinderen onderstopte en een verhaal voorlas over ware vriendschap: De gouden ketting die brak, over de vriendinnen Gina en Ina en over de ketting van Gina, die tijdens een ruzie brak.

Tom kon werkelijk mooi vertellen, vond Gemma. Ze leunde tegen de deurpost en luisterde naar zijn warme stem en naar de manier waarop hij de stemmetjes van Gina en Ina imiteerde. De meisjes lagen doodstil in hun bedden en luisterden ademloos.

'Weten jullie wat dit verhaal te vertellen heeft?' vroeg Tom daarna aan de meisjes.

'Dat vriendinnen geen ruzie mogen maken, want dan gaat iets stuk,' zei Jenna.

'Nee, die schakel staat voor God,' meende Jill wijselijk. 'Hij helpt toch dingen weer heel te maken, zoals de vriendschap tussen Gina en Ina?'

Tom knikte. 'En het vuur?'

'Dat doet pijn,' wist Jill meteen. 'Soms doet iets pijn, maar dan moet je daar toch doorheen. Zodat alles weer goed komt.'

'Zoals Jezus,' vulde Jenna ijverig aan.

Tom knikte. 'Ware vriendschap is heel belangrijk. Een geschenk uit de hemel. Daarom wrijft de goudsmid de ketting zo mooi op, als hij klaar is met zijn werk. Omdat het zo belangrijk is.'

De meisjes knikten.

'Weten de kinderen van oom Bram dat?' wilde Jenna weten.

'Dat is toch geen vriendschap?' vond Jill. Ze keken Tom vragend aan.

'Misschien toch wel,' meende Tom. 'Familie is heel belangrijk en de band tussen familieleden is voor veel mensen vanzelfsprekend. Maar soms gebeuren er dingen in het leven waardoor die band wordt verbroken. Net als de band tussen heel goede vrienden. Dus eigenlijk is het hetzelfde.'

'Blijven ze dan evengoed boos op oom Bram? Ze kunnen niet meer vriendjes worden, want oom Bram is dood…'

'Ik denk het niet. Ik denk dat ze niet boos blijven. En dat is evengoed belangrijk, ook al is Bram dood. Omdat Bram het toch wel weet. En het is belangrijk voor hen zelf.'

'Anders blijft het net een kapotte ketting die maar in de la ligt en waar je verdrietig van wordt elke keer als je ernaar kijkt,' vond Jenna.

Tom glimlachte. 'Precies.'

Hij trok de dekens over de kinderlijfjes heen en stopte ze in. Hij kuste de meisjes op het voorhoofd. Gemma keek naar de tedere gebaren en voelde haar lichaam warm worden.

Ze wist het nu zeker. Ze hield van Tom met heel haar lijf. Ze wilde hem niet kwijt.

Ze wenste de kinderen ook goedenacht en ging met Tom naar beneden.

Toen ze weer in de woonkamer waren, ontstond een korte, wat gespannen stilte. Gemma wilde graag praten met Tom, maar ze wist niet goed waar ze moest beginnen.

'Wijntje?' vroeg Tom, alsof hij haar spanning voelde.

Gemma knikte.

Tom verdween naar de keuken en kwam een paar tellen later terug met twee glazen en een fles wijn. Hij schonk voor hen beiden in en ging zitten, terwijl hij Gemma aankeek.

Gemma nam tegenover hem plaats, pakte haar glas en bleef ermee in de hand zitten terwijl ze naar de rode wijn staarde.

'Ik wil je niet kwijt, Tom,' zei ze. Ze richtte nu haar blik op Tom. 'Ik houd van je.'

Tom wachtte een paar tellen. 'Ik kan niet verder zoals het nu gaat,' zei hij eerlijk. 'Er is niets meer tussen ons. We leven in hetzelfde huis, maar vaak zie ik je alleen als je naar bed komt. En dan ben je altijd moe. We ondernemen niets meer samen, we ondernemen niets meer als gezin. Alles draait om het restaurant en zelfs op de zondagen, als je niet werkt, ben je er niet voor ons. Je bent moe, hebt geen zin om samen dingen te ondernemen, geen energie... Er is altijd wel wat. De meiden kunnen nooit bij je terecht, want je hebt nooit tijd, en toen je vertelde over de overname van dat andere restaurant...' Hij schudde zijn hoofd. 'Ik houd ook nog van jou, Gemma. Maar ik kan op deze manier niet met je verder.'

Gemma beet op haar onderlip, hard genoeg om haar tranen te bedwingen. Ze knikte.

'Weet je...' Ze aarzelde even. 'Ik begreep niet waarom Bram mij die opdracht in mijn schoenen had geschoven. Ik mocht hem niet eens bijzonder en dat wist hij ongetwijfeld. Maar ik geloof dat ik het nu begrijp.' Ze nam een klein slokje. Tom wachtte af.

'Ooit was Bram een succesvol zakenman. Toen zijn broer

stierf, zocht hij zijn heil in werken en dat liep de spuigaten uit. Hij had geen tijd meer voor zijn vrouw en kinderen. Hij had nergens meer tijd voor. Zelfs niet toen zijn vrouw ernstig ziek werd. Uiteindelijk stierf zijn vrouw toen hij er niet was. Ze ging onverwacht hard achteruit en Bram was op zakenreis en niet te bereiken. Ze stierf zonder hem, en de kinderen hebben hem dat kwalijk genomen. Ze wilden niets meer met hem te maken hebben. Toen Bram besefte wat er fout was gegaan, was het voor hem te laat. Spijt achteraf veranderde niets aan de dingen die eenmaal waren gebeurd. Dat besefte hij te laat.' Ze nam weer een korte pauze en keek Tom aan.

'Bram zag hier hetzelfde gebeuren. Misschien herkende hij een stukje van zichzelf in mij. Dat weet ik niet. Maar om een reden die mij nog niet helemaal duidelijk is, wilde hij mij behoeden voor dezelfde fout. Misschien wel omdat hij jou en de kinderen mocht, want ik was niet zo aardig tegen hem. Ik nam hem dingen kwalijk… Onterecht, weet ik nu. Ik nam hem kwalijk dat hij er voor mijn moeder en de kinderen was, puur en alleen omdat ik daardoor werd geconfronteerd met mijn eigen schuldgevoel. Ik begrijp nu hoe egoïstisch dat was.'

Ze nam nog maar een slok. Dit keer een stevige.

'Niemand vind een dergelijke confrontatie leuk,' zei Tom. 'Ik denk dat hij het eigenlijk wel begreep. Anders had hij jou die opdracht niet in de schoenen geschoven met de hoop dat je ervan zou leren. Dat je niet dezelfde fouten zou maken.'

'Misschien…' zei Gemma aarzelend. 'Als het werkelijk zo is, dan was Bram een man met een geweldig goed en vergevensgezind hart.'

'Ik denk het wel. Al is hij ook door het vuur gegaan om dat te worden.'

Gemma knikte. 'Vandaar dat verhaal over die gebroken ketting?'

'Misschien wel.' Tom glimlachte.

'Maar hoe kon hij weten dat ik het zou doen?' vroeg Gemma zich hardop af.

'Hij kende je. Hij wist dat je plichtsgetrouw was en uiteindelijk toch wel datgene zou doen wat het juiste was. Al of niet met een duwtje in de rug.'

'Maar hij kon niet weten dat ik werkelijk de informatie zou vinden die ik nodig had, om de kinderen op te sporen.'

'Hij wist dat je iemand was die altijd dat kreeg wat ze echt wilde hebben. Ik denk dat het voor de hand lag dat je ook de informatie los zou krijgen die je nodig had om zijn kinderen te vinden.'

'Hmmm... Ben ik zo'n vastbijter?'

'Net een pitbull.' Tom grijnsde nu.

'Ik weet niet of ik daar blij mee moet zijn.'

'O ja. Het kan in je nadeel werken. Maar zeker ook in je voordeel.'

'Hmmm... Maar dan nog... Dan nog kon hij niet weten dat ik zijn kinderen zo ver zou krijgen dat ze de brief lazen. En dat ze vertelden wat er was gebeurd.'

'Als plichtsbewuste pitbull zou je waarschijnlijk niet hebben gerust voordat je de opdracht tot een goed einde had gebracht, en het is niet onlogisch dat de kinderen een verklaring zouden geven voor hun gedrag ten opzichte van hun vader. Uiteindelijk zijn we altijd allemaal op zoek naar een stukje goedkeuring en begrip.'

'Dus je denkt dat Bram dit echt met een duidelijke reden deed en ervan overtuigd was dat ik er mijn les uit zou trekken?'

'Alles gebeurt met een reden. Ook het feit dat Bram je die opdracht toebedeelde. Het is alleen aan jou om daar iets mee te doen.'

Gemma herkende nu een afwachtende blik in Toms ogen.

Ze speelde met haar glas. 'Ik wil niet meer verder op de oude voet,' zei ze. 'Ik wil mijn gezin terug. Ik weet alleen niet hoe. Ik weet niet meer hoe ik een stap terug moet zetten. Nog steeds denk ik voortdurend aan het restaurant en aan de dingen die er moeten gebeuren. Ook als ik dat niet wil. Nog steeds denk ik dat ik de enige ben die het roer in handen kan houden en alles moet regelen, en nog steeds ben ik bang om mijn grip te verliezen.'

'Ik denk dat het vooral om het laatste gaat,' zei Tom. 'Je bent bang op je grip te verliezen. Je was vroeger onzeker, verlegen. Maar gaandeweg ben je meer en meer zelfbewust geworden en het opzetten van het bedrijf hielp daarin mee. Toen je vader stierf, beet je je verder vast in je werk. Ik denk inderdaad omdat je bang was je grip te verliezen. Net als Bram. De ziekte van je moeder maakte het niet gemakkelijker. En toen kwamen de problemen tussen ons, ook al maakten we weinig ruzie… De verwijdering heb je ongetwijfeld zelf ook gemerkt. Maar door je meer en meer vast te bijten in het restaurant kon je je afsluiten voor de nare dingen om je heen. Want het laten doordringen van vervelende omstandigheden zorgde voor onzekerheid en ik denk dat je die onzekerheid hardnekkig probeerde te vermijden.'

Gemma glimlachte triest. 'Je had psycholoog moeten worden.'

'Nee, dank je. Ik ben liever meubelmaker. Minder gecompliceerd.'

'Je hebt je werk nu een week niet kunnen doen.'

'Ik kan het nog de rest van mijn leven doen.'

'En ik? Moet ik alles opgeven?' Ze huiverde.

Tom schudde zijn hoofd. 'Natuurlijk niet. Je hebt een prachtig bedrijf opgebouwd. Waarom zou je dat opgeven? Het is niet nodig. Je kunt gewoon een stapje terug doen; af en toe iets overlaten aan je betrouwbare personeel. Dat voelt voor hen ook een stuk prettiger. Je hebt hen goed opgeleid. Misschien moet je daar de vruchten van plukken. Geef de leiding over aan bijvoorbeeld Jessie. Ze weet precies wat er in het restaurant moet gebeuren. En neem zelf de belangrijke beslissingen, overleg met klanten, regel de boekhouding en houd gewoon een oogje in het zeil…'

'Ik weet niet of ik dat kan. Of ik in staat ben om het restaurant aan te houden en mij meer op de achtergrond te houden. Of ik in staat ben om zaken over te dragen.'

'Het zal niet gemakkelijk voor je zijn, maar ik ben er ook nog. En ik wil je met alle plezier helpen. Want eerlijk gezegd wil ik je ook niet kwijt. Maar ik wil graag een stukje van de oude Gemma terug.'

Gemma glimlachte. 'Ik kan het proberen. Ik kan niets beloven…'

'Proberen is een goed begin. Morgen nemen we tijd voor onszelf en maandag kijken we samen hoe we de zaken zo kunnen regelen dat jij een beetje meer tijd vrij kunt maken voor jezelf.'

Gemma knikte. 'Dat restaurant in Lisse…'

'Ik zou het niet aan de kant schuiven. Onder jouw leiding kan het een prachtig bedrijf worden. Je moet alleen niet alles zelf willen doen, maar alleen de planning maken en delegeren. Dan kan het wel.'

'Ben je niet bang dat ik dan weer doordraaf?'

'Ja. Maar als ik met je verder wil, zal ik op je moeten vertrouwen. Je bent een geboren zakenvrouw. Het is waar je goed in bent en waar je hart ligt. Van je verwachten om dat alles te laten vallen zou niet eerlijk zijn. Maar ik kan je helpen met het regelen van je zaken, zodat je tijd overhoudt voor je gezin. Als je mij laat helpen.'

Gemma knikte en nam weer een slokje wijn. Ze keek Tom aan. 'Ik heb geluk met jou, weet je. Ik geloof niet dat ik een betere man had kunnen treffen.'

Tom grijnsde weer. 'Nu kan ik natuurlijk bescheiden zijn, maar dat doe ik niet. Ik vind dat je gelijk hebt. Want dan heb je nooit een reden om voor een ander te vallen.'

'Daar heb ik niet eens tijd voor,' zei Gemma. Ze durfde weer een beetje te lachen.

17

Vivian en Martin bleven langer dan Gemma had vermoed. Toen ze met Tom en de kinderen de volgende ochtend naar de vroege dienst in de kerk ging, zag ze Vivian en Martin al in de laatste rij zitten. Martin probeerde een gaap te onderdrukken, iets waar Gemma toch een beetje om moest lachen. Ze kon zich wel voorstellen hoeveel moeite het hem had gekost om vroeg op te staan.

Zelf namen ze vooraan plaats, waar de kinderen alles wat er in de kerk gebeurde, goed konden volgen. Gemma maakte van de gelegenheid gebruik om de Here stilletjes om hulp te vragen bij het volgen van de nieuwe weg die ze in zou slaan. En ze vroeg Hem om Martin en Vivian te helpen met het verwerken van datgene wat het gezin destijds was overkomen en de gevolgen daarvan.

De dienst ging snel voorbij en buiten de kerk trof ze Martin en Vivian. Vivian had een bosje wilde bloemen in de hand en keek Gemma aan.

Vivian leek deze keer wat rustiger. 'Martin en ik hebben het gisteren laat gemaakt. We hebben foto's bekeken en gepraat. Ik geloof dat ik het nu een beetje begrijp. We willen dit bij papa op het graf leggen,' zei ze. 'Het is misschien te laat, maar…'

'Het is nooit te laat,' vond Gemma.

'Zin om mee te gaan?' vroeg Martin aan Gemma, Tom en de kinderen. Hij keek vooral Gemma onderzoekend aan.

'Waarom niet?' vond Gemma. 'Ik ben hem dat wel verschuldigd.'

Samen gingen ze naar het kerkhof, waar Tom voorop naar het graf liep. Hij wist precies waar Brams laatste rustplaats was. De kinderen plukten onderweg madeliefjes en toen ze bij zijn graf waren, maakten ze daarvan een kleine krans.

Gemma vertelde dat Louise een mooie eenvoudige steen voor op Brams graf had besteld. Vivian legde de bloemen op het graf en staarde ernaar.

'Het spijt me, pap,' zei ze. 'Je zou nooit van mij hebben verlangd om het te vergeten, maar ik had het je kunnen vergeven. Ik vergeef het je nu. Maar ik zou willen dat ik het eerder had gedaan.' Ze schokte even, alsof ze elk moment kon gaan huilen. Maar dat gebeurde niet.

Martin liep naar voren, bukte zich en legde even zijn hand op de grond. 'Pa, je heb je zin gekregen.' Hij glimlachte. 'En je had nog gelijk ook…'

Meer dan dat zei hij niet. Hij ging rechtop staan, zette weer een paar passen achteruit en bleef zwijgend staan, kijkend naar het graf.

'Bram… Ik ben bang dat ik je nooit heb begrepen. Of nooit heb willen begrijpen. Maar ik ben je dankbaar voor dat wat je mij desondanks hebt gegeven,' zei Gemma zacht.

'Misschien moeten we je allemaal dankbaar zijn,' meende Martin. 'Want nu kunnen we verder.'

De meisjes legden hun zelfgemaakte kransje van bloemen op het graf van Bram en een tijdlang bleef het gezelschap bij het graf staan. Het was windstil en een zwakke zon was de voorbode van een prachtige dag. Vogels deden hun best en lieten de mooiste liedjes horen, en een eekhoorn rende haastig over de graven in de richting van een oude eikenboom.

Het was een perfecte vredige lentemorgen op het kerkhof. Zoals het hoorde te zijn.

Na het bezoek aan het graf nodigde Gemma broer en zus nog uit voor een kop koffie bij haar thuis. Ze namen de uitnodiging graag aan. Dit keer kwam er zelfs niet het minste protest van Vivian.

'Heb je je man nog gesproken?' informeerde Gemma, toen ze op het terras van haar woning van de koffie genoten.

Vivian knikte. 'Alles verliep prima thuis. Hij vond het geen enkel probleem dat ik wat langer wegbleef. Ik geloof dat hij het zelfs een goed idee vond.' Ze glimlachte een beetje verontschuldigend. 'Ik geloof dat ik zeker de laatste tijd thuis niet altijd even vrolijk was.'

'Had het met je vader te maken?'

'Weet ik niet. Een aaneenschakeling van dingen, denk ik. Maar het feit dat ik de hele situatie van destijds niet echt uit mijn hoofd kon zetten, zelfs niet als ik dat probeerde, zal best meegespeeld hebben. Ik weet wel dat ik er de laatste maanden erg vaak aan dacht. Al probeerde ik mijzelf nog zo hard wijs te maken dat het een afgesloten hoofdstuk was.'

Gemma begreep het volkomen. 'Ik ben blij dat het thuis goed loopt en dat je een beetje tot rust kon komen hier. Ik denk dat dat wel nodig was na alles wat de laatste dagen is gebeurd.'

Vivian knikte. 'Ik heb bepaalde momenten gehaat. Werkelijk. Maar vrijdagavond, na wat Jägermeister van pa, heb ik er met Martin over gepraat. En ben misschien toen pas begonnen met het verwerken van datgene wat destijds is gebeurd. Het was moeilijk, maar ook prettig, om de dag daarna hier in de kerk te zijn en de mensen te zien met wie papa bevriend was geweest. Mensen die papa kenden zoals hij was geworden. Dat wil niet zeggen dat ik het niet meer moeilijk vind. Alleen dat ik het allemaal een beetje beter begrijp. En dat ik weet dat ik het niet hoef te vergeten om het te kunnen vergeven.'

'Heel mooi,' vond Gemma. 'Ik moet eerlijk zeggen dat je een rustiger indruk maakt.'

'Misschien ben ik ook een beetje rustiger nu. Je hebt mij niet bepaald meteen van de fraaiste kant leren kennen.' Vivian glimlachte voorzichtig.

'Dan kan het alleen nog maar meevallen,' vond Gemma. Ze richtte haar aandacht op Martin. 'En jij?'

'Ik dacht nog regelmatig aan pa,' bekende Martin. 'Ik praatte er alleen niet over. Maar ik dacht er vaak aan. Ook in samenhang met Lauren. Ik was bang om mij te binden. Bang om dezelfde fouten te maken als pa. Om iemand hetzelfde leed te bezorgen. En dat wilde ik niet. Ik houd van Lauren, zie je.'

'Die indruk had ik al. En volgens mij houdt ze ook veel van jou.'

'Ik denk niet dat ze het anders zo lang met mij had volgehouden. Aangezien we niet echt ergens kwamen.' Hij grijnsde.

'Denk je dat je het ook een plaats kunt geven?' vroeg Gemma.

'Ik denk dat het hoog tijd wordt dat ik mij volwassen opstel en haar ten huwelijk vraag,' zei Martin.

Vivian keek hem verbaasd aan. 'Meen je dat nu?'

'Vind jij dan van niet?'

'Absoluut. Maar ik dacht dat het er niet meer van kwam.'

'Ach…' Hij grijnsde weer en keek naar Gemma. 'Dus als je een dezer dagen een uitnodiging in de bus hebt liggen van een zekere Hogedijk…'

'Ik zal hem zeker aannemen,' verzekerde Gemma hem.

Ze dronken hun koffie in alle rust en genoten van de planten in de tuin die tot bloei kwamen en van de vogels die zich voorzichtig lieten zien.

'Wat dat fonds betreft,' begon Vivian nog, terwijl ze een merel met haar ogen volgde, die spulletjes verzamelde voor een nest. 'We hebben beiden besloten dat er mensen zijn die dat geld beter kunnen gebruiken dan wij. Zoals de mensen van het rusthuis en de mensen die papa hebben geholpen in Amsterdam. Papa zou het hebben gewaardeerd. En mama ook.'

'Dat is een erg mooi gebaar,' vond Gemma. Heel even overwoog ze om hetzelfde te doen met het geld dat op Brams rekening stond, maar ze had daarvoor een beter idee. Ze noemde het alleen niet.

Ze zei alleen nog een keer dat ze de gift van Martin en Vivian een bijzonder mooi gebaar vond en dronk haar koffie.

Het speet Gemma toen het voor Martin en Vivian tijd werd om naar huis te gaan. Ze was niet alleen aan de twee gewend geraakt, maar was hen zelfs gaan waarderen.

Vlak voordat ze wegreden, beloofde ze Martin dat ze hen binnenkort zouden bezoeken en met z'n allen naar het Dolfinarium zouden gaan. Een belofte die de kinderen deed juichen van plezier.

Toen Martin en Vivian vertrokken, lieten ze een leegte na. Maar Gemma keek naar de kinderen, die opgewonden de tuin weer in renden, en voelde de arm van Tom om zich heen. Ze glimlachte naar hem.

'Er is nog één ding dat ik moet doen,' zei ze tegen Tom.

'Op zondag?'

Gemma knikte. 'Je kunt meegaan als je wilt.'

'Waarheen?'

'Naar Lotte.'

Tom keek haar een tel aan. Ze zag dat hij begreep waar ze op doelde. Net als iedereen kende hij het verhaal van de dochter. En hij wist waar Gemma de afgelopen dagen was geweest.

'Ga maar alleen,' zei hij. 'Ik denk dat het prettiger is voor Lotte als je in alle rust met haar kunt praten.'

'Misschien wel,' gaf Gemma toe. 'Maar ik kom snel terug.'
'Ik wacht op je.' Hij glimlachte en liet haar los.

Gemma liep de straat op, regelrecht naar het huis van Lotte. Ze had de vrouw in de kerk gezien, rechtsachter in het hoekje, waar ze altijd zat. Maar ze had niet met haar gesproken. Dat zou ze nu doen.

Lotte reageerde verbaasd toen ze Gemma voor de deur zag staan. Gemma en zij kenden elkaar natuurlijk, maar verder dan een beleefde groet was het nooit gekomen.

Nu vroeg Gemma echter of ze binnen mocht komen, en eenmaal in de wat donkere woonkamer van de alleenstaande vrouw vertelde ze over dat deel van haar reis dat haar had doen besluiten om Lotte te helpen. Ze vertelde over Theo en over zijn aanbod om haar te helpen met het vinden van haar dochter.

'Bram heeft al eerder gezegd dat ik contact met die stichting moest opnemen,' bekende Lotte. 'En dat deed ik ook, met zijn hulp... Maar met die Theo heb ik nooit gepraat. De mensen die Bram kenden werkten er niet meer of zaten in een mobiel team dat moeilijk te bereiken was en ik wilde er zelf niet heen. Ik durfde niet, geloof ik.' Ze huiverde. 'Ondanks alles wat mijn dochter is overkomen, durfde ik niet. Ik ben een paar keer in de trein gestapt, zie je. Maar ik ben nooit daar uitgestapt. Op de een of andere manier...' Ze zakte neer in een stoel en staarde voor zich uit. 'Op de een of andere manier kon ik het niet opbrengen om die stad werkelijk binnen te lopen en haar te zoeken.'

'Je was bang. We zijn allemaal af en toe bang,' zei Gemma begrijpend.

'Bovendien zou je daar alleen misschien niet veel bereiken. De kans dat je dochter daar werkelijk nog is, is klein. Om haar te vinden, moet de onderste steen boven worden gehaald en daar heb je hulp bij nodig van iemand die weet hoe hij dat moet doen.'

'Een soort detective, denk je?'

'Misschien wel.'

'Maar dat kan ik nooit betalen.'

'Bram liet mij geld na. Daar moet nog wel successierecht vanaf, maar er zal genoeg overblijven. Ik wil het graag aan jou geven om daarmee je dochter te helpen zoeken. Hij zou het zo hebben gewild.'

'Maar het is voor jou bedoeld.'

'Ik heb het niet nodig.'

'Maar…' Ze keek Gemma aan. 'Waarom?'

'Omdat ik het nu begrijp.'

In Lottes ogen werden tranen zichtbaar. 'Je hebt geen idee wat dit voor mij betekent.'

'Het betekent minstens net veel voor mij,' zei Gemma. En na een korte aarzeling omhelsde ze de vrouw.

Toen ze tien minuten later weer naar huis liep, keek ze even naar boven, alsof ze Bram werkelijk op een wolkje zag zitten, zoals Harry had beweerd.

'Je was me er eentje,' zei ze. Ze glimlachte.

De nalatenschap van Bram Hogedijk bleek ten slotte zo veel meer dan ze ooit had kunnen vermoeden.

Ze zou Bram Hogedijk nooit meer vergeten. Niet wat hij gedaan had voor haar en niet wie hij uiteindelijk werkelijk was.